# VOCÊ NÃO ESTÁ SOZINHA

# SERAPHINA NOVA GLASS

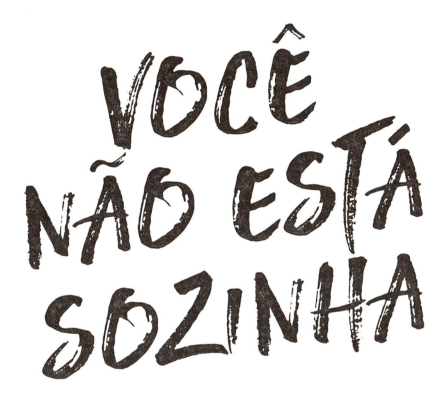
# VOCÊ NÃO ESTÁ SOZINHA

Tradução de

João Pedroso

1ª edição

EDITORA RECORD
RIO DE JANEIRO • SÃO PAULO
2022

**EDITORA-EXECUTIVA**
Renata Pettengill

**SUBGERENTE EDITORIAL**
Mariana Ferreira

**ASSISTENTE EDITORIAL**
Pedro de Lima

**AUXILIAR EDITORIAL**
Júlia Moreira

**REVISÃO**
Anna Carla Ferreira
Mauro Borges

**CAPA**
Renata Vidal

**IMAGEM DE CAPA**
Tony Watson / Arcangel

**DIAGRAMAÇÃO**
Beatriz Carvalho

**TÍTULO ORIGINAL**
Someone's Listening

---

CIP-BRASIL. CATALOGAÇÃO NA PUBLICAÇÃO
SINDICATO NACIONAL DOS EDITORES DE LIVROS, RJ

G458v

Glass, Seraphina Nova,
Você não está sozinha / Seraphina Nova Glass; tradução de João Pedroso. – 1ª ed. – Rio de Janeiro: Record, 2022.

Tradução de: Someone's Listening
ISBN 978-65-5587-431-0

1. Ficção americana. I. Pedroso, João. II. Título.

21-74799

CDD: 813
CDU: 82-3(73)

Camila Donis Hartmann – Bibliotecária – CRB-7/6472

---

Copyright © 2021 by Seraphina Nova Glass
Copyright de tradução © 2022 por Editora Record

Este livro foi publicado mediante acordo com Harlequin Books S.A.

Esta é uma obra de ficção. Nomes, personagens, lugares e incidentes são fruto da imaginação da autora ou fictícios, e qualquer semelhança com pessoas reais, vivas ou mortas, estabelecimentos, eventos ou localidades é mera coincidência.

Texto revisado segundo o novo Acordo Ortográfico da Língua Portuguesa.

Todos os direitos reservados. Proibida a reprodução, no todo ou em parte, através de quaisquer meios. Os direitos morais da autora foram assegurados.

Direitos exclusivos de publicação em língua portuguesa somente para o Brasil adquiridos pela
EDITORA RECORD LTDA.
Rua Argentina, 171 – Rio de Janeiro, RJ – 20921-380 – Tel.: (21) 2585-2000, que se reserva a propriedade literária desta tradução.

Impresso no Brasil

ISBN 978-65-5587-431-0

Seja um leitor preferencial Record.
Cadastre-se no site www.record.com.br e
receba informações sobre nossos lançamentos
e nossas promoções.

Atendimento e venda direta ao leitor:
sac@record.com.br

**Para Mark Glass. Sempre para ele.**

# PRÓLOGO

*Quando acordo, está escuro e tranquilo; sinto uma neve fina e gelada que paira no ar em vez de cair, e não consigo abrir os olhos. Não sei onde estou, mas está tão calmo que o silêncio ecoa nos meus ouvidos. Os meus dedos tentam se fechar no chão, mas tudo o que sinto é uma camada de gelo repleta de cascalhos afiados encrustados. O ar está gélido, e tento chamá-lo, mas não consigo falar. Há quanto tempo estou aqui? Me deixo voltar à inconsciência. Quando acordo de novo, escuto as botas dos socorristas esmagando a neve enquanto correm ao redor do meu corpo. Eu sei onde estou. Deitada no meio da County Road 6. Houve uma batida de carro. Há uma luz vermelha rodopiante, um estrobo em meio à vasta escuridão. Eles pedem que eu não me mexa.*

*— Cadê o meu marido? — pergunto, choramingando. Pedem que eu não tente falar também. — Liam! — Tento gritar por ele, mas o som mal escapa dos meus lábios; estão dormentes, quase congelados, e o grito soa mais como um sussurro rouco. Como isso foi acontecer?*

*Penso na festa e em como odeio dirigir à noite, penso em como tomei o cuidado de não beber demais. Devo ter bebericado um copo ou dois, me mantive sob controle. Liam havia bebido bem mais. Não era do feitio dele ficar bêbado, e eu sabia que era o seu jeito de revidar. Estava irritado comigo, com o que eu o* estava fazendo passar, mesmo que isso nunca tivesse sido verbalizado. Eu queria agradar-lhe pois toda essa situação terrível era culpa minha e eu sentia muito.

Quando acordo outra vez, estou num quarto de hospital, conectada a tubos e máquinas. Tem uma agulha enfiada numa veia roxa dolorida nas costas da minha mão. À luz fraca, tomo um pouquinho de suco de um copo plástico e o bipe suave do eletrocardiograma tenta me convencer a voltar a dormir, mas sou mais forte que isso. Quero respostas. Tenho que parecer estável e alerta. Outra dose de analgésicos é injetada na minha veia; a euforia momentânea me força a suspirar. Preciso manter os olhos abertos. Consigo ouvir os policiais chegando e falando com alguém fora do quarto. Eles vão me contar o que aconteceu.

Há uma enfermeira que me chama de "querida" e muda de assunto quando pergunto sobre o acidente. Ela olha de soslaio para os policiais que entram para falar comigo e informa que eles têm apenas alguns minutos e que preciso descansar.

— Bom dia, senhora — cumprimenta com suavidade o detetive John Sterling.

Quase me esqueço do meu fêmur fraturado e gemo de dor depois de me mexer rápido demais. Uma policial se demora à porta, uma mulher alta, de olhar severo, com o cabelo loiro preso num rabo de cavalo na base da nuca por um elástico apertado. Ela diz que tenho sorte de estar viva e que, se a temperatura tivesse caído abaixo de zero, eu não teria sobrevivido àquelas duas horas até um carro passar, parar e ligar para a emergência. Pergunto onde Liam está, mas ela se limita a olhar para Sterling. Tem alguma coisa errada.

— Por que ninguém me fala o que aconteceu com ele? — protesto, enquanto observo o detetive Sterling tentar chegar a uma resposta.

— A enfermeira disse que você acha que ele estava no carro no momento do acidente — diz Sterling. Dá para ouvir o tom condescendente na sua voz. Ele fala comigo como se eu fosse criança.

— Ela disse que "eu acho" que ele estava? Eu não ac... Eu tenho certeza. A gente estava voltando de uma festa, a festa de lançamento do meu livro. Qualquer um, qualquer um pode confirmar que ele estava comigo. Por favor. Ele se machucou? — Baixo o olhar e encaro o meu corpo pela primeira vez, vendo os pontos salientes que mantêm junta a carne machucada do meu braço direito. Parecem tão exagerados, como aqueles feitos com maquiagem e cola para uma fantasia de Halloween. Fecho os olhos, tentando conter a náusea. Tento repassar os acontecimentos, encaixar tudo o que aconteceu e quando aconteceu.

Liam estava em silêncio no carro. Eu sabia que ele tinha acreditado em mim depois que as acusações começaram. Sabia que confiava em mim, mas talvez eu tenha subestimado as sementes de dúvida que haviam sido plantadas na cabeça dele. Tentei aliviar o clima quando entramos no carro contando uma piada sobre cervejas artesanais muito caras, mas tudo o que ele fez foi dar uma risadinha forçada e descansar a cabeça na janela do carona.

O detetive me encara com um olhar que parece de simpatia, mas que está mais para pena.

— Você se lembra do quanto bebeu ontem à noite? — pergunta ele, em tom acusatório.

— O quê? Você acha que...? Não. Eu dirigi porque ele... Não! Cadê ele? — pergunto, sem reconhecer a minha própria voz. Parece cansada e rouca.

— Você se lembra de ter tomado alguma coisa para relaxar? Algo que possa ter atrapalhado a direção?

— Não — respondo de pronto, à beira das lágrimas de novo.

— Então você não tomou nenhum tipo de benzodiazepínico? Ontem... em nenhum momento?

— Não... Eu... Por favor — respondo, contendo as lágrimas. — Eu não... — Ele me encara, então rabisca alguma coisa no seu caderninho idiota. Eu não sabia o que dizer. Liam deve estar morto, e eles acham que sou frágil demais para receber a notícia. Por que me perguntariam algo assim?

— Senhora — diz ele com a voz mais suave, enquanto se levanta. É isso. O detetive vai me dizer algo de que eu nunca vou me recuperar. — Você era a única pessoa no carro quando os médicos chegaram — continua, me analisando, à espera de uma resposta, à espera de uma mentira que possa usar contra mim depois. O olhar complacente me deixa enfurecida.

— Como é que é? — O meu sangue ferve. Eles acham que sou louca, aquele jeito suave de falar não era a simpatia que se usa para contar que um ente querido morreu, mas sim o linguajar cuidadoso de quando o ouvinte é *alguém instável. Eles acham que eu sou algum tipo de drogada, de bêbada. Talvez achem que o impacto me fez esquecer alguma coisa, mas ele estava lá. Juro por Deus. O seu grito veio tarde demais, então houve uma batida. Eu não conseguia ouvir nada, mas o vi tentando chegar até mim, o seu rosto numa expressão distorcida de medo. Ele tentou me proteger. Ele estava lá. Do meu lado, gritando o meu nome quando viu os faróis da caminhonete bem na nossa frente... Era tarde demais.*

# 1

*Atualmente*

Quando o relógio do forno chega ao meio-dia, me sirvo de um copo de *pinot grigio*. Me forço a esperar até o meio-dia para saber que ainda tenho certo controle sobre as coisas. Ajeito o roupão e vou até o alpendre para me sentar. O céu está escuro — cinza feito uma pedra —, e o ar está fresco. Do outro lado da rua, um carro estaciona no acesso da garagem. Ginny DaLuca esqueceu alguma coisa, pelo visto. Ela abre a porta do carro, e os alto-falantes exalam um jazz suave enquanto ela entra e sai de casa correndo, segurando o item esquecido. Noto uma guirlanda de outono na sua porta. Setembro mal tinha começado, mas ela não consegue se segurar. A mesma guirlanda bronze e alaranjada de galhos retorcidos e folhagens que abriga o rosto brega de um espantalho continua recepcionando os seus convidados, coisa que não sou mais. Não me dou ao trabalho de acenar como fazia antigamente porque ela fingiria que não viu, ou então daria um sorriso amarelo e acenaria com a cabeça. Eu costumava ser o tipo de pessoa que lá no fundo (bem no fundo mesmo) se enchia de felicidade quando via as decorações de Natal aparecerem junto com os materiais escolares no fim de agosto, mas agora acho intolerável essa coisa de adiantar o tempo. Na verdade, eu gostaria era de desacelerá-lo. Talvez até voltar nele.

O jornal de domingo, protegido dentro de um plástico, está jogado no acesso da garagem, metade dele imersa numa poça causada pela chuva da noite de ontem. Quantas vezes eu disse que entraria no site e mudaria a assinatura para apenas digital? É um desperdício. Liam é que gostava de sentir o papel. Gostava da tinta que ficava nas mãos, do cheiro. Ele não queria nem saber de abrir o notebook aos domingos. "É exatamente por isso que a gente tem um alpendre grande na frente de casa", dizia ele, depois de se comprometer a reciclar o papel. Tomo um gole do vinho, desejando ter me servido de um tinto — que combinaria mais com o clima —, e me pergunto quantos jornais teriam que se acumular no acesso da garagem até um dos vizinhos vir conferir se morri.

As batidas suaves das gotas de chuva recomeçam. Os Pattersons desistem de rastelar as folhas do seu bordo-açucareiro que começaram a cair antes da hora esse ano. Eles riem da tentativa de passar um domingo chuvoso como esse no jardim e, dando de ombros em sinal de derrota, Al Patterson envolve a cintura da esposa com um dos braços enquanto ela protege a cabeça com as mãos e corre para dentro. Como eu queria a mão de Liam na minha cintura, por qualquer razão que fosse. Se ele estivesse aqui, diria como não faz sentido eles rastelarem as folhas antes de todas terem caído. Existe um breve espaço de tempo entre o fim do outono e a chegada da primeira neve, e ele sempre juntava as folhas nesses dias, como aquelas pessoas que sentem nos ossos que vai chover, escolhendo o momento certeiro.

Resgato o jornal antes que boie pela sarjeta. Está encharcado de água da chuva, mas o levo para dentro e disponho as páginas inchadas na mesa da cozinha mesmo assim. Fico aliviada por não ver o meu rosto me encarando das páginas; talvez já tenha passado tempo suficiente e eles finalmente tenham encontrado outra vida para arruinar com especulações e declarações sobre um "suposto" envolvimento. No meu computador, surge uma notificação de conversa. É Ellie, e, mesmo que ela tenha a melhor das intenções, essa preocupação fraternal que tenta demonstrar todo dia está ficando exaustiva. Não dá para ter a mesma conversa que não leva a lugar nenhum. Ela sente muito pela minha perda. Eu sei que sente. E quer conferir se estou comendo direito. Me encoraja a trabalhar.

Ela tem as melhores intenções, mas eu precisaria trocar para *vodka gimlets* antes de encarar essa conversa cansativa hoje. Ignoro a notificação que pergunta sobre o tempo e tento trabalhar um pouco.

Desde que me afastei do consultório, continuo me comunicando com alguns pacientes que não lidaram muito bem com a minha licença. Paula Day sofre com um câncer de mama nível quatro e, independentemente dos meus problemas, eu jamais abandonaria as chamadas por vídeo semanais com a querida Paula. A síndrome do pânico de Eddie Tolson explodiu quando expliquei que me afastaria, então converso com ele de vez em quando. Mantive contato com basicamente todo mundo que protestou contra o meu afastamento, mas a maioria dos pacientes aceitou os encaminhamentos que deixei com calma e tranquilidade à promessa de um breve retorno. Respondo alguns e-mails, mas é difícil não pensar em Liam. É complicado manter a concentração em qualquer outra coisa.

Clico numa pasta na área de trabalho chamada "Liam". Tenho cada e-mail e foto guardados, até mesmo as fotos que tirava dos recadinhos que ele deixava espalhados pela casa e eu achava fofos. Passei tudo para o computador no decorrer dos anos: "Desculpa ter tomado todo o leite de amêndoas, hoje à noite compro mais" dentro da geladeira; "Me encontra no Luigi's às sete?" num Post-it no meu carro. É besteira guardar essas coisas tão banais, mas era tudo parte da nossa evolução juntos.

Não queria me esquecer, nem mesmo quando ele estava aqui, da curva no alto do *L* na sua assinatura ou das piadas internas que exauríamos de tanto repetir. "Hardy Har", aquela risadinha idiota que ele deixava no fim de dezenas desses bilhetes antigos, roubada de um esquete de comédia há muito esquecido e que acabou incorporado à nossa linguagem. Eu sentia carinho por tudo isso. Todas as fotos e mensagens eram uma coisa só; essa era a nossa vida. Até mesmo as discussões estúpidas que tínhamos pela internet nunca foram deletadas do meu celular. Os motivos agora parecem tão fúteis que me enchem de vergonha.

Vejo algumas das últimas fotos dele, de nós. O seu trabalho como crítico gastronômico e de vinhos explica a maior parte das nossas fotos ser em restaurantes. Nós dois juntos, com aquela pose forçada para a câmera, dividindo um *scotch egg* em algum gastropub, ou então dando mordidas enormes em *lobster rolls* no píer de Cape Cod. Há um vídeo curtinho dele explicando como o molho romesco pode acompanhar praticamente qualquer coisa. Dou play mesmo já tendo perdido a conta de quantas vezes assisti a ele. Gravei no meu celular num restaurante italiano de Nova York cujo nome fugiu da minha cabeça, mas me lembro vividamente das velas e da música de Dean Martin tocando ao fundo.

Havíamos pegado um táxi direto do aeroporto para conseguir chegar a tempo da reserva, por isso estávamos com roupas informais demais para o lugar e ainda tínhamos tomado umas doses de Makers Mark com água com gás no voo para comemorar um anúncio na televisão que eu tinha conseguido. Ele não era muito de beber, ainda mais antes de avaliar um restaurante; acho que é por isso que gosto tanto desse vídeo. São só trinta e dois segundos de Liam pregando sobre as mil e uma utilidades do molho romesco com a bochecha suja do próprio e levemente embriagado.

Antes que eu perceba, o meu rosto está encharcado de lágrimas, então fecho a pasta, mudo de vinho para vodca e ligo a TV num daqueles reality shows sobre reforma de casas para preencher o silêncio. Depois de algumas reformas milagrosas e perfeitas, coloco um casaco de lã e começo o meu expediente diário. Imprimo mais uma centena de cartazes de "pessoa desaparecida" na impressora do escritório e saio. Olho para o rosto de Liam no cartaz. É uma foto que tiramos na Trattoria Sapori ano passado. O meu rosto, assim como o *scaloppine* de vitela que dividimos naquela noite, foi cortado. Foi a melhor foto dele que consegui encontrar.

Hoje só vou para a área comercial pendurar os cartazes na parte de dentro da vitrine dos restaurantes para que a chuva não os desmanche.

# 2

*Antes*

Numa noite fria de fevereiro, entrei em casa e encontrei Liam de meias e moletom na cozinha, a mesa coberta de caixas de comida para viagem que pareciam presentes embalados com muito cuidado. Cada uma continha uma sobremesa e um prato diferente de um restaurante francês que ele havia avaliado positivamente na semana anterior.

— Experimenta esse. — Liam me entregou uma taça. Tomei um gole e a devolvi. Ele pareceu surpreso. — Nem vem dizer que não gostou.

— É doce demais. Eca — digo, rejeitando quando ele tentou estender a taça para mim de novo.

— É um *tawny*. Quarenta anos.

— Tem gosto de torta de frutas rançosa.

Ele sorri e derrama o líquido da minha taça na dele.

— Mais para mim — diz. — Então descarto esse aqui da festa de lançamento do seu livro?

— Que fofo. — Sorrio.

— Eu?

— É, tratando essa festa como se fosse um casamento. Qual o próximo passo? A gente vai experimentar amostras dos bolos? — falei, cutucando as caixas na mesa.

— Não, mas tem um *pot de crème* que achei que você fosse querer pelo menos experimentar. O dono do Le Bouchon está se matando para ser escolhido para servir na festa, então pensei em me aproveitar disso.

— *Pots de crème* de graça. Como posso recusar uma coisa dessas? — Coloquei o vinho que ele estava bebendo no balcão, dei um abraço nele e o beijei. — Obrigada. Por me apoiar tanto. — Ele me beijou também. Esfreguei as mãos uma na outra e arregalei os olhos — Que sabor é esse?

— *Mocha.* — Ele abriu uma das caixas e pegou dois garfos. Eu estava tão feliz por ele ter abraçado o meu novo livro e se acostumado com a ideia de eu estar aparecendo em todo canto. Como as vendas do meu primeiro livro (*Recomeçar: a vida depois da violência doméstica*) foram boas, fui convidada para muitos programas de televisão até que consegui um quadro semanal de aconselhamentos num programa de rádio: *Você não está sozinha, com a Dra. Faith Finley.*

Não era fama exatamente, mas dá para dizer que eu era conhecida nas redondezas. Era um tanto interessante ser reconhecida por aí, receber convites para coquetéis metidos a besta e festas a caráter em que, vez ou outra, pediam que eu discursasse. Liam era quem estava acostumado a isso — o temido e respeitado crítico que todo chef tentava dar um jeito de impressionar quando o recebia nas suas mesas. Ele dava todo apoio ao meu sucesso, mas eu ficava com a sensação de que preferia as coisas como eram, quando era ele o convidado de honra dos jantares beneficentes, dos jogos dos Bears e de todas essas coisas sociais e empolgantes. Eu era a acadêmica discreta e ele, o amante da culinária charmoso, reverenciado pelas opiniões diretas e honestas que iam desde a autenticidade do mais novo food-truck de tacos até restaurantes dignos de prêmios como o James Beard.

Os meus colegas de profissão desaprovavam pelas minhas costas o meu novo papel quando passei a aparecer no rádio uns anos atrás. Era o McDonald's da terapia — uns minutinhos no ar e já estou pronta para dar um conselho capaz de mudar uma vida inteira? Era difícil dizer se me julgavam por uma questão moral ou... por inveja. Eu dividia o consultório com alguns colegas psicólogos e um psicanalista que encontrava só de vez em quando. Os cumprimentos e os sorrisos apressados que passei a receber de Alan e Thomas, em vez de aquela conversa fiada obrigatória mas sincera que costumávamos ter, deixaram bem claro o que pensavam da minha presença na imprensa. E eu ajudava pessoas, sim, não importava o que eles pensassem.

Liam e eu mantínhamos um apartamento na cidade para o qual dávamos uma escapulida de vez em quando e era onde eu ficava ocasionalmente quando estava escrevendo o meu livro — um glorioso prédio de arenito construído no fim do século XIX com uma sacada que dava para a rua movimentada abaixo. Me lembro de uma mulher olhando para a minha caixa de correio e depois para mim numa tarde quando a abri e comecei a verificar a correspondência no hall onde estávamos. Quando joguei na lixeira de recicláveis um cupom que valia uma troca de óleo, ela me reconheceu.

— Você é a Dra. Faith Finley. — Ela abriu um sorriso de orelha a orelha e começou a divagar sobre como já tinha escrito quatro vezes para o Dr. Phil, mas ainda não havia conseguido entrar no programa, e se eu poderia ajudá-la.

— Não costumo dar conselhos no hall de entrada assim e tenho que... — comecei a dizer.

— Ah, é claro. Me desculpa. Você está de saída. Deve ser tão ocupada. O meu nome é Lettie. — Ela estendeu a mão para me cumprimentar. — É um prazer conhecer você. Não acredito que a gente mora no mesmo prédio!

— O prazer é todo meu, Lettie. O que você acha de ligar para o programa na sexta? Vou falar para o produtor selecionar você.

— Ai, meu Deus. Sério? Muito obrigada! Eu ligo com certeza! — Ela sorriu de satisfação.

Lettie ligou mesmo para o programa. Infelizmente, contou a história que escuto quase toda semana. Tudo começou com grosserias e pedidos de desculpas, mas o abuso verbal do marido acabou se transformando em raiva e abuso físico, e ela não entendia por que sempre voltava para ele.

Dei os mesmos conselhos que daria para qualquer pessoa na situação dela e indiquei o trecho no meu livro em que há um capítulo inteiro sobre montar um plano seguro para ir embora. A rádio até enviou um exemplar do livro para ela após a ligação. Duas semanas depois, ela ligou para informar que havia seguido os conselhos e que estava me elogiando e agradecendo ao vivo de um lugar seguro e longe do seu agressor. Então, essa era a prova de que eu não era uma vendida. Estava mudando mais vidas do que se estivesse no meu consultório particular. Talvez não fosse a mesma coisa, mas ainda assim contava.

Não foi só Lettie. Na mesma semana, uma mulher ligou para pedir conselhos sobre a filha adolescente que estava descontrolada e informou, meses depois, que o centro de reabilitação que eu havia indicado tinha operado um milagre e que sua filha estava sóbria e era praticamente outra pessoa. Me lembro de, depois da ligação, entrar em contato com o Centro de Reabilitação Nova Esperança e coordenar os passos seguintes da jovem junto com a mãe. Não eram conselhos fast-food, e me ressentia quando diziam o contrário. Eu me mantinha na defensiva, mas me controlava para não perder a mão.

Na maior parte do tempo, eu recebia muita admiração de fãs, mas eram as pessoas do consultório — pessoas cujas opiniões eu julgava as mais importantes — que me tiravam do sério sempre que eu me deixava pensar nas coisas que elas, sem sombra de dúvida, falavam pelas minhas costas.

Liam sempre dizia: "Que se danem esses matusaléns invejosos. Se eles tivessem lido o seu livro saberiam que ser passivo-agressivo desse jeito faz mal. Você trate de deixar isso bem claro para eles." Eu adorava quando ele tentava defender a minha honra, não importava quão absurdo e desnecessário fosse.

Eu faria qualquer coisa, qualquer coisa para que nunca tivéssemos dado aquela festa — para que aquela noite jamais tivesse acontecido. Qualquer coisa.

# 3

*Atualmente*

Estou andando na chuva gelada há mais tempo do que pretendia. Já escureceu, e os cartazes acabaram, então entro num bar para tomar alguma coisa. Compramos a nossa casa aqui há alguns anos. Fica a apenas oitenta quilômetros de Chicago, mas parece uma cidade pequena, daquelas em que sempre se encontra algum conhecido. Quando atravesso as portas pesadas de madeira do bar, fico grata por ter saído do frio e com a esperança de não encontrar nenhum conhecido por ali.

A iluminação é suave e vermelha, e o carpete velho é cheio de marcas pretas de chiclete e contornos de manchas, resultado de anos de negligência. O calor e a luz fraca me confortam. Antes de tudo vou ao banheiro, mas, quando entro, sou atingida por uma luz forte e fluorescente, cheiro de alvejante e uma música da Shakira tocando alto demais estourando numa caixinha de som. O meu humor vai de temporariamente confortável para irritada na mesma hora, e, do nada, luto contra uma vontade absurda de cair no choro — uma vontade que tenho enfrentado muito nos últimos tempos —, mas aguento firme. Saio do banheiro e passo o olho pelo lugar. Quando não reconheço nenhum rosto, vou até o balcão.

Faz quase sete meses que o acidente aconteceu. Sei que deveria me sentir grata por estar aqui, de pé e andando outra vez. Mas não é fácil.

A única coisa pela qual sou grata é estar conseguindo andar um pouco melhor, porque assim posso encabeçar as buscas pelo meu marido com mais eficiência.

Agora que posso andar por aí, espero que o pior tenha passado — as longas noites sem conseguir dormir, em confinamento total por causa das minhas costelas fraturadas e da perna quebrada, dependendo de uma cuidadora para quase tudo. Eu nem pude escolher quem seria. O plano de saúde simplesmente manda qualquer um, e fiquei com Barb, uma mulher grandalhona de uns vinte e poucos anos, que exalava cigarro coberto por desodorante de farmácia e que deixava um cheiro de plástico queimado em todo cômodo em que entrava para relaxar. Era basicamente isso que ela fazia, a não ser quando eu precisava ir ao banheiro ou comer alguma coisa.

Ela usava uma camiseta manchada do Garfield com uma piadinha sobre odiar segundas-feiras e jogava *Candy Crush* no celular enquanto devorava *brisket* defumado e *curly fries* do Arby's. No currículo, constava que "preparo de refeições" era uma das suas habilidades, mas ela olhava para os legumes que eu pedia que comprasse como se fossem coisas de outro mundo. Depois de me servir uma tábua de queijo azul coberta por umas folhas de alface, tive que ensiná-la a fazer algo tão básico quanto uma salada. Eu me sentia cansada de tanto que os meus ferimentos doíam, e a depressão sempre presente, que eu tentava combater, não deixava espaço para ter muita paciência com a situação. Certa vez a ouvi me chamar de piranha ao telefone, falando com uma amiga. Não liguei. Se acontecesse de novo, eu me importaria, mas já me perguntava se algum dia voltaria a me importar com alguma coisa.

Cedo de manhã, eu costumava tentar dormir no sofá. *Adult Swim*, comerciais de facas que cortavam até tijolo e Jimmy Swaggart diariamente usando um lenço para secar o suor com uma das mãos estendida aos céus me distraíam o suficiente para evitar que eu voltasse para o hospital com uma crise de pânico. Houve uma noite, uns meses atrás, em que quase chamei uma ambulância quando a ansiedade me invadiu e me deixou hiperventilando tanto que os meus pulmões ficaram dormentes e pensei que fosse infartar. Os meus pacientes relatavam isso o tempo todo, e eu saberia exatamente como agir se fosse em outra pessoa — como aconselhar e que tratamento oferecer —, mas o luto não permitia que eu agisse racionalmente.

Agora, pelo menos, consigo fazer algo além de chorar e oferecer uma recompensa na internet para quem tivesse qualquer informação sobre Liam. Depois do acidente, me trataram no hospital como se eu fosse uma bêbada desequilibrada que estivesse inventando histórias. Quando descobriram quem eu era, o tom condescendente apaziguador se tornou outra coisa. Deduzi terem concluído que eu merecia um voto de confiança e que, por mais implausível que parecesse, não podiam ignorar o meu relato por completo. Mas foram eles que estiveram no local do acidente e garantiram que eu era a única no carro. Por outro lado, naquele momento, não estavam procurando outra pessoa, então tenho certeza de que devem ter conferido mal e porcamente. Depois de alguns dias, quando Liam Finley não apareceu no hospital para cuidar da esposa, nem no trabalho, nem na ACM para jogar basquete no sábado, foi que começaram a fazer interrogatórios de verdade, não só aquelas perguntas idiotas que deixavam subentendido que eu devia ser viciada em remédios e, por isso, poderiam desconsiderar tudo o que eu dissesse que havia acontecido naquele carro. Mesmo com a nova evidência, ainda não acreditavam em mim.

Odeio esse bar. Há uma mensagem acima da porta que diz "viva, ria, ame", formada por luzes que piscam exaustas, cansadas de tentar elevar os ânimos. Placas cafonas com frases chulas decoram as paredes atrás do longo e velho balcão de carvalho do bar. Cada centímetro da madeira está arranhado e desgastado; as garrafas ficam em fileiras desordenadas cobertas de poeira. Os empoeirados ventiladores de teto, em vez de aliviar o cheiro de cigarro velho e urina, fazem-no circular.

Liam adorava como esse lugar era nostálgico. O fliperama de *Pac--Man* nos fundos, o jukebox com discos de vinil de verdade. Eu adorava porque ele adorava, e costumávamos passar as noites aqui, dançando na pista improvisada ao som de Neil Young nas noites de sábado e saboreando o cantinho secreto longe da cidade que havíamos descoberto. Agora, é só o lugar mais próximo em que consigo me embebedar.

Quero acreditar que as coisas impossíveis que os detetives estão contando são mentiras. *Liam sacou dinheiro antes do acidente; parece que ele planejou desaparecer.* É ultrajante, chega a ser engraçado. Tirando o fato de eu não ter encontrado o passaporte dele e de parecer não existirem motivos plausíveis para ele ter sacado uma quantia considerável de dinheiro sem ter me avisado. Gostaria de nunca ter aberto a porcaria da gaveta onde ficam os nossos passaportes. Eu estava procurando uma nota fiscal de algo idiota que nem importa. Nunca nem havia pensado em verificar se o passaporte dele estava lá e queria nunca ter descoberto que não estava. Queria nunca ter visto. O bartender serve outro copo para mim antes mesmo que eu peça. Engulo em poucos goles e mando os pensamentos ruins para longe.

A garçonete, Pearl, sorri para mim e se senta num dos reservados com as suas raspadinhas da loteria. Peço um Old Fashioned e aceno com a cabeça para ela num cumprimento silencioso. Depois que o marido dela morreu, o dono do bar lhe deu um emprego, mesmo Pearl sendo atrapalhada, esquecida e quase sempre alvo de reclamações dos clientes. Por outro lado, os frequentadores do bar cuidam dela por causa da tragédia. As histórias sobre o infortúnio variam. A versão mais consistente diz que o marido trabalhava numa metalúrgica na cidade até que, certa noite, no turno da madrugada, dormiu e teve a manga da camisa puxada por uma prensa de três rolos. Dizem que ele foi prensado até todas as suas entranhas saírem, deixando só tiras de pele da finura de papel que obstruíram engrenagens e rodas dentadas.

Dizem que Pearl sempre preparava uma cesta de almoço cheia de coisas como bolos de batata-doce, figos cristalizados, macarrão pra caramba e pão amanteigado quentinho, que deixava arrumada antes de ir para a cama. Ela não presenciou o acidente, mas chegou à fábrica pouco depois de ter acontecido, a tempo de ver as tiras ensanguentadas que sobraram dele — a pele e as tripas saindo pelos lados da prensa. Há quem diga que ela enlouqueceu naquela noite.

Me ofereci para atendê-la uma vez, sem cobrar nada, caso ela quisesse conversar. Nunca obtive resposta. É verdade que ela nem sempre está lúcida, então basicamente tudo o que faz é fumar um cigarro atrás do outro e beber café fraco até chegar a hora de limpar tudo e fechar. Ela hoje parece menor que nunca, sumida na banqueta, engolida pelo suéter enorme que deveria combinar com os brincos. Na parte da frente há uma abóbora de Halloween sorrindo bordada em ponto-cruz. Era para os olhos e o nariz acenderem, mas a bateria acabou e o rosto morto da abóbora a faz parecer ainda mais sem vida que o normal.

Queria que ela desempenhasse o papel de mãe para mim. Queria perguntar como conseguiu superar uma perda tão devastadora, então ela poderia me reconfortar e dizer que fosse forte. O problema é que ela não conseguiu superar, e é isso que tanto me aterroriza. Pearl ri do nada, movimentando a mandíbula quadrada como um boneco de ventríloquo. E depois para e olha em volta, ofendida como se um fantasma tivesse lhe pedido que ficasse em silêncio.

Peço outra bebida. O meu celular vibra no balcão do bar. É Ellie de novo. Dá até para imaginar a conversa. Eu sei que ela está, nesse momento, em pé na cozinha preparando um pacote de Hamburger Helper, fritando bem a carne, com um bebê de fralda num dos braços e uma criancinha numa cadeirinha de balanço. Eu estaria ao balcão com uma taça de vinho, mordiscando um cookie de uma fornada recém-assada que, com certeza, já teria sido contaminada por dedinhos engordurados de criança. Uma típica noite de domingo. Acho que deve haver algum tipo de conforto em ter uma rotina. Atendo. Ela termina de gritar com o marido antes de dizer oi.

— Joey! Não é tão difícil assim. Se você quer fazer cocô no seu prato de vagem, por mim, tudo bem — grita ela. — Então vai. As fraldas estão na caminhonete. Esqueci de pegar. — Consigo ouvir Joey suspirar ou zombar da situação quando pega o bebê.

— Ell? — Talvez ela tenha esquecido que ligou.

— Faith. Oi. Foi mal. Como você está? — pergunta, mudando drasticamente o tom de voz depois do momento com Joe.

— Estou bem. — Viro a bebida em um gole e gesticulo pedindo outra. Conversamos por uns minutos sobre a frente fria, a ligação que ela fez para a Sprint mais cedo e sobre a fantasia de cupcake que encontrou na Pottery Barn para Hannah usar no Halloween. Eu me lembro de quando Ellie e eu éramos pequenas e ela se fantasiou de Bob Ross. Ela ostentou uma peruca épica *black power* e carregou um quadro com pintura de bichinhos por aí. Um cupcake? Acho que a maternidade muda mesmo as pessoas. Por fim, começa a me pressionar aos poucos dizendo que eu devia voltar para a cidade.

— Vamos despachar as crianças para a casa dos pais do Joe e fazer algo tipo um jantar dos adultos daqui a duas semanas. Será que você vai estar pela cidade... Quer vir? — pergunta, com cuidado. Joe é policial em Chicago e ela é uma dona de casa sobrecarregada, então eles quase nunca têm tempo sozinhos. Graças a Deus ela nunca pede que eu cuide das crianças, mas me sinto um pouco mal por perceber que ela sabe como isso seria um inferno para mim.

— Hum, talvez... — é tudo que tenho para oferecer no momento.

Às vezes me pergunto se Ellie não estava certa sobre eu voltar para a cidade. Foi ideia de Liam nos mudarmos para cá. Ele queria um cantinho idílico para nós. Ainda passávamos muitos dias da semana em Chicago, mas ele vivia cheio de planos para essa vida no interior que nunca havia tido. Nós dois crescemos na cidade grande, e cada um foi para a faculdade de um lado do país. Viajamos, e houve meses, talvez anos, em que as nossas carreiras poderiam facilmente ter acabado com o nosso relacionamento caso não fôssemos tão comprometidos... e, é claro, apaixonados.

Ele achava que Sugar Grove era o lugar certo para nós. Uma casa que, em Chicago, não se poderia nem sonhar em ter pelo preço que pagamos — um deque com jacuzzi, meio hectare para futuros cachorros correrem e uma churrasqueira que ele próprio havia construído. Liam adorava aquela cidade. Tudo a respeito dela. Tinha até um aeroporto pequeno que, como já escrevia críticas de restaurantes do país inteiro, ele podia usar para viagens de última hora sem precisar dirigir até Chicago.

Eu dividi a agenda. Atendia três vezes por semana em Chicago e duas em Sugar Grove. Para falar a verdade, não era bem o que eu queria, mas com ele, é até difícil de explicar, era perfeito. Liam fazia tudo ficar perfeito. De fato, eu preferia o embalo das sirenes à noite, os baristas arrogantes com coque samurai, as cervejarias artesanais, a maneira como conseguia sintonizar numa rádio sem estática, mas agora... nem sei o que dizer a Ellie. Falo que vou pensar no assunto.

Na noite em que tudo aconteceu, saímos do restaurante na Logan Square. Estávamos a uns vinte quilômetros de casa quando batemos o carro. Numa rodovia de uma imensidão vazia. Talvez eu associe a possibilidade de encontrá-lo mais com a casa de Sugar Grove que com o apartamento que mal havíamos usado ano passado em Chicago. O que não faz sentido nenhum. Se alguém o sequestrou... ou se ele partiu por conta própria, como acham que foi, ele não estaria andando por aí em Sugar Grove, população de 8.997 habitantes. Eu sei disso. É um argumento lógico que Ellie já usou em mais de uma ocasião, mas tenho a sensação de que, se sair daqui, vou — de algum jeito — abandoná-lo. Eu *devia* fazer buscas em Chicago, mas foi aqui que o vi pela última vez... ou quase isso. Agora que consigo andar novamente, a ideia até me ocorreu, mas não quero pensar nisso no momento. Só quero a euforia líquida para entorpecer tudo entre as minhas têmporas e aquecer o meu peito. Fecho os olhos e deslizo o dedo pela borda do copo enquanto a ouço falar.

— Meu Deus do céu. O Joe está trocando a fralda do Ned na saída de incêndio para não deixar a cozinha fedida. É um verdadeiro mila-gre ninguém dessa família ter mor... — Escuto-a interromper a última palavra no meio. Sei que não queria ter dito isso. Ela começa a se des-culpar. — Ai, Faith... Quero dizer...

— Eu sei. Olha, tenho que ir, mas falo com você essa semana — digo. Ficamos em silêncio. Conhecendo Ellie, ela quer dizer alguma coisa para melhorar o clima antes de desligarmos, mas sabe que eu só quero terminar de uma vez.

— Tá bom, te amo — diz, com uma leveza forçada. Desligo.

Ninguém acha que Liam está morto. Mas é a forma como todo mun-do evita o assunto e o jeito como a voz da pessoa muda quando fala comigo, como se eu fosse uma criança que precisa de palavras simples e cuidadosamente escolhidas, que me fazem preferir ficar sozinha.

Pago a conta e ando os quinze minutos até a minha casa. Depois de passar meses sem andar, agora é tudo o que quero fazer. Já tem feito um frio de quatro graus à noite e nunca coloco um casaco quente o bastante. "O que importa é o estilo", eu diria a Liam, mas isso era quando eu pulava de algum táxi a poucos metros de um prédio quentinho no inverno. Passo por um laguinho artificial triste e fico com pena dos passarinhos que o sobrevoam, subitamente preocupada com a temperatura deles. Um pardal mergulha para além dos solidagos secos na beira da estrada que, mesmo depois da geada fora de época da noite passada, ainda revelam sinais de que estão crescendo. As veias frágeis se agarrando à vida sob os galhos secos e quebradiços.

Quando chego à esquina da minha rua, vejo um carro que não reconheço no acesso da garagem. O motor está desligado, e a pessoa lá dentro está sentada com um quadrado de luz azul que perfura a escuridão da noite que hoje chegou mais cedo. Fico paralisada por um instante, tentando imaginar quem pode ser. Então vou até lá devagar e bato à janela, assustando o homem.

— Deus do céu! — diz ele, sobressaltado.

Percebo que é Len Turlson, do escritório de Liam. Que raios ele quer aqui?

— Faith, oi. — Ele guarda o celular e abre a porta. Dos colegas de Liam, Len sempre foi o meu preferido. Um homem robusto, com um rosto cheio e corado, mas sempre inegavelmente elegante com seus suéteres de tricô irlandês e boinas de lã. Ele escrevia para a seção de "Arte e Cultura", mas já nos encontramos em algumas viagens para o exterior quando ele e Liam tinham matérias que se conectavam. Me lembro dele sempre rindo e, uma vez, exagerando no uísque num pub na Escócia e disputando uma queda de braço vergonhosa com Liam. Não faço a mínima ideia do que poderia trazê-lo a Sugar Grove. Por um segundo, penso que ele pode ter alguma notícia de que Liam está bem, mas o seu rosto teria comunicado isso imediatamente, então agora sinto uma onda de náusea e me pergunto o que mais traria alguém tão longe a não ser o tipo de notícia que tem que ser dada pessoalmente.

— Len. Hum... Oi.

— Desculpa aparecer assim do nada, mas será que a gente pode conversar um pouquinho? — pergunta.

— Claro. Ã-hã. — Guio o caminho até a porta. Dentro de casa, ele tira a boina e fica segurando-a, um gesto cavalheiresco. Convido-o a sentar. Ele se senta, mas na ponta do sofá, como alguém prestes a ir embora.

— Quer beber alguma coisa?

— Ah, seria bom. O que quer que você for beber — responde, sorrindo. Quando volto com dois copos de uísque, ele está com documentos que tirou de algum lugar. Do bolso do casaco? Parece que se materializaram e agora descansam no seu colo. Entrego o copo a ele.

— Então... Você deve ter um bom motivo para estar aqui. Por mais que bater um papo sobre o frio inesperado pareça ótimo, adoraria que a gente fosse direto ao ponto.

— A Bonnie não queria que eu viesse. Acho que eu também não tenho certeza se é a coisa certa a fazer. — O meu instinto foi perguntar como Bonnie, a esposa dele, estava. Ela havia sido acometida por uma doença no começo do ano e fazia tempo que não ouvia falar dela, mas, em vez disso, fiquei ali sentada, paralisada, esperando para ouvir o que ele poderia ter para dizer. Len esperou que eu respondesse, que lhe desse permissão, suponho, para me deixar devastada.

— O que foi?

— A gente limpou o escritório do Liam no *Tribune*.

— Como é que é? Eles... se livraram do escritório dele? — Era isso que ele queria me falar?

— O John achou que já estava na hora. Vão mandar as coisas dele. Não vão demorar muito para chegar, tenho certeza. — Ele toma um gole do uísque e olha para os papéis no colo, nervoso.

— Tá bom. — Espero. Tem mais.

— Faith, a gente pediu para a assistente vasculhar os e-mails dele para pegar informações importantes e encaminhar alguns contatos. Bom... De qualquer forma, a questão é: tinha um e-mail que... achei que você devia dar uma olhada. — Ele me entrega o papel. Uma impressão de algo que Liam tinha enviado para si mesmo, talvez como um lembrete para imprimir ou, talvez, para enviar para alguém? Para mim? Ou será que era um rascunho de uma carta de suicídio? Um trecho de uma carta que deveria explicar a sua mudança repentina para um lugar isolado? Para a América do Sul ou sei lá. Leio o texto. Não é endereçado a ninguém, ele começa do nada.

> Queria que houvesse um jeito melhor de dizer isso. Um que não parecesse tão covarde, mas... eu preciso ir. Preciso de um tempo, talvez para sempre. Ainda não sei. Tem tanta coisa que eu queria poder explicar, que poderia dar um sentido a tudo isso, mas é complicado demais e, com toda a sinceridade, estou cansado de ser mal interpretado. Não quero explicar para todo mundo o que aconteceu, só quero ir. Para longe de tudo isso.

Percebo que as minhas mãos estão tremendo tanto que mal consigo terminar de ler tudo. Olho para Len enquanto contenho as lágrimas. Não consigo formular nada para dizer. Aquelas reticências na segunda linha para simbolizar uma pausa são a cara de Liam, mas se sentir mal interpretado? Não entendi. Ele "não queria explicar o que aconteceu"? Mas *o que* aconteceu?

— Faith. — Len tenta pegar as minhas mãos trêmulas, mas me levanto e me viro de costas. Não faço ideia de como me comportar nessa situação. — Ouvi dizer que havia uma série de... coisas, evidências, que levaram a polícia a decidir não investigar o caso como um desaparecimento.

O rosto dele está vermelho e parece abatido. Sei como deve ser difícil para Len estar aqui, me dizendo essas coisas, mas não vou facilitar. Vou para a cozinha e volto com a garrafa de uísque. Me sento novamente e sirvo mais dois copos em silêncio.

— Devo ir embora? — pergunta ele.

— Não — é tudo o que consigo dizer, enquanto enterro o rosto no copo. Associo Len a Liam, e a presença dele é, de certo modo, reconfortante.

— Olha só — continua ele, relutante —, eu achava a mesma coisa que você. Todo mundo achava. Que ele não ia simplesmente... sumir. Não sei o que estou tentando dizer para você aqui além de que, no seu lugar... eu gostaria que alguém me falasse a verdade. Eu ia querer esse e-mail. Odeio pensar que os policiais estavam certos. *Se* é que estavam. Mas eles tinham motivos para não levar isso muito adiante, e isso deixou a sua cabeça... fodida. Eu sei. — Ele se senta para se conter, toma um gole do copo que acabei de completar. — Achei que ver isso talvez pudesse ajudar você a... sei lá... superar.

Ele fecha os olhos. Eu não digo nada.

— E, mesmo que não ajude, bom, caramba, Faith, como é que eu podia não te contar?

*Me ajudar a superar?* Ele é um escritor ou a merda de um terapeuta? Concordo dando um aceno de cabeça, cerro os lábios e pisco para segurar o choro. Ele está sendo tão sincero, tentando fazer a coisa certa, mas o odeio nesse momento. Sinto a minha pele quente e elétrica. Não quero ter uma crise na frente de Len Turlson.

— Obrigada, Len — digo com frieza. Me levanto. Quero, sim, que ele vá embora.

— Por Deus, Faith. Sinto muito.

Deixo o choro escapar em silêncio.

— Eu sei. — Seco as lágrimas rapidamente e tento fazer aquilo que nós do Centro-Oeste fazemos tão bem: desviar a atenção de nós mesmos. — Dá um abraço na Bonnie por mim, e obrigada por me avisar.

— *Obrigada por me avisar?* É o tipo de coisa que se diz para alguém que achou um erro seu de gramática. A minha linguagem corporal faz Len se sentir tão desconfortável que ele decide ir embora sozinho depois de um abraço esquisito, mas simpático. Derramo o líquido do seu copo no meu e começo a chorar assim que o escuto tirar o carro do acesso da garagem.

*Liam escolheu partir.* Tenho a prova em mãos. Como ele pôde fazer isso?

# 4

*Antes*

Faz pouco mais de oito anos que conheci Liam — num festival de chocolate, por incrível que pareça. Ellie havia me convencido a ir. Ela adorava essas tradições de outono e forçava todo mundo a participar, esperando sorrisos e diversão. Não importava se genuínos ou não. Estávamos criando memórias, cacete. Isso foi antes dos filhos. Colheita de maçãs, fazendas de abóbora — diversão em família forçada que envolvia apenas eu e ela na época. Hoje em dia, porém, as nossas provas de vinho viraram passeios de trator cheios de crianças com mãos grudentas carregando docinhos gelatinosos em formato de abóbora ou copinhos de Reese's com a embalagem especial da estação.

Ano passado, em vez de ficarmos alegrinhas de vinho quente, passei quase uma hora inteira tentando fazer Hannah parar de dar chilique por causa de doce. Parece que não leva a lugar nenhum tentar explicar para uma criança que, mesmo que Rudy Gutman tivesse roubado o seu Milk Dud de três centavos, ela ainda tinha nas mãos três quilos ou mais de doces mais valiosos. A questão econômica do negócio não fazia sentido para uma criança de 2 anos que só chorava, inconsolável, até ser distraída por Ellie, que encontrou, no fundo da bolsa, uma única bolinha de Milk Dud, igualmente sem valor nenhum e cheia de pelo, e lhe entregou dizendo "Olha só". Tão simples, e mesmo assim essa ideia nunca me ocorreu.

Uma das primeiras coisas que me fez gostar de Liam foi o seu posicionamento a respeito de crianças. Eu tinha acabado de fazer 30 anos e estava começando a receber comentários sobre o "relógio biológico" enquanto a fábrica de bebês de Ellie estava a todo vapor. No festival, duas mulheres estavam molhando pedaços de pão numa cascata de chocolate de um dos quiosques quando ouvi uma delas reclamar dos filhos e dizer algo como "mas o que é uma casa sem crianças?". Sem ser convidada para a conversa, respondi: "Silenciosa." Deve ter sido o vinho de chocolate fazendo efeito. Elas apenas se entreolharam e foram em direção ao castelo de macarons de chocolate.

Liam estava sentado a uma mesa ali perto com algumas amostras de trufas e frutas, segurando um caderno e uma caneta. Ele tinha começado a trabalhar no *Tribune* havia pouco tempo e estava escrevendo sobre um dos fabricantes de chocolate. Fez uma piada sobre como pais de crianças pequenas sempre se referem à idade dos filhos em meses e disse que, se a criança já tem mais de um ano, dá para dizer só "1 ano", não quinze meses. Filhos não são queijos maturados. Eu ri. Ele me ofereceu um morango vestido com um terninho de chocolate e me entregou o seu cartão.

Nos apaixonamos rápida e intensamente. Passamos o inverno embaixo das cobertas, à base de comida para viagem e uísque, compartilhando as nossas músicas e filmes favoritos, como dois universitários — um forçando o outro a ouvir uma frase específica de alguma música triste, remanescente dos dias de glória da nossa juventude, não muito tempo atrás.

Descobrimos que o meu duplex, em Wicker Park, e o seu apartamento, em Ukrainian Village, ficavam a menos de dois quilômetros de distância, então nos visitávamos a pé depois do trabalho e fazíamos amor intensamente antes de Liam me levar a um dos infinitos restaurantes que precisava me mostrar. Os meus cabelos recém-alisados, loiro-escuros, pendiam longos e arrumados às minhas costas até ele me pressionar contra a porta assim que eu a abria e me beijar.

Íamos aos tropeços até o quarto. Às vezes nem isso, e acabávamos no tapete da sala, gemendo e suando, o meu cabelo, há pouco liso, a essa altura já com cachos úmidos grudados no suor do pescoço.

Depois, cansados do dia e exaustos pelo sexo, só queríamos ficar pelados e dormir com os corpos entrelaçados, mas havia um mundo culinário a ser explorado, então nos enchíamos de roupa e saíamos para desbravar a noite fria à procura de restaurantes que nos impressionassem. Bom, que o impressionassem, na verdade. Eu me impressionava com qualquer espelunca a que ele me levasse.

Passeávamos debaixo de tempestades de neve noturnas por bairros fora do grande circuito onde ele dizia que encontraríamos os pratos mais autênticos. Ele adorava me ensinar sobre culinária.

— Esse era um bairro de trabalhadores irlandeses — disse numa noite gelada ao entrarmos num pub antigo para comer salsicha com purê de batata. — Pode ter sido gentrificado, mas existem algumas pérolas intocadas em que dá para ver como deviam ser esses estabelecimentos familiares.

Nos sentávamos em reservados com bancos de madeira antigos e conversávamos noites e noites adentro, dividindo garrafas de vinho ou xicrinhas de *espresso*. Eu tinha acabado de começar o doutorado em saúde mental antes de tirar a licença e passar a atender no meu próprio consultório. Trabalhava o tempo inteiro, mas as noites eram só nossas.

Numa noite de novembro, nos deitamos sob os lençóis, apenas a luz vermelha tremeluzente da lareira iluminava os nossos corpos. Ao lado da cama, uma caixa de pizza aberta do Vito & Nick's e uma garrafa vazia de *shiraz* d'Arenberg. Ele perguntou sobre a minha família, sobre as minhas memórias da infância — o tipo de pergunta cabeça que fez com que me apaixonasse por ele. É preciso tanta terapia no processo de se tornar terapeuta que pouquíssimos traumas do passado passam batidos. Mesmo assim, para a minha surpresa, percebi que ele era a primeira pessoa além dos meus terapeutas a perguntar sobre isso. Falar desse assunto num contexto tão íntimo trouxe uma enxurrada de sentimentos que consegui conter, mas que me deixaram em choque.

As perguntas sobre o meu pai trouxeram flashes de memórias e pensamentos incompletos que não tinham o direito de aparecer naquele momento. Me lembrei de uma Barbie que tinha quando criança e de como engoli os sapatinhos rosa dela sem motivo nenhum. Me lembrei do café solúvel da minha mãe, do cheiro forte de alho do molho marinara no forno em dias em que o sol se punha muito antes de ser noite, do som das claques numa sitcom vindo do outro lado do corredor que dava para o meu quarto onde, sem precisar olhar, eu via a minha mãe no nosso sofá amarelo olhando para além da televisão, para algo tão distante que eu jamais seria capaz de ver.

Contei a ele sobre o apartamento onde passei a infância. Eu conseguia vê-lo com clareza, mesmo depois de tantos anos sem ir até lá — a pintura com bolhas, a mobília de vime brega na sacada torta daquele prédio de merda. O Radio Flyer arcaico, todo enferrujado, que abrigava terra seca e plantas mortas, os anos de infelicidade que vivi lá. A minha mãe ainda deve passar os dias dormindo no quarto dos fundos com uma caixa de vinho na mesa de cabeceira. O meu pai ausente há muito tempo.

Contei a Liam as minhas razões para ter me especializado em violência doméstica. Falei da vez em que a minha mãe dirigiu o nosso Pontiac Bonneville na chuva à procura do meu pai em todos os bares da cidade. Ela me deixou sentada num engradado de leite virado de ponta-cabeça logo atrás da porta de casa e me entregou a espingarda Remington que guardava embaixo da pia da cozinha, perto de uma garrafa de Ajax e de uma pilha de palha de aço enferrujada. Ela me disse que, se ele voltasse, era para adverti-lo uma vez para ir embora e então atirar. Eu tinha 8 anos.

Ela planejava encontrá-lo antes disso e atirar ela mesma com o revólver que guardava na bolsa. Não por causa da noite anterior, quando ele a forçou a deitar no chão do banheiro e pisou na parte de trás da sua cabeça contra os ladrilhos espinha de peixe, fazendo-a perder dois dentes e causando sabe-se lá que outros tipos de lesão na cabeça. Isso ele fazia normalmente. Talvez tomasse cuidado para não usar força demais e deixar ferimentos permanentes. O mais provável, no entanto, era não querer acabar tendo que criar a minha irmã e eu sozinho. Não, não foi em retaliação a isso. Ela parecia nem ligar mais para esse tipo de coisa. Para falar a verdade, ela até fritaria dois ovos com gema dura e um bacon em formato de sorriso para o café da manhã depois de acordar no chão do banheiro. Nessa noite em específico, alguém tinha dito que o viu com a mão debaixo da saia de LeAnne Butler lá no bar do Shorty.

Quando voltaram de madrugada, juntos, eu estava dormindo no hall de entrada segurando a espingarda firme nos braços. Não sei por que me surpreendi quando riram de mim e foram aos tropeços para o quarto dos fundos. Eu não me sentia muito protetora em relação à minha mãe, para ser sincera. Ela nunca me protegeu.

— Deus do céu — disse Liam, acariciando o meu cabelo enquanto eu estava deitada no seu peito. — Você não fala mais com esse filho da puta, né?

— Não. — Peguei a última fatia de pizza e me sentei de pernas cruzadas, só de camiseta e calcinha, pronta para encerrar a conversa. Estava me deixando mais ansiosa do que eu havia previsto.

— E com a sua mãe? — continuou ele.

— Olha, não muito. Ela mora no mesmo lugar. A gente acaba se encontrando sem querer de tempos em tempos. Ela apareceu no casamento da Ellie. De penetra e podre de bêbada. — Ri, sem achar graça nenhuma.

— Meu Deus, Faith. Eu sinto muito.

— Pois é.

— Quando foi a última vez que você viu o seu pai? — perguntou ele com preocupação genuína no olhar.

— Tem muito tempo. Queria poder dizer que a minha mãe finalmente criou coragem e foi embora, mas ele era caminhoneiro e "conheceu alguma piranha no Missouri, se mudou para o trailer dela e nunca mais voltou". É o que a minha mãe diz, pelo menos. — Apesar de ter mencionado uma vez, numa conversa parecida com essa, regada a vinho e tarde da noite, que eu já havia superado essa merda toda, por isso não tinha com o que se preocupar. Foi num contexto de brincadeira. Fiquei um pouco preocupada, pensando que fosse me arrepender de ter me exposto tanto e deixado que ele visse a bagagem que eu carregava, mas Liam simplesmente pegou a pizza da minha mão e devolveu à caixa. Tirou a minha camiseta, beijou o meu corpo e, mesmo que eu estivesse ciente de que esse gesto era uma prova imensurável de amor incondicional, mesmo que tivéssemos passado a usar a palavra "amor" poucas semanas antes, na infância do nosso relacionamento, ainda assim escondi as lágrimas que escorriam pelo meu rosto enquanto fazíamos amor. Me virei e enfiei o rosto no travesseiro para escondê-las enquanto o sentia pressionando o corpo nas minhas costas e beijando o meu pescoço. *Mas que merda é essa? Isso tudo aconteceu há um milhão de anos.*

O Liam preocupado e amoroso que vi naquela noite era o Liam que eu tinha todos os dias. Nada daquilo era uma fachada que duraria alguns meses até tudo deixar de ser novidade e eu descobrir um vício em jogo, ou que ele fumava escondido ou que passava cinco horas seguidas jogando *GTA* depois do trabalho. Ele não escondia uma tendência à irritação, não olhava para uma mulher mais bonita pelas minhas costas. Ele até achava a minha obsessão por jazz dos anos trinta "meio fofa" e cantarolava junto com Ella Fitzgerald quando eu colocava música enquanto cozinhávamos. Quando o meu cachorro, o Batata, ainda era vivo, Liam até fez um bolo de aniversário para ele. Poderia mesmo existir algo como o homem perfeito?

# 5

*Atualmente*

Depois que Len vai embora, corro até o banheiro e vomito, colocando tudo para fora até ficar sóbria. Choro pelo que parecem horas até que a fadiga e os pensamentos mundanos chegam e me fazem parar. Toda a bebida que acabei de tomar se foi. Um desperdício de dinheiro. Então, tomo um ansiolítico e sirvo uma taça de vinho do Porto para me ajudar a engolir.

Me sento à mesa da cozinha e abro o notebook de Liam. Já tentei todas as senhas que consegui imaginar, desde o nome do seu querido avô, o aniversário dele com e sem ponto de exclamação, a "senha" e "1234", que sei que ele nunca usaria, mas tentei no desespero. Já pedi à polícia que apreendesse o notebook dele para que eu pudesse descobrir o que existia ali, o que raios eu havia deixado passar, mas, como Len disse, "eles tinham motivos para não levar isso muito adiante". O que significa que tinham evidências de que Liam havia partido por livre e espontânea vontade e que não queria ser encontrado. E não exisitia nenhuma lei que pudesse obrigá-lo a voltar. Pelo menos foi o que me disse um detetive que, com o olhar, insinuava que eu queria "forçar" Liam a voltar.

Liam era filho único de uma mãe solo que já havia morrido. Então, não havia nenhum familiar insistindo que partir e abandonar o trabalho e a esposa não seria do seu feitio. Os amigos e os colegas de trabalho dele corroboraram as minhas declarações a respeito disso, mas a polícia não tem a menor vontade de gastar o seu precioso dinheiro e dispor os seus funcionários num caso com "fortes" evidências de que o "envolvido" partiu por vontade própria:

Houve um grande saque de dinheiro feito pouco antes do seu desaparecimento. Aproximadamente $ 6.000.

O seu cartão foi usado um dia depois do acidente para sacar dinheiro perto do Aeroporto O'Hare. Embora ninguém com o nome Liam Finley tenha partido num voo de Chicago, ele pode ter usado um nome falso para um voo doméstico e, então, pegado um voo internacional.

O seu passaporte está desaparecido.

E agora descobri que ele deixou um recado no computador do trabalho dizendo que precisava de um tempo de tudo. Talvez para sempre. (Tradução: *O escândalo em que a esposa se envolveu estava pegando mal para ele.*)

Então, os amigos podem até achar que não era algo que ele faria, mas, dadas as atuais circunstâncias e todas as evidências de que ele estaria vivo e bem e de que talvez fosse só um covarde, um lado dele nunca antes visto, não há por que tratar esse caso como de pessoa desaparecida.

Em meio a um sono irregular, fiquei acordada praticamente o tempo todo no hospital nos dias após o acidente, inventando explicações para as evidências que apareciam. Alguém deve ter roubado e usado o celular e o cartão dele. O detetive Sterling argumentou que as chances de alguém obter a senha dele eram baixíssimas, e, além disso, a coincidência de um grande saque de dinheiro antes da festa e de o passaporte ter desaparecido era... Ele nem terminava a frase; só olhava para mim, com um olhar paternal, pedindo que eu fosse racional, que juntasse as peças. Talvez se o telefone e o saque fossem evidências únicas as coisas poderiam ter sido diferentes, mas, juntas, deixavam a situação toda implausível.

Fui eu que disse que o passaporte dele havia desaparecido, depois de me perguntarem a respeito do documento. Agora, queria não ter dito nada. Quem sabe com menos informações eles fossem obrigados a manter o caso em aberto. Fui eu que sugeri que vasculhassem a nossa casa no começo dessa investigação meia-boca. Fui eu que destranquei o armário em que ficavam pastas e documentos importantes. Fui eu que mostrei o meu passaporte, sozinho numa pasta. Achei que poderia ajudar, mas acabou sendo a última coisa de que precisavam para ter certeza de que Liam havia partido por conta própria.

Depois de algumas semanas em casa, com a perna ainda engessada, acordei num impulso de um sono febril. Tropecei pelo quarto até o interruptor, derrubando meia garrafa de vinho no meu travesseiro branco e deixando-a derramar o líquido enquanto eu tateava em busca do meu celular, fazendo a minha cama parecer a cena de um homicídio. Quando encontrei o telefone no meio do lençol embolado, liguei para Sterling. Ele não atendeu. Todo o meu conhecimento sobre polícia vinha de séries de TV ruins cheias de piadas sem graça, mas eu tinha a impressão de que, sempre que alguém ligava para um detetive num caso como esse, de dia ou de noite, ele atendia. Era urgente. Mas ele não atendeu. Deixei um recado desesperado.

— Detetive Sterling, é a Faith Finley... Hum, é que... Desculpa ligar tão tarde, mas... Você disse que ele fez um saque num caixa eletrônico depois do acidente. Foi no... Eu olhei o extrato do banco, e foi no caixa de Wells Fargo, que fica perto do aeroporto. Tem uma câmera lá. Eu já usei aquele caixa. Tem uma câmera. Você podia ver se foi ele que... ele que fez o... que fez o saque, né? Por favor, me liga. — Desliguei tremendo e esfreguei as mãos cerradas no roupão, olhando para a mancha sangrenta de *cabernet* na cama.

Sem a menor condição de lidar com a situação, puxei o cobertor favorito de Liam que estava dobrado na ponta da cama — o cobertor em que o Batata adorava se aconchegar — e o arrastei para o sofá, onde esperei enquanto tomava vodca com água com gás.

Quando me ligou na manhã seguinte, Sterling não apenas me lembrou que o caso não estava mais em aberto, ou seja, que não era mais *sua* responsabilidade, como também disse, sem um pingo de condescendência, que é claro que tinham verificado a câmera do caixa eletrônico, mas, infelizmente, ela não estava funcionando havia alguns dias naquela época. Nenhuma evidência indicou que a câmera tinha sido adulterada ou que o problema de funcionamento estava ligado ao caso... *quando ainda era um caso,* acrescentou, tentando manter o tom simpático na voz. Ele garantiu que, se tivessem encontrado algo importante como isso durante as buscas, certamente teriam me contado.

Consigo formular uma explicação para cada uma dessas evidências, a fim de provar que Liam corria perigo, que ele não partiu pura e simplesmente. Tenho até um quadro branco cheio de listas que trouxe do escritório para a sala em que esbocei múltiplos cenários que poderiam muito bem explicar todas as "evidências". Mas agora Len bate à minha porta e entrega a confirmação mais irrefutável de que a teoria dos policiais estava certa.

Mas... o *timing.* Eu estava dirigindo. Como ele pode ter planejado desaparecer naquela noite? Alguma coisa *aconteceu* com ele. Talvez tivesse planos. Pode ser que consigam provar isso, mas para aquela noite? Será que a minha vida de repente se transformou num filme *trash* sobre fenômenos paranormais? *Não faz sentido,* acho. Eu tinha me agarrado a isso, a essa ideia de que o que havia acontecido era impossível, até a oficial Bloom, uma mulher grandalhona que parecia guardar uma almofada dentro da calça da farda, que usava puxada bem para cima, apertada na cintura larga, me dizer que fingir a própria morte é um jeito bem simples e direto de tentar desaparecer.

— Se ele planejava sumir e não ser encontrado — dissera ela —, talvez a oportunidade perfeita tenha aparecido.

Essa ideia nunca tinha me ocorrido. Ela havia dito isso no dia em que saí do hospital, quando já fazia quase um mês que o meu marido estava desaparecido. A vontade que tive foi de rastejar de volta para aquela cama estéril e nunca mais sair de lá. Não dava para ficar sozinha considerando essa hipótese, então escolhi não acreditar. *Ele me amava.*

E essa porra desse e-mail? Vai se foder, Len. Eu sei por que Liam estava com raiva naquela noite. Sei que os meses que antecederam a festa foram os mais difíceis para nós e que ele havia tentado não me culpar — e continuar sendo o homem gentil e compreensivo que eu conhecia. Mas vi o brilho nos olhos dele diminuir e a risada barulhenta deixar de ser tão frequente. O pior de tudo era que eu percebia que toda a merda que a imprensa estava dizendo pesava mais nele que em mim. E agora é possível que ele nunca saiba — nunca saiba *de verdade* — que era tudo mentira.

A página de login do e-mail de Liam me encara. O seu rosto sorridente pisca para mim na foto que fica ao lado da barra de pesquisa vazia, esperando que eu digite a senha. É só o que posso fazer para não acabar deixando essa tela em pedacinhos com um martelo da cozinha. Mas o ansiolítico já está fazendo efeito, correndo pelas minhas veias, então simplesmente desisto de tentar e fecho o notebook.

O meu trabalho é aconselhar. A minha especialidade é trabalhar com relacionamentos abusivos e reconhecer sinais de narcisistas, agressores e pessoas que guardam segredos, e, mesmo assim, aqui estou eu, vergonhosamente ignorante a respeito da vida secreta de Liam. Que outra explicação pode haver? Tenho a prova em mãos. Um plano elaborado havia sido montado para me enganar enquanto eu distribuía conselhos para outras mulheres sobre os seus casamentos, ajudando-as a identificar golpistas, mentirosos e traidores.

Ainda vou encontrá-lo. Se o luto foi capaz de nutrir meses de busca, a raiva pode me levar ainda mais longe. Ele não pode fazer uma coisa dessas sem me dar satisfação. Completo o meu copo de vodca e me sento no sofá. Espero o choro começar, é o meu ritual de toda noite. Ao anoitecer, consigo ouvir algumas crianças jogando bola no fim da rua. Consigo captar pedaços das conversas, discussões bestas sobre quem está roubando e disputas pela vez. Janie Stuart vai se sentar no seu alpendre com uma xícara de chá, coisa que já fizemos juntas antes de eu me tornar um caso perdido, essa coisa inconsolável de cabelo despenteado e olheiras que todo mundo evita da maneira mais educada possível. Não por maldade. As pessoas só não sabem lidar com a dor dos outros. Ficam desconfortáveis e então trazem comida e dizem que estão rezando por você por um período aceitável de tempo, depois passam a evitar contato e torcem para que passe rápido. Não posso dizer que as culpo.

Ponho na TV um programa sobre acumuladores. Não comecei a chorar ainda. Assisto a uma mulher escalar uma montanha de bonecos de vendas de garagem e roupas emporcalhadas para chegar à cozinha, que está cheia de caixas de areia e fezes de rato. É supernormal para ela. Ela faz xixi em latas de refrigerante porque não consegue mais encontrar o banheiro. Está escondido por uma barricada de jornais que datam de 1942. Me vejo assistindo ao programa e julgando menos do que esperava. Não é impossível, para mim, ver como ela pôde ter deixado as coisas chegarem a esse ponto. Desistir já não é algo tão distante, não mesmo.

As chaves de Liam ainda estão no organizador do balcão da cozinha. Fomos no meu carro naquela noite. Quando vou me servir de mais um copo, as pego. Imagino os bolsos em que essas chaves viveram, as portas que abriram e que músicas ou rostos, confortos ou decepções podem se esconder atrás delas. Qual dessas chaves abre a porta do escritório dele? Havia segredos lá? Encontros com uma amante? Me lembrei de quando elas ficaram um dia inteiro largadas na mesa de ofertas de um sebo até que refizemos os nossos passos e só então Liam se lembrou de tê-las colocado em cima de um livro, onde deixaram uma marca dentada numa pilha empoeirada. Rimos quando as encontramos e então corremos pela chuva enevoada para tomar um café do outro lado da rua.

Imagino-o nessa cozinha, sem camisa, de chinelos e um short de academia, com receitas espalhadas e com pingos de molho marinara enquanto dava uma de MasterChef com a receita de bolonhesa da avó.

Entendo por que não sucumbi às lágrimas hoje à noite. Não sei mais o que estou fazendo nessa casa. Parece assombrada pela constante memória dele. Em Chicago, dá para ouvir vizinhos de três lados diferentes — as brigas, os telefones tocando, as TVs do outro lado da parede. Sou obrigada a cumprimentar as pessoas quando saio de casa. Como é que vai ter lugar para mim no mundo para andar por todos esses quartos enormes e vazios sozinha? Eles deviam estar preenchidos por vida, e eu me sinto morta. Tomo uma decisão. Preciso sair daqui.

Na manhã seguinte, acordo e tento me lembrar do que sobrou de um sonho, mas parece muito confuso e fora de alcance. Forço a mente a buscar pela memória. Sonhei que incendiava a casa. Essa ideia deveria me deixar horrorizada, mas, por um instante, parece tão gratificante. Pelo menos eu ficaria com umas migalhas de satisfação sabendo que ninguém jamais dormiria na nossa cama ou aproveitaria a minha cobiçada banheira com aqueles jatos de água simplesmente indispensáveis. Jamais cobririam a nossa história com novas memórias.

E então me lembro de um flash do sonho. Do momento em que vi o nosso álbum de casamento queimar. As chamas tomando o quarto primeiro, e as fotos se enrolando nos cantos, derretendo e fervendo antes de se encontrar com os restos dos nossos pertences mundanos como cinzas numa nuvem de fumaça sobre a nossa casa.

Vou para o escritório e começo a escrever uma descrição do loteamento de cerca de meio hectare e da casa em conceito aberto antes mesmo de ligar, de fato, para um corretor de imóveis para fazer o anúncio.

Ligo para Ellie e conto que estou voltando para o apartamento. Ela grita de felicidade, quase me deixando surda, e começa a fazer planos para uma noite nossa com manicure e pedicure antes mesmo de eu terminar a frase, mas apresso a ligação e logo desligo. Faço as malas na mesma hora e contrato uma empresa para cuidar do restante. Entro no carro e dirijo para Chicago.

# 6

*Antes*

Consigo apontar o momento exato em que a nossa vida começou a desmoronar. Era um sábado de janeiro, poucas semanas antes da festa de lançamento do livro. O primeiro tinha sido um sucesso, e a minha inserção permanente no rádio com *Você não está sozinha* estava levando a aparições constantes na TV, alguns programas de auditório, participações como convidada e até algumas entrevistas exclusivas. A minha agente, Paula, achava que o título do próximo livro deveria ser *Você não está sozinha*, para as pessoas associarem na mesma hora ao programa de rádio — uma expansão do primeiro livro, que focava na vida pós-violência.

Dessa vez, eu revelaria algumas histórias da minha própria infância marcada pela violência doméstica e ofereceria planos seguros para ajudar a sair de um relacionamento abusivo. "Tem que ser bem positivo", disse Paula. O livro incluiria dicas completas para conseguir ajuda e um passo a passo para qualquer um que estivesse preso numa situação de violência, mas, acima de tudo, o objetivo era passar uma mensagem sobre superar padrões destrutivos e se emancipar.

Eu gostava da ideia. Pode ser que parte de mim gostasse porque era um "vai se foder" para Thomas e Alan, os meus colegas de consultório, porque esse segundo livro provava que não se tratava de um golpe de sorte ou de uma fase. Eu estava mesmo me estabelecendo nesse novo papel. Eu não iria "voltar com o rabo entre as pernas depois de ser devorada pela imprensa por causa de algum passo em falso ou um conselho que deu errado", como os rumores que Alan espalhava, pelo que me disseram. É claro, ele tinha dito isso de brincadeira e, em sua defesa, depois de algumas doses de uísque num jantar.

Algumas caixas do livro novo haviam sido enviadas e tinham chegado naquela manhã. Liam e eu nos sentamos no sofá de roupão e bebericando café. Ele estava vendo o finzinho do jornal enquanto eu estava distraída abrindo as caixas de livro como se fossem presentes de Natal, antes de precisar subir num palanque para me defender do espetáculo tendencioso e sensacionalista que os jornais já estavam armando. Tirei um dos livros da caixa bem embalada. Senti o cheiro da cola, do papel, da tinta. Examinei a minha foto na quarta capa. Liam a elogiou e começou a trocar de canal e foi então que vi.

Vi o meu rosto — a mesma foto que eu segurava estava num quadro pequeno, perto da cabeça da repórter. Um calor subiu pelas minhas costas. Congelei e encarei a TV. Liam também pareceu paralisado por um instante, segurando o controle em frente ao corpo, no rosto, uma mistura de confusão e choque.

— Dra. Faith Finley, a popular psicóloga de um programa de rádio que talvez você conheça melhor pelas participações no *Get Up, America, The Chat* ou até mesmo pela aparição aqui no *Weekend Edition*, está ganhando fama por outro motivo hoje. Ela foi acusada de ter relações sexuais com um paciente menor de idade. Carter Daley, agora com 20 anos, nos contou sobre as experiências que teve com ela quando tinha apenas 17.

Derrubei o café em cima da caixa de livros. O líquido escorreu pelos exemplares, encharcando e estragando tudo. Eu não conseguia falar. O rosto de Carter apareceu na TV. Havia microfones por toda parte. Ele parecia apavorado. Havia um homem ao seu lado. Um advogado, talvez. O pai não era. Eu o conheci, Alex Daley. Era muito grato pela evolução que Carter estava tendo comigo. O que estava acontecendo? Repórteres gritavam perguntas. Não dava para discernir uma da outra, mas Carter começou a dizer alguma coisa, acalmando o caos por um instante.

— Não vou prestar queixa. Só acho importante que seja de conhecimento geral para que não aconteça com mais ninguém. Isso é tudo o que vou dizer — falou ele, olhando para os pés.

Houve mais perguntas. Alguma coisa sobre como havia se sentido com outra pessoa se aproveitando dele num momento de vulnerabilidade mental. Gritaram outra pergunta, questionando se ele iria abrir processo ou não. Mas a matéria foi cortada e o programa voltou para Larry Green, que tentou ser sincero ao falar sobre como a situação era triste para todos os envolvidos. Depois, veio a previsão do tempo.

Liam desligou a TV e se sentou. Nenhum de nós se mexeu. Estávamos em choque, acho. Então Liam simplesmente olhou para mim. Eu nunca tinha visto aquele olhar. Talvez os seus olhos estivessem implorando que eu lhe falasse que não era verdade. Talvez fosse nojo. Talvez aquela fosse a expressão que ilustra o momento exato em que a confiança é perdida e fica claro que nada mais será como antes. As minhas mãos tremiam e lágrimas obscureciam os meus olhos. O meu coração parecia bater nos meus ouvidos.

— Eu... não... — Precisava recuperar o fôlego. Não conseguia falar. — Aquele é o Carter. Ele... — Me levantei e me sentei de novo.

— Faith. O que é isso? O que foi que aconteceu? — disse ele, forçando uma voz calma.

— Eu não sei! — A minha voz estava falhando — Eu não sei! Você acha que eu sei? Ele é um paciente! Ele... Ai, meu Deus.

— Ele está dizendo que você fez sexo com ele? Mas que... Por que ele...? — Liam se sentou, muito quieto, e encarou o chão. Se eu o conhecia como achava que conhecia, devia estar pensando em como lidar com a situação. — Você...? — começou novamente, mas não chegou a pronunciar outra palavra antes de eu explodir em minha própria defesa.

— Não! Pelo amor de Deus, você está falando sério? É claro que não. Deus do céu! É claro que... Por que ele está fazendo isso? — Lágrimas escorriam. Eu não conseguia pensar; estava morrendo de raiva.

— Faith. Você consegue pensar em qualquer coisa que ele possa ter interpretado errado como... — começou a perguntar Liam, mas cortei a pergunta mais uma vez.

— Se eu pudesse discutir o diagnóstico dele, você saberia que não é surpresa nenhuma ele interpretar muitas coisas errado, mas estou te falando... Não aconteceu nada. Eu não devia precisar te falar isso. Não faço ideia de por que ele faria uma coisa dessas.

Me levantei e respirei, tentando parar de tremer. O que eu, por uma questão de ética profissional, não podia contar a Liam era que Carter sofria de transtorno delirante, o que incluía erotomania, em que uma pessoa acredita que outra, normalmente em posição social mais elevada, está apaixonada por ela, mesmo contra todas as evidências. Carter já não era paciente meu havia quase um ano. Os seus pais eram participativos na terapia. Pelo que me falaram, ele estava se saindo bem. Não dava para imaginar o que poderia tê-lo feito alegar essas coisas sobre mim.

— Você acredita em mim, né? — perguntei, com um olhar severo para Liam.

— Por que ele *diria* uma coisa dessas? — Ele ainda estava olhando para o chão. A cabeça apoiada nas mãos, então esfregou as têmporas e passou as mãos pelo cabelo, nervoso.

— Meu Deus. Você está mesmo me perguntando isso? Eu pergunto para você se acredita em mim e essa é a sua resposta? — Eu estava furiosa.

— Não. É claro. É claro que acredito em você. Me desculpa. — Ele se sentou de volta no sofá, já contemplando o problema que isso seria para as nossas carreiras, tenho certeza, porque eu mesma só conseguia pensar nisso.

— Não sei por que ele diria uma coisa dessas! — praticamente gritei. — Não faço a menor ideia de por que caralhos ele faria uma merda dessas!

— Isso é péssimo — disse Liam, baixinho.

Comecei a chorar, em silêncio, e me sentei numa poltrona em frente a ele.

Apenas uma hora antes, Liam estava todo animado porque tínhamos acabado de reservar passagens para Santiago, no Chile, para maio. A região estava na longa lista de destinos gastronômicos ao redor do mundo que precisávamos visitar juntos. Mesmo que já tivéssemos riscado muitos lugares, ainda restavam algumas paradas obrigatórias, e Santiago era a principal delas. Ele estava mexendo no iPad, planejando a nossa viagem verbalmente enquanto eu fazia ovos na cozinha.

— A gente tem que visitar o Barrio Lastarria primeiro. Vamos tomar café da manhã no Colmado, pedir um cappuccino e um *pincho de tortilla* para comer no pátio. O tempo vai estar perfeito em maio — dissera ele. Eu havia tapado a panela em que o bacon fritava para a gordura não respingar em mim e o beijado, com pegadores de panela nas mãos, concordando com o plano. Agora, tudo iria mudar.

Liam foi em silêncio até a cozinha e se serviu de mais café. Se inclinou no balcão e olhou para fora pela janela.

— Vou ligar para a Paula — falei, procurando o meu celular —, ver se ela pode começar a diminuir o estrago.

— Você não acha que devia ligar para o Ralph antes? — perguntou ele, sem tirar os olhos do que quer que a sua visão tivesse se fixado sem querer. Um esquilo se balançando na cerca, acho.

— Você acha que preciso de advogado? — perguntei, paralisada. — Ele disse que não vai prestar queixa — continuei, e Liam se virou para mim de rosto vermelho.

— Hum... Então tá — falou ele, num tom sarcástico que não era do seu feitio.

— O que foi?

— O jeito como você falou... Sei lá. — Ele parou.

— O que é que tem? — gritei.

— Parece que você está aliviada porque ele não vai prestar queixa — continuou.

— Mas é claro que estou. — Eu estava perturbada, em choque. Não sabia aonde ele queria chegar.

— É só que é uma coisa estranha de se dizer. Parece que você tem motivo para ficar aliviada porque ele não vai prestar queixa. Quer dizer, eu esperava que você dissesse que planeja processar... por difamação ou coisa assim. Pareceu... Sei lá. Que você estava grata.

— Meu Deus do céu. — Eu me sentei, o nervosismo subindo pela garganta, mas engoli o choro e deixei a raiva assumir. — Você está duvidando de mim.

— Não — disse ele, tentando manter a calma. Dava para perceber pelo jeito controlado e forçado com que falava.

— Mil perdões... — falei, agora vasculhando o celular em busca do número de Paula — ... se eu nunca fui acusada de um... sei lá, de um crime na frente do país inteiro antes e não sei as regras de etiqueta.

— Só quis dizer... — ele ainda falava naquele tom extremamente controlado que estava começando a me deixar irritada — ... que acho que não importa se o garoto vai prestar queixa contra você ou não. O país inteiro já sabe a essa altura. Tenho certeza de que vão investigar. Certo? Quer dizer...

Ele parou. Abaixei o celular. Não tinha pensado nisso nesses cinco minutos que tive para absorver a notícia. Um pânico novo começa a surgir.

— Quem vai investigar? — perguntei.

— Não sei. O estado? Não sei.

O meu coração batia acelerado. Ninguém podia me condenar se eu era inocente, né? Eu estava tentando raciocinar. *Eu poderia passar por um detector de mentiras,* pensei. Me dei conta de que isso era coisa de ficção policial e que provavelmente não devia ser um procedimento padrão.

Era só a palavra de um garoto instável. Tentei pensar em qualquer coisa que eu possa ter dito ou feito que tenha levado a isso. Não. Ele interpreta errado quase tudo. *Isso* era parte do diagnóstico dele. Odeio ter começado a duvidar de mim mesma. Será que rocei no joelho dele ao me aproximar para entregar um lenço? Eu o tinha abraçado uma vez, mas foi na nossa última sessão, nunca mais nos veríamos, e a mãe dele estava lá. Eu a havia abraçado também, para falar a verdade.

E então lembrei. Três anos antes, quando havia começado a se consultar comigo, aos 17 anos. Ele investiu contra mim e tentou me beijar numa das nossas sessões, mas o afastei a tempo. Ele chorou, pediu desculpas. Estávamos trabalhando os ímpetos sexuais nada saudáveis dele, por isso registrei todo o incidente e fui firme ao falar sobre como aquilo havia sido inapropriado e disse que, se acontecesse mais uma vez, eu o encaminharia a outro profissional. Depois disso, ele nunca mais teve outro desses acessos ou tentou qualquer coisa. Devia ser disso que ele estava falando. Ele estava confundindo as lembranças daquele dia. Mesmo com tudo o que estava acontecendo, eu não podia explicar nada a Liam por causa da confidencialidade, mas com certeza tinha a ver com esse ocorrido. O meu telefone tocou. Era Paula.

— Oi — respondi.

— Não custava nada ter me avisado, Faith — disse ela, antes mesmo de dar oi.

— Paula, acabei de descobrir, tem uns minutos, no jornal. Nem sei o que dizer.

— Então você conhece o garoto? Não é só um doido que apareceu do nada? — perguntou.

— Ele era um paciente, e acho que sei o que fazer. Ele pode ter interpretado mal alguma coisa. Olha, não posso falar com você sobre esse caso, é óbvio, mas preciso entrar em contato com ele e...

— Não acho que isso seja uma boa ideia por enquanto. Essa situação é... ruim pra caralho. Você tem que dar um jeito nisso — disse ela, num tom seco que nunca a tinha ouvido usar antes.

— Eu vou. Acho mesmo que não é nada e que ele não está cem por cento estável. Deve ser fácil esclarecer isso. — Eu estava ficando confiante enquanto falava.

— Olha, os detalhes são bem... condenatórios. Tomara que você esteja certa, mas contrata um advogado.

— Que detalhes? — perguntei. — Tudo o que ouvi foi que ele falou que algo sexual aconteceu alguns anos atrás... o que, é claro, não é verdade.

A minha confiança sumiu tão rapidamente quanto havia aparecido, e percebi que as minhas mãos voltaram a tremer.

— Você não sabe? — indagou ela.

— Não. O quê? O que ele está dizendo? — perguntei, praticamente gritando ao telefone.

— Bom, você vai acabar descobrindo em menos de cinco segundos se olhar qualquer jornal hoje, então... — Ela parou e fez uma pausa que me deixou nervosa. — Ele disse que você tentou tocá-lo e que estava assustado... e... — Ela suspirou.

— O que mais? Foi só isso? — exigi que continuasse.

— Não é fácil para mim, Faith. Ele falou que você estava preocupada com o uso de drogas dele e ia recomendá-lo para um tratamento para dependência química — disse ela e parou.

— Sim. Eu ia. E...?

— Só que ele não queria ir nem queria que os pais descobrissem sobre o uso de drogas.

— Sim, isso tudo é verdade, e o que mais? — Eu estava ficando impaciente. Até que ela desembuchou.

— Ele disse que você não ia mandá-lo para o tratamento na condição de receber... hum.... certos favores sexuais. "Sexo oral" foram as palavras exatas que ele usou. — Ela pigarreou, desconfortável.

— Paula. Meu Deus — falei, quase sussurrando. — Eu...

— Você, por algum acaso, o recomendou para o tratamento de dependência química? Por favor, diz que sim para a gente poder varrer tudo isso para debaixo do tapete — falou, esperançosa.

— Não mandei — respondi.

— Inferno! — interrompeu. Ouvi um barulho do outro lado da linha, como se ela tivesse jogado algo ou dado um soco em alguma coisa.

— Eu disse que ele precisava provar que podia ficar sóbrio e dei algumas semanas antes de tomar qualquer decisão. E ele ficou sóbrio.

Provou que conseguia se manter longe das drogas e estava indo muito bem, na verdade. Deus do céu! Como ele pôde dizer aquilo? Paula, essa situação é... — Eu nem sabia o que essa situação era, como descrevê-la, como processá-la.

— Tenho certeza de que esse garoto é um mentiroso — disse ela, interrompendo-me. — Mas tem um livro novo seu que sai mês que vem, e a gente precisa dar uma declaração pública. Dar um jeito nessa bagunça o mais rápido possível. Então fala com um advogado e coopera com a polícia — disse ela, com firmeza.

— Com a polícia? Você está de brincadeira? Polícia? — falei, desafiando-a. Olhei para Liam, que simplesmente fechou os olhos e respirou fundo. Ele jogou na pia o resto do café que estava tomando e saiu da sala quando bateram à porta. Pelos finos painéis de vidro, pude ver com clareza quem era.

A polícia.

# 7

*Atualmente*

O apartamento fica no quinto andar e tem vista para lojas movimentadas, uma cafeteria com um café com gosto de queimado e um dono que cheira tão mal que acabou espantando praticamente toda a clientela e, para a minha sorte, um pub chamado Grady's. Enfio a chave na fechadura da porta, não quero olhar muito o lugar. A sensação é melhor do que estar na casa, mas não vou encarar as nossas fotos na parede para acabar pensando nele do jeito que está nelas, o sorriso largo e os olhos claros, o peito e os ombros cobertos de protetor solar de coco numa praia em Cabo. Até onde sei, ele está lá agora, do mesmo jeito, com os braços envolvendo alguma outra mulher.

A única diferença seria a sunga laranja que ele veste na foto. A sua favorita. Ele não levou roupas. Não fez nenhuma mala. Talvez fossem uma lembrança dessa vida que queria tanto deixar para trás. Ou talvez porque tivesse dinheiro. Para que bagagem para atrapalhar um plano tão elaborado? Ele teria um recomeço de verdade.

Nem abro as persianas. Ponho uma chave debaixo do capacho e ligo para a Merry Maids para contratar alguém que faça uma faxina. Assim que limparem e tirarem as fotos que não quero tocar agora, vou pedir por delivery mantimentos e bebidas e passar na Macy's no fim do quarteirão para comprar roupa de cama. Então talvez consiga lidar melhor com o lugar. Mas, agora, álcool.

Ao sair, paro no hall de entrada. Me lembro de Lettie e de como pude ajudá-la. Parece que foi uma vida inteira atrás. Será que ela ficou em Chicago depois de ir embora do abrigo ou saiu da cidade para escapar do ex? Então vejo uma mulher tentando abrir a porta enquanto, na altura do quadril, equilibra uma caixa que se mexe. Mantenho a porta aberta para ela, que corre para dentro. Ela é baixinha e um pouco desgrenhada, com cabelo bagunçado e calça de moletom. Não é bem o tipo de inquilino que esse prédio atrai. O edifício é bem luxuoso, apesar de ser um prédio histórico. Fica num bairro bastante procurado e é lar de muitos jovens trabalhadores capazes de se arrumar para ir à mercearia, então ela meio que se destaca.

— Ai, meu Deus. Obrigada, obrigada — diz a mulher, sem ar. Percebo que tem um gato na caixa. Antes que eu possa dizer alguma coisa, ela estende a mão. — Sou uma grande fã sua.

— Ah. — Aperto a mão dela, surpreendida.

— Vi você no jornal e só quero que saiba que tem muita gente te apoiando. O que aconteceu com você é terrível — diz ela.

— Obrigada. — Só quero encerrar a conversa e conseguir uma bebida.

— Acabei de me mudar. Esse é o Sr. Picles. — Ela acena com a cabeça para a caixa. — E eu sou a Hilly.

— Bom, seja bem-vinda, Hilly. Você vai gostar da vizinhança, tenho certeza.

Ela continua ali parada, me encarando. Percebo um rapaz enfiando algum tipo de folheto nas caixas de correio na parede. Ele revira os olhos para mim, parecendo entender como é estranho essa mulher estar parada aqui, assim tão perto e sorrindo para mim como se eu fosse a Beyoncé ou algo do tipo. Ele vem ao meu resgate e entrega um dos panfletos a ela.

— Se precisar de qualquer ajuda com reparo ou instalação de computador, estou à disposição. — Ele põe um folheto na caixa, perto do gato.

— Ah, obrigada. Você, por acaso, troca tela quebrada? — pergunta ela, se afastando da minha bolha de espaço pessoal e entrando na dele.

— Faço qualquer coisa entre apertar o botão de ligar e hackear o governo russo.

— Só preciso da minha tela arrumada — responde ela, séria.

— Foi só uma piadinha. O que mais faço são reparos simples e instalação de programas, então sim. É só me ligar. — Ele sorri e continua a enfiar os folhetos dobrados nas caixas de correio.

— Obrigada. Foi um prazer conhecer você, Dra. Finley. Moro no 208, se precisar de alguma coisa ou quiser dar uma passadinha para um café, ou algo assim — diz ela, agora tentando acalmar um agitado Sr. Picles, que deve ser o único motivo que a faz se afastar de mim e ir para os elevadores.

Antes de ir para a rua, olho para o rapaz do folheto. Sei que ele estava brincando quando falou em hackear, mas gostaria de saber até onde vão as habilidades dele nisso. Não posso falar disso agora, mas me pergunto se ele conseguiria acessar o computador de Liam com facilidade e qual seria o melhor jeito de abordar o assunto sem parecer suspeita.

— Posso ficar com um? — pergunto, apontando para a pilha de folhetos.

— Ah, claro. — Ele me entrega um. — Precisa de ajuda com o computador?

— Talvez.

Olho para o folheto e vejo o nome dele na parte de cima: *Marty Nash*.

— Obrigada, Marty. — Guardo o papel na bolsa. — Eu me chamo Faith. — Estendo a mão para um cumprimento. — Prazer em conhecê-lo.

— O prazer é meu. — Ele me dá um aperto de mão.

— Você mora aqui?

— Quarto andar — responde, apontando para o seu nome na caixa de correio em que se lê 429, então volta a distribuir os últimos folhetos. Nunca prestei atenção nos vizinhos antes. Depois que nos mudamos para Sugar Grove há quatro anos, só passávamos no apartamento de vez em quando para pegar a correspondência ou dormir após algum evento que fosse até tarde e, na manhã seguinte, já partíamos de novo. Eu vinha aqui escrever em alguns finais de semana, mas nunca ficávamos por muito tempo. Então, se Marty tiver se mudado para o prédio há três anos ou menos, faz sentido que eu só o tenha conhecido agora. Droga, eu mal conheço qualquer um dos meus vizinhos. Outro dos motivos que nos fez pensar que a vida numa cidade pequena era mais gratificante.

Quero mais informações. Ainda não havia pensado em contratar alguém para isso, mas — mesmo que eu quisesse muito que não fosse o caso — preciso saber para onde Liam foi... e com quem.

— Há quanto tempo você mora aqui? — Por que estou perguntando isso? A minha tentativa de continuar uma conversa assustaria qualquer um.

— Há uns três anos, mais ou menos — responde ele, sem parecer ofendido.

— Você trabalha com isso em tempo integral? — pergunto. — Essa coisa com computadores.

— Hum, acho que sim. Sou programador de softwares, mas, hoje em dia, trabalho bem mais de casa, como freelancer.

— Ah, legal — respondo, sem saber o que dizer em seguida.

— Se é legal, eu não sei — diz ele —, mas paga as contas.

Ele parece querer terminar o que estava fazendo, então agradeço mais uma vez e vou até o Grady's.

A uma da tarde, não tem muita gente no bar. Os poucos homens sentados alinhados no balcão — cada um reivindicando a sua respectiva banqueta com um casaco velho e costas arqueadas — são a personificação da solidão. Sou tomada por uma angústia intangível, como a umidade penetrante de um porão tomando conta da pele, do humor de alguém, mas, ao mesmo tempo, sinto o aconchego de me sentir em casa por causa da segurança e do anonimato que o lugar promete, eu acho.

Pego um ansiolítico de um compartimento com zíper da minha bolsa e o engulo com um copo de vodca com água tônica. Hoje combino com esse ambiente bem mais do que combinaria há alguns meses. Se pegar a foto na sobrecapa do meu livro, estou com tudo em cima. O meu longo cabelo loiro-escuro, sempre com hidratações e luzes em dia. As unhas curtas, mas à francesinha. O corpo esbelto com traços esguios e ombros largos que me davam um porte atlético quando, na verdade, simplesmente venci na loteria genética, o que me permitia comer qualquer coisa que Liam precisasse avaliar, de confit de pato e bolo inglês com caramelo a risoto de lagosta e baclava num novo restaurante toda semana sem me preocupar em engordar.

Tenho certeza de que um dia a conta vai chegar, mas já tenho quase 40 anos e ainda me acham bonita. *E quem se importa?*, penso. Agora, depois de vestir uma calça suja de ioga e uma parca e há alguns dias sem lavar o cabelo, eu até que combino com esse barzinho de merda. Prefiro assim.

Quando toda a situação com Carter Daley começou, dois âncoras de jornal, com suas gravatas apertadas e têmporas começando a ficar grisalhas, questionaram por que uma pessoa tão bonita e bem-sucedida ludibriaria um adolescente em troca de sexo. Naquele dia, quase peguei uma das tesouras enferrujadas da caixa de ferramentas de Liam e cortei todo o meu cabelo. Mas eu não sabia se adiantaria alguma coisa e, para evitar parecer louca ou instável diante de tudo o que estava acontecendo, acabei decidindo não cortar.

O bartender põe outra vodca com água tônica no balcão na minha frente, sem que eu precise pedir. O Grady's funciona à moda antiga: o cliente deixa uma pilha de notas de um ou de cinco dólares no balcão e, a cada nova rodada servida, o próprio bartender pega o valor da bebida e desconta do montante, contando o dinheiro na frente do freguês e deixando o restante onde estava, presumindo, suponho, que a maioria da clientela vai estar bêbada demais para conseguir calcular direito pouco depois de se sentar naquela banqueta. Eu sou uma dessas agora. Cada vez que acredito ter chegado ao fundo do poço, afundo mais um pouco.

Olho em volta, quase querendo que algum desses bêbados venha falar comigo. Como ninguém ali me conhece ou liga para quem eu sou, não teria pena nem julgaria, seria só papo furado, que é exatamente o que desejo. Escuto alguns deles proclamando discursos grosseiros sobre política como se fossem especialistas no assunto; depois sobre uma partida de futebol, gesticulando com avidez para a TV acima do balcão, cuja existência eu nem tinha percebido até agora. Escuto um dos homens reclamando para o outro que iria passar o Natal no centro comunitário porque a irmã dele é uma escrota.

Imagino-o recebendo um único convite por ano para a casa da família. A irmã escrota desejando apenas que ele desse conta de levar o garfo cheio de vagem refogada do prato até a boca sem tremer e fazer sujeira ou, pior ainda, fiasco na frente dos sogros dela depois de beber demais vinho quente.

Ninguém me queria por perto também. Nesses últimos meses, todos os meus amigos pararam, um por um, de me ligar e de me visitar. Não sabia ao certo se o sucesso trazia amigos interesseiros, ou se eles, em algum momento, tiveram que desistir da tarefa de consolar a inconsolável e seguir com a vida. Sendo bem justa, passei semanas dormindo, nunca retornei ligações e não falava muito quando alguém tentava me visitar. Eles deviam ter continuado tentando mostrar apoio? Não sei. Mas não posso, de jeito nenhum, culpá-los por caírem fora.

Agora, depois de três vodcas com água tônica, me pego pensando em Hilly e no Sr. Picles. Penso em bater à porta dela. Há um ano, se eu fosse bater à porta de um vizinho, seria com uma cesta de presente nos braços, com vinho caro, chás exóticos e carnes e queijos variados. Agora, não sei nem se me lembrei de encomendar uma caixa de cookies nas compras que pedi que entregassem, porque eu poderia tirá-los da embalagem e colocar alguns deles num prato para fingir que são caseiros e conversar sobre algo que não fosse a "minha perda". O problema é que Hilly me conhece, ou pelo menos sabe quem eu sou, e qualquer tentativa de conversa sobre as tempestades de neve ou sobre a arquitetura majestosa do prédio acabaria trazendo à tona as manchetes e gerando perguntas invasivas.

Já quase não sou mais notícia, o último tiroteio em escola ou escândalo de celebridade tomou o meu lugar. A minha vida e a minha carreira também foram esquecidas, mas não sem antes serem arruinadas com tantas acusações e um marido desaparecido.

Os amigos que tinha já não sabem mais o que falar para mim. A minha vida pessoal está espalhada por aí, molhada, crua e exposta, como se eu estivesse nua e toda aberta numa mesa de exames. Cada detalhe, desde a intimidade sexual que supostamente tive com Carter Daley até os remédios prescritos que tomo são de conhecimento público.

Mesmo quando tentavam falar comigo como se eu fosse uma pessoa normal em algum jantar, ou nos poucos eventos obrigatórios que eu ainda me forçava a ir até pouco tempo, havia algo por trás dos seus olhos — um traço de suspeita, talvez. Ou, pior ainda: de pena.

Acho que é por essa mesma razão que não consigo aturar grandes doses de Ellie ultimamente. Não são só as fraldas sujas, o cheiro de talco de bebê pela casa e os gritinhos e barulhinhos dos fantoches dançantes na TV que me faziam querer sair de lá correndo (digo, literalmente correndo, direto até uma ginecologista para ligar as trompas), mas o fato de que ela esteve presente em todos os momentos. Benza Deus, ver o rosto dela é ver Liam. Ela estava do meu lado no dia do casamento e em quase toda lembrança. Ela estava lá quando Liam estava descalço e com uma calça de linho branco enquanto tentávamos ignorar o vento quente e a areia escaldante durante a cerimônia na praia. Era para ela que eu ligava, tarde da noite, contando sobre os encontros, lá no comecinho, e ouvia cada detalhe das comidas exóticas e das horas que passávamos fazendo amor. Ela estava lá nos verões regados a churrascos no jardim, nas noites de Natal em que víamos George Bailey xingar o Building and Loan em *A felicidade não se compra*. Me lembro da maternidade quando Ellie deu à luz, das viagens a Belize. Nós quatro. Ellie e Joe, eu e Liam, e às vezes ficava difícil lidar com as lembranças dessa vida que foi roubada de mim.

Pesco o limão no meu copo e o chupo. Me lembro de alguém me dizendo que cascas de limão têm mais bactérias que tampas de privada. Não que eu ligue para isso no momento. Penso em Marty, o cara do computador. Talvez ele fosse alguém com quem eu pudesse beber. Ele não hesitou quando Hilly começou a se declarar uma fã. Fã de quem? Quem sou eu? Ele não deu a mínima. Gostei disso. É o tipo de estranho desinteressado de que eu preciso. Que ridículo encurralar esse pobre rapaz só porque ele me deu um folheto.

Sei o que eu devia fazer. Eu devia ligar para velhos amigos. Estou de volta à cidade, de cabeça erguida, arrumada. Já é um progresso. E agora tenho todas as informações que pedi. É hora de seguir em frente. Eu podia até trabalhar numa ideia para um novo livro com Paula sobre se reinventar, sobre a vida após a perda ou algo do tipo, botar a cara no sol.

Mas não faço nada disso. Saio aos tropeços do Grady's, subo as escadas, vou para a cama e não saio do apartamento por dias. Não sei quanto tempo eu teria ficado desse jeito se não tivesse visto uma coisa que me deixou em choque.

Estou sentada com uma garrafa de vinho numa tarde escura de outubro, a chuva gelada bate nas janelas, e tento juntar energia para pagar uma pilha de contas. Então, vejo. Uma coisa num canto esquecido da mesa de Liam que muda tudo.

# 8

*Antes*

Não existiam provas, mas na bolha do Twitter isso pouco importa, quando o assunto é destruir a reputação de alguém. A polícia me fez uma série de perguntas sobre Carter Daley. Os pais dele haviam decidido levar o assunto à promotoria e insistiram em abrir um processo, o que me colocou oficialmente sob investigação.

Nos dias seguintes, fiquei em casa a maior parte do tempo. Cometi o erro colossal de olhar os comentários sobre o caso. Agora era um "caso". Eu sabia muito bem, depois de alguns anos em evidência com as minhas participações na TV, que *jamais* se deve ler comentários na internet. Até mesmo munida com um ansiolítico e uma garrafa de moscatel, olhar os comentários poderia levar a uma depressão incurável, se não a um acesso de raiva assassino. Mesmo assim não consegui resistir.

Um post do Facebook apareceu na tela. Era uma foto de Carter em frente a microfones de jornalistas dando a sua declaração pública — a acusação selvagem e aleatória, que veio do nada, feita para arruinar a minha carreira. Cliquei na imagem e li os comentários:

> **Candy_grl7156:** Essa piranha do caralho tem mais é que apodrecer na cadeia. Não suporto a cara dela e aqueles conselhos

idiotas na rádio. "Largue o seu abusador." Nossa, como eu nunca pensei nisso antes? Ela precisou de um doutorado pra dar esse conselho de merda?

**RwrdyDawg001:** Quem você tá chamando de feia, sua gorda? Eu deixaria a Faith Finley me molestar até dizer chega.

**HyPnOTk1998:** Não que eu queira aliviar, mas você tá certo, tipo, por que esse garoto tá reclamando? Eu passaria o dia todo comendo essa buceta. Kkkkkkkkkkkkk

**Momoffour19_78:** Vocês deveriam se envergonhar. Esse garoto é uma vítima. Vão estudar. Abuso sexual é abuso sexual. Não importa a aparência ou qualquer outra coisa.

Havia centenas de comentários assim. Alguns estavam do meu lado. A maioria, não. As pessoas... me odiavam de verdade. Paula tentava me lembrar de que na semana seguinte todo mundo já teria esquecido e que conseguiríamos nos recuperar disso. Mas dava para perceber que nem ela acreditava nisso. E, quanto mais eu lia os comentários, mais mensagens de ódio eu via direcionadas a Carter também.

**Jnk_n_Trnk96:** Que viadinho.

**AllyCat0011:** Esse garoto é um mentiroso, e dá pra ver que ele é cem por cento autista ou alguma coisa assim.

**Lrd!_!Voldemort:** Ele chama a imprensa pra acusar uma pessoa e depois fica chorando que nem uma menininha dizendo que não quer arrumar problemas pra ninguém #muitobem #espertao #zeruela

Eu odiava aquelas pessoas. Não sabia por que Carter estava fazendo aquilo, mas senti que precisava protegê-lo e apoiá-lo. Eu sabia que não podia dizer nada publicamente, mas, se eu pudesse só falar com ele, talvez tudo se resolvesse.

O advogado que Liam indicou, Ralph Kinsey, era a quem ele recorria às vezes quando alguém tentava processá-lo por causa de uma crítica pesada a algum restaurante ou algo do gênero. Kinsey esteve lá em casa e conversou comigo por uma hora caríssima um dia depois de tudo acontecer. Era um homem rubro e sem paciência, que suava profusamente e tinha um pescoço largo demais para o colarinho branco, o que fazia com que a carne sobrasse para os lados. Ele parecia bastante desconfortável, como se o simples fato de se sentar direito requeresse muito esforço. Por mais desanimador que pudesse parecer, me perguntei como esse homem havia acumulado tamanha credibilidade para ser esse advogado tão infalível que Liam tinha garantido que era.

Fomos para a sala; o sofá protestou de leve quando ele se sentou. O advogado secou o suor da testa com um lenço sujo e disse, com todas as letras, que eu não deveria entrar em contato com Carter Daley em nenhuma circunstância.

— Esses casos em que é a palavra de um contra a do outro são os mais difíceis e mais complicados, ainda mais se de fato não há provas, como você disse. E, pelo amor de Deus, não fala com a imprensa — disse ele, enfiando o lenço molhado de volta no bolso. Era difícil acreditar que o meu futuro estava nas mãos desse homem distraído e agitado, que olhava para Liam enquanto respondia às *minhas* perguntas. Eu não queria fazer nada que pudesse magoar ou desapontar Liam depois de fazer com que ele passasse por tudo isso, então peguei o cartão de Kinsey educadamente, fiz que sim com a cabeça quando ele disse que entraria em contato e agradeci a Liam pela ajuda por tê-lo recomendado. Ele me puxou para um abraço, um gesto que queria dizer "vai ficar tudo bem", mas Liam já parecia muito distante.

Ele estava indo para um resort em Playa del Carmen para avaliar o restaurante de lá. Fiquei em casa mesmo com ele dizendo que pegar um pouco de sol seria bom para mim. Eu tinha trabalho a fazer. Se não podia me comunicar com Carter diretamente, eu com certeza falaria com a imprensa. Kinsey que fosse para a puta que pariu. Eu tiraria essa história a limpo.

Fiquei bêbada mais rápido do que pretendia depois que Liam foi para o aeroporto. Não consegui comer nada, então o álcool subiu rápido. Encontrei uma garrafa fechada de rum Diplomatico Ambassador na despensa. Não era exatamente o meu preferido, mas dava para o gasto. Me deitei no sofá e encarei a televisão com a mente vagando enquanto horas de uma maratona de *Iron Chef* passavam diante de mim. Eu estava com saudades de Liam. Ele odiava Alton Brown — sempre dizia que era arrogante — e, se estivesse aqui, estaria fazendo os seus comentários ácidos — o que, percebi, era a única coisa que me fazia gostar do programa.

Quando me levantei para ir ao banheiro, caí de volta no sofá na mesma hora. A garrafa na mesinha de centro estava pela metade, e eu não conseguia me lembrar da última vez em que havia bebido tanto assim. Eu sabia que era patético, mas não me contive e ri de mim mesma por ter literalmente caído de bêbada. Olhei para a TV e vi que um dos chefs competidores estava usando algo não comestível na apresentação do prato.

— Você nunca viu esse programa? — gritei. — Até eu sei que não se coloca ramo de alecrim na carne de porco, seu imbecil!

As minhas palavras soavam arrastadas enquanto discutia com a televisão. Eu precisava ir para a cama. Precisava parar de beber. Precisava levar um copo gigante de água e ibuprofeno para o quarto, mas não fiz nada disso. Abri o notebook e... li os comentários.

**Brkn_tHe_Rlz**: Soube que a Dra. "Dedinhos Mágicos" foi expulsa do programa de rádio. Isso é carma, sua piranha.

*Isso não é verdade, seu filho...* Comecei a de fato escrever isso, mas parei. Entendia a impressão que iria passar. Eu sabia que não devia, mas tinha certeza de que, se pudesse ver Carter, ou talvez apenas conversar com ele por telefone ou até por e-mail, conseguiria esclarecer qualquer ilusão que ele estivesse tendo. No passado, sempre consegui ajudá-lo a superar esses delírios e se acalmar. Era revoltante que a primeira ação a ser tomada não fosse conversar com ele cara a cara e resolver essa situação. Ele estava sendo protegido como se eu fosse algum tipo de predadora sexual ou molestadora de crianças.

Era antiético entrar em contato com um ex-paciente, mas não dei a mínima. O rum estava me deixando instável, com a cabeça leve... e negligente.

Chegou uma mensagem de Liam, ele estava prestes a decolar para o México e mandou uma foto de um sanduíche murcho de presunto que deve ter custado uns 18 dólares e um emoji de carinha triste. A refeição de última hora antes do voo, deduzi. Ele disse que me amava e que nos veríamos na segunda. Pobre Liam, ele não tinha feito nada de errado, mas também pagaria caro por essa situação — era só uma questão de tempo até que a imprensa começasse a atacá-lo também. Eu não deixaria Carter destruir nós dois.

Decidi que não podia esperar para ver se Kinsey conseguiria salvar a minha carreira, a minha reputação e talvez até o meu casamento. Tomei um segundo ansiolítico e me sentei no alpendre da frente. Estava escuro e muito frio lá fora, mas eu queria tomar um ar. Havia folhas secas agarradas na base do alpendre, e o ar cheirava a terra úmida. Dava para ver o interior da casa da família Patterson pela janela da frente, um quadrado de luz acalentador em meio à escuridão. Eles estavam jantando juntos, só os dois. O jeito como eles comiam parecia tão antiquado. Ervilhas, carne e batatas com um copo de leite ao lado e um prato de pão de fôrma entre os dois. Eles deviam fazer variações desse jantar à mesa estranhamente formal e só para os dois havia anos. Desejei que Liam e eu estivéssemos assim no momento. Desejei poder escapar desse pesadelo e desfrutar carne assada e leite em vez de juntar os cacos da minha vida.

Nunca tive histórico de consumo de ansiolíticos. Para falar a verdade, fazia anos que não tomava nada além de um Advil; desde a faculdade, provavelmente. Tive um ataque de pânico certa vez, numa época em que estava sob um estresse tremendo. Eu estava começando a fazer terapia durante o doutorado e tive que encarar as experiências que havia escondido dentro de mim sobre o meu pai e falar pela primeira vez com um psicólogo da violência doméstica que sofri, o que me fez começar a ter ataques de tontura e dormência. Houve uma vez em que o meu coração acelerou tanto, aparentemente por nenhuma razão específica, que fui parar na emergência, certa de que estava tendo um infarto.

Me prescreveram uma dosagem baixa na época, o que ajudou. Com o tempo, superei o trauma na terapia e, depois de alguns anos, parei de tomar os remédios. Isso foi há mais de uma década. Eu tinha certeza de que tudo havia ficado para trás.

Quando a notícia saiu e vi a cara de Carter na minha TV dizendo coisas impensáveis sobre mim, isso sem falar nas coisas que todo mundo na internet dizia, eu tinha começado a sentir o pânico novamente. Faltavam três semanas para a festa de lançamento do livro, e não importava se os acontecimentos haviam me destruído ou não, eu tinha que comparecer. Não ia deixar essa história passar por cima e acabar com tudo o que trabalhei tanto para conseguir. Eu precisava manter a calma, então fui a algumas sessões de terapia, com outra pessoa dessa vez, já que o Dr. Whitman tinha se aposentado. Acabei com uma receita de ansiolítico de novo e senti que talvez pudesse passar pelo inferno das semanas que viriam até conseguir dar um jeito nessa bagunça. E eu *daria* um jeito.

O problema é o seguinte: como posso culpar as pessoas por acreditarem nele? Precisamos acreditar nas vítimas. Se eu tivesse visto uma coisa dessas no jornal, não pensaria duas vezes antes de acreditar nele, ainda mais com aquele leve desconforto social que faz com que ele pareça ainda mais traumatizado para quem não o conhece. Mas as pessoas não sabem do diagnóstico. Se eu explicasse, se eu pudesse contar para o mundo que esses delírios sexuais fazem parte do registro médico dele, que por isso ele foi até mim, *e* que essa não era a primeira vez que ele fazia acusações desse tipo a alguém em posição de autoridade, talvez tudo isso desaparecesse tão rápido quanto apareceu. Mas não posso.

Legal e moralmente não posso quebrar o sigilo dessa informação. O que me deixa num beco sem saída. Preciso lidar com a situação de algum outro jeito.

Me enrolei numa coberta e fiquei no ar gelado da noite pensando no que diria a Carter se pudesse. "Por que raios você está fazendo isso comigo?" era tudo o que eu queria perguntar. Mas não — primeiro confirmaria se ele estava bem. Começaria daí. Demonstraria a minha preocupação e perguntaria o que havia de errado, se ele estava bem. Diria que não estava com raiva e que ele podia falar comigo. Eu não sabia o que dizer, verdade seja dita. Dependeria de como ele reagiria à minha ligação.

Tomei um gole do rum que havia levado para fora comigo. A minha cabeça girava. Peguei o celular, atrapalhada. Existia uma pequena parte de mim, a parte sóbria, que sabia que o que eu estava prestes a fazer não era ético, mas não dei ouvidos a ela. Respirei fundo e liguei para o número que tinha no contato dele.

A ideia de que aquele número poderia não mais existir só me ocorreu depois de ter discado, e senti aquela onda de dormência familiar... Uma pincelada leve de formigamento que logo se espalhou pelas minhas pernas e me alfinetou na espinha. E então chamou. Chamou muito e acabou na caixa de mensagem.

— Você ligou para Carter. Por favor, deixe um recado.

Era uma mensagem bastante cortês, não com um tom descontraído tentando ser engraçadinho ou agradável. Conhecendo Carter, tenho certeza de que ele treinou essa fala milhares de vezes até escolher essa gravação em particular. Fiquei muda por um instante, mas, já que a minha ligação apareceria de um jeito ou de outro no registro de chamadas, não tinha como voltar atrás. Talvez uma mensagem o fizesse entender. Talvez, e só talvez, ele retornasse a ligação e poderíamos tentar dar um jeito nisso juntos. Tentei me concentrar em parecer sóbria.

— Carter. Hum... Aqui quem fala é a Dra. Finley. Eu, hum... espero que você esteja bem. Acho que a gente precisa conversar, de verdade. Acho que você pode ter confundido as coisas e eu só... eu só espero que a gente possa conversar. Eu sei que você não acredita nessas acusações. Eu... Certo, é isso, eu acho. Não, não é. Olha. Eu me importo com você, e a sua mãe também, e o seu pai também. Nós todos... Se você está passando por algum problema, a gente está aqui. Você pode contar a verdade que ninguém vai ficar chateado. Me liga, por favor.

Ele não ligou. Tentei mais duas vezes entre dez da noite e uma da manhã, depois mandei um e-mail perguntando o que raios estava acontecendo e por que ele estava dizendo aquelas coisas. Comecei a me perguntar se Carter não estaria se tratando com algum terapeutazinho recém-formado que estava desenterrando memórias falsas ou algo do tipo e o levando a acreditar no que estava falando. Será que ele tinha voltado a usar drogas? Ou será que estava desesperado por dinheiro e achou que essa confusão poderia acabar num processo lucrativo? Mas ele continuava alegando que não queria tomar medidas judiciais.

Então *qual era o motivo*? Por que ele passaria por tudo isso só para arruinar a minha vida? Fama? Era simples assim? Será que ele só queria atenção? Porque a maior parte da atenção que recebia vinha junto dos termos *bicha* e *cuzão*. Então, se o plano tinha sido esse, talvez a repercussão negativa o fizesse colocar a cabeça no lugar.

Depois de alguns dias sem resposta para as minhas ligações e para os meus e-mails, decidi ligar para a mãe dele, Penny Daley, e explicar a ela que tudo isso era um grande mal-entendido e que precisávamos nos encontrar e entender o que estava acontecendo — que eu nunca, nem em um milhão de anos, faria algo parecido com aquelas acusações. Eu sabia que, no fim, estaria chamando o seu filho de mentiroso, mas ela sabia muito bem como Carter era propenso a ter episódios de delírio. Ela me escutaria. Eu garantiria que tudo o que queria era ajudar.

Tive que procurar o número na internet. Eu estava ficando desesperada. Em algum momento, cheguei a achar que conseguiria resolver tudo nos três dias em que Liam estava fora, que ele voltaria para casa e tudo estaria como antes.

Me sentei à mesa na manhã de segunda antes de Liam voltar e liguei para ela. Ninguém atendeu. O advogado os havia instruído a não falar comigo, com certeza, mas não me conformava. Penny era uma pessoa racional e gentil. Se não estivesse sofrendo uma lavagem cerebral da imprensa e do advogado, estaria preparando torta e biscoitos para mim como costumava fazer, levando-os naquele Tupperware que parecia estar sempre com ela. Daria um tapinha no meu joelho, sorriria e escutaria sem interrupções como sempre enquanto ouvia coisas difíceis para uma mãe ouvir sobre a saúde do filho.

Isso tudo era enlouquecedor. Passei o restante do fim de semana secando o rum, curvada sobre o computador, tentando assistir e reassistir à declaração de Carter, vasculhando os milhares de comentários para ver se encontrava alguma resposta dele, para ver se havia qualquer coisa que pudesse me ajudar a entender o que estava acontecendo.

Ainda bem que Ellie e Joe estavam longe, de férias. Se ela tivesse ficado sabendo, teria ligado, então eu estava feliz de, pelo menos, não ter acabado com a viagem que fizeram para esquiar. Alguns amigos, até Alan do consultório, tentaram me ligar nos dias posteriores às acusações, mas não atendi. Me mantive bêbada o suficiente para evitar um completo surto de ansiedade e tentando decidir que tipo de declaração daria. Se eles não falassem comigo — se Carter e os pais não conseguissem ser racionais —, eu teria que me defender e dar uma declaração. Kinsey que fosse para a puta que pariu de novo. Eu não confiava no conselho dele, não mesmo.

Segunda de manhã nenhum progresso tinha sido feito. Olhei o meu e-mail. Havia apenas um. Era de Steve Flynn, diretor da estação de rádio. Não abri. Sabia que não seria uma conversa fácil e que teríamos que pensar no que eu diria sobre o ocorrido no meu programa na sexta e em como lidar com toda essa situação, mas eu iria lá mais tarde e conversaríamos pessoalmente.

Não havia ligação de ninguém da família Daley, e comecei a ficar preocupada com a possibilidade de perder pacientes e com o que isso significaria. Eu queria me recompor antes que Liam voltasse para casa. Estava com uma ressaca terrível, tinha olheiras profundas e todo o meu corpo doía por causa da privação de sono e de todo aquele rum... e, depois do rum, do gim com água com gás. Fiz café e liguei a TV para acabar com o silêncio mortal da casa.

Depois de alguns comprimidos de Advil e café, voltei a me sentir mais gente. Então tomei um banho de banheira escaldante — o primeiro desde a partida de Liam, na sexta. Me aconcheguei na água quente e fiquei lá até os meus dedos ficarem murchos e enrugados. Pensei na festa de lançamento do livro e me perguntei se alguém ainda compareceria — pensei que, para começar, nada disso teria acontecido se eu não tivesse me colocado numa posição de destaque. Eu estaria em Playa del Carmen com Liam nesse momento, lendo um livro embaixo de um guarda-sol na praia, com grãos brancos de areia grudados nas minhas pernas bronzeadas.

Atenção era o único motivo plausível para Carter estar fazendo isso. Eu havia eliminado todas as outras possibilidades. Quando saí da banheira, ouvi alguma coisa na televisão do outro lado do corredor — o meu nome. Me enrolei numa toalha, corri até a sala de estar e parei em frente à TV de boca aberta. Uma loira de peitos enormes num suéter justo anunciava as manchetes, e eu era uma delas.

— A Dra. Faith Finley não retornará ao seu programa de rádio, *Você não está sozinha*, e, ao que parece, seu quadro no *Bom dia, Chicago* também está por um fio. Os fatos foram divulgados pelas próprias emissoras quando questionadas por nosso repórter Chris Christoph após sérias acusações de um paciente menor de idade virem à tona semana passada. Mais informações sobre o caso em breve. É com você, Brian.

Abri o notebook no mesmo instante para ler o e-mail de Steve da rádio. Tinha uma carta de rescisão anexada. Não houve nem mesmo ligação, muito menos uma conversa presencial. Era inacreditável. Só umas frases de merda dizendo o quanto sentia muito, mas que não teria coragem de fazer isso se houvesse uma grande comoção, e que o dele também estava na reta — que a situação não era boa, pareceria que a rádio apoia abuso sexual ou qualquer coisa do tipo. E que, de novo, ele sentia muito.

— Merda! — gritei — Merda, merda, merda.

A campainha tocou. Eu ainda estava pingando e enrolada na toalha, mas o homem na porta conseguia me ver por causa daqueles painéis de vidro idiotas ao redor da entrada que, inclusive, não servem para nada e que, no mínimo, deviam ser vitrais. O que eu quero dizer é que ele conseguia me ver completamente. Parecia um entregador da UPS, mas eu não me lembrava de ter encomendado nada. Ele deu um sorriso amarelo e acenou. Abri a porta.

— Sim? — disse, curta e grossa.

— A senhora é Faith Finley?

— Ã-hã. E aí? O que você quer? — perguntei, sem paciência.

— Aqui. — Ele me entregou um envelope. — Preciso que assine aqui.

Suspirei enquanto assinava o formulário, presumindo que fosse algo do trabalho de Liam. Peguei o envelope do sujeito e fechei a porta com tudo. Me sentei na escada que ficava perto da entrada para me forçar a respirar fundo e manter a calma. Inspira: *um, dois, três, quatro.*

Quando olhei para o envelope, vi que era para mim, não para Liam. Peguei-o do degrau e o abri, com cuidado. Li e reli.

Encarei a folha que segurava sem conseguir acreditar. Olhei para o nome no envelope de novo, certa de que havia sido um engano.

Penny Daley havia prestado queixa de assédio e agora tinha uma medida protetiva.

# 9

*Atualmente*

Estou paralisada, encarando a minha descoberta. Não consigo acreditar no que estou vendo. Dentro da mesa de Liam, quase caindo no fundo da gaveta, está o passaporte dele. Colado na capa, um Post-it escrito "Renovar antes de Santiago". Fico sem ar por um instante, então abro o passaporte e vejo a foto três por quatro e a data. Iríamos para Santiago em maio; estamos em outubro agora. Esse passaporte expirou há meses. A primeira coisa que penso é que ele deve tê-lo renovado e está com o novo em algum país com a nova amante. Mas não, ele não renovou. Não tem como. Por que aquele Post-it ainda está ali? Por que o passaporte velho não estava no arquivo que tínhamos em casa se ele o havia renovado? Ele é muito caxias com organização, e os documentos tinham que ficar guardados em ordem alfabética num arquivo trancado.

Fazia sentido trazer o passaporte para o apartamento já que não havia nenhum órgão emissor de passaportes em Sugar Grove. Ele estava aqui em Chicago o tempo todo. Deve ter deixado o passaporte aqui para renová-lo quando estivesse pela cidade, mas nunca chegou a fazer isso. Ai, meu Deus. Se ele não está com o documento, tudo muda.

Além da investigaçãozinha porca que fizeram em Sugar Grove — que durou alguns dias de trabalho superficial até me apresentarem provas de que não se tratava de um caso de desaparecimento —, a polícia também fez uma busca básica em Chicago. Conversou com amigos, com colegas de trabalho, vasculhou o apartamento, mas, com certeza, não foi muito a fundo por causa da rapidez com que Liam havia partido.

Eu havia olhado cada arquivo, cada gaveta, cada possível esconderijo em busca de pistas, cartas de amor, um celular descartável daqueles que pessoas mal-intencionadas usam, talvez até uma lista de senhas que me ajudasse a entrar no computador dele e procurar por lá também, mas não havia achado isto aqui: o passaporte expirado, encontrado porque vi a sua ponta desgastada caindo pelo trilho da gaveta da mesa.

Um formigamento familiar passa pelos meus ombros e desce até os meus braços e a minha espinha. Pânico. E então um flash, um calor como álcool atingindo a circulação sanguínea. O meu coração bate mais forte. O que encontrar esse passaporte significa? O meu primeiro instinto é ligar para o detetive Sterling — contar a ele que estava errado e que Liam está aqui, em algum lugar, e que algo terrível aconteceu. Mas, até agora, tirando as suas tentativas de demonstrar compaixão ou profissionalismo (nunca soube qual dos dois), ele havia me tratado como uma bêbada histérica que fez o marido se mandar. Ser considerada louca é uma faca de dois gumes. Embaixo daquele sorriso amarelo e daquelas lentes de contato ficava claro o que ele achava de mim.

Preciso me preparar para dar a notícia, para que Sterling não me dispense sem nem ouvir o que tenho a dizer enquanto reitera outras evidências e oferece uma explicação simples para o passaporte expirado. Mas como ele conseguiria explicar uma coisa dessas?

Pego uma boa quantidade dos Post-its que Liam tanto amava e procuro um lugar no apartamento onde eu possa tentar refletir sobre essa história direito. O apartamento é pequeno, mas de muito bom gosto. Os tijolos aparentes ao redor da lareira cobrem praticamente metade da sala de estar, criando um ambiente aconchegante. As janelas, que dão para o beco movimentado abaixo e para quilômetros de telhados e lojas abarrotadas, vão do chão ao teto; elas levam a uma saída de incêndio que sempre tratamos como se fosse uma sacada — havia espaço suficiente para algumas flores e cadeiras, se fossem colocadas sobre tapetes de borracha para os pés não caírem nos espaços entre a grade de metal. Era preciso dar um jeitinho para passar pelo peitoril baixo da janela e fingir que a saída de incêndio era, de fato, uma sacada, mas todo mundo fazia isso e era um jeito deliciosamente urbano de se viver.

O interior, com uma sanca de um século, detalhes ornamentados em madeira nos balaústres e armários embutidos, parecia outro mundo se comparado com a casa imponente de Sugar Grove. Tiro um dos quadros da parede de tijolos aparentes na minúscula sala de jantar e preencho o espaço com Post-its.

Em cada um deles um motivo para Sterling acreditar que não há algo suspeito nessa história.

"Liam sacou dinheiro perto do aeroporto antes do acidente." Abaixo, uma lista de possibilidades para isso ter acontecido que fujam da teoria da polícia de que ele estava saindo da cidade. Por exemplo: e se alguém apontou uma arma para ele e o forçou a sacar o dinheiro? E se o obrigaram a dar a senha do banco?

"O celular dele emitiu sinal durante todo o dia posterior ao desaparecimento. (E o que aconteceu depois? Ele saiu do país?)" E se ele estava no porta-malas de alguém? E se outra pessoa estivesse usando o celular dele? Quando essas hipóteses deixam de ser ideias e são colocadas no papel, começam a soar um pouco mais implausíveis, quase como um episódio ruim de *Law & Order*. Tudo ali, escrito, parece tão... louco. Continuo mesmo assim.

"Liam tirou uma grande quantia de dinheiro da nossa conta pouco antes do acidente." Não tenho uma explicação para essa aqui. Nenhum dinheiro foi encontrado nem na casa nem no apartamento. Nas primeiras semanas depois do acidente, quis acreditar que ele tinha planejado alguma surpresa para mim — que ligariam da Zales dizendo que o pingente de diamante que ele havia encomendado tinha chegado. É ridículo, eu sei, mas a minha cabeça considerou a ideia, tamanho desespero por uma explicação. Se ele tivesse encomendado alguma coisa, eu já teria ficado sabendo. Mesmo se fosse a moto que ele sempre quis e eu descobrisse que a mantinha escondida no galpão do vizinho até ter coragem de me contar, ou algo do tipo, eu pularia de alegria, mas não havia pista nenhuma a seguir. Se ele tiver pegado essa "grande quantia" de dinheiro, esses seis mil dólares, e levado para algum lugar, o que isso implicaria?

Escrevi "traficante?" em outro Post-it e o colei embaixo do que dizia "grande quantia". Imediatamente o arranco da parede, amasso e jogo no chão.

Aquela leve sensação de pânico que faz os meus braços formigarem volta. O pânico sempre chega sem aviso: quando tenho que pisar fundo no freio do carro, quando percebo que vou me atrasar para algo importante ou no choque ao notar que cliquei em Responder a Todos. Uma vez, quando Batata cavou por baixo da cerca e desapareceu durante a tarde, voltando só na hora do jantar, essa mesma sensação inesperada de pânico tomou conta do meu corpo. Um tremor, uma onda de dormência.

Luto contra o pânico. Abro uma nova garrafa de vinho tinto e me sento à mesa de jantar, encarando o papel amassado.

"Traficante". Não. Liam, não. Mas, se ele de fato levou dinheiro, por que só seis mil? Por que não limpar a conta e pegar todas as nossas economias ou então fazer o que seria do seu feitio e levar metade? Liam seria justo porque ele era assim; mesmo nos seus delírios de insanidade. Eu sei que sim. Além do mais, seis mil foi uma quantia específica e tinha que ter algum significado. Escrevo um ponto de interrogação em outro Post-it e colo abaixo das palavras "grande quantia".

"O passaporte NÃO está desaparecido" também vai para a parede. Me sirvo de mais bebida e me sento outra vez, analisando essa frase. É a primeira pontinha de esperança que sinto em muito tempo — pensar em Liam vindo aqui ao apartamento na hora do almoço para pegar a correspondência e o terno que pedi que vestisse na festa de lançamento do livro, aquele de que eu gostava, e rabiscando um lembrete para que ele mesmo não se esquecesse de "Renovar antes de Santiago". Ele jamais deixaria algo tão importante quanto um passaporte largado por aí. Ele guardaria na gaveta, como fez. Eu riria dele por causa disso e perguntaria o que poderia acontecer com o passaporte se ficasse em cima da mesa e não na gaveta, e Liam, sem sombra de dúvida, diria que é uma questão de princípios. Deve-se ocultar os seus bens.

Eu não teria simplesmente sorrido e deixado para lá. A minha resposta seria: "Se um limpador de janelas estivesse pendurado no nosso prédio, notasse o passaporte dentro do apartamento do quinto andar e então elaborasse um plano mirabolante para voltar mais tarde, invadir o apartamento e roubar o seu passaporte vencido para assumir a sua identidade e fugir do país, o que você disse faria algum sentido." Ele acharia graça na piada e daria um sorriso presunçoso, mas guardaria o passaporte na gaveta mesmo assim. É a primeira vez que sorrio ao me lembrar dele desde que Len me entregou aquele e-mail.

Então um pensamento me paralisa. Toda a minha esperança se dissolve até se tornar o mais puro pânico destilado. E se ele tivesse dito ao órgão emissor que haviam roubado ou que tinha perdido o passaporte? Foi o que fiz quando arrombaram o carro e roubaram o meu. Tínhamos acabado de voltar de viagem, e eu não devia ter deixado o passaporte no banco do carro, mas tirei os olhos dele por trinta segundos no máximo. Essa era a diferença entre nós. Eu arriscava trinta segundos, achando que a sorte estava a meu favor. Ele ocultava os seus bens, até mesmo dentro de casa. Se alguém achasse que um de nós faria alguma coisa impulsiva, com certeza seria eu, mil vezes. O jeito como, do nada, fui para o rádio e para a TV. Não que fosse algo necessariamente ruim, mas Liam nunca faria algo levado pelo impulso.

A única coisa que não lembro é se tive que pagar mais caro pelo novo passaporte porque foi roubado, mas tenho certeza de que não houve maiores complicações. Eles protocolaram como roubo e depois emitiram um novo, sem nenhum problema. Ele pode ter feito o novo passaporte e mantido esse aqui, caso não tivesse se lembrado de que o havia guardado na gaveta. Deve ser simples verificar. Mas, mesmo sendo sua esposa, não acho que me dariam esse tipo de informação.

Eu teria que contar para Sterling. Ele precisaria investigar, mas será que levaria a sério?

Sinto que estou quase enlouquecendo. Por que raios ele deixaria um recado num passaporte vencido só para reportá-lo como perdido depois e tirar um novo? Ele não tentou encobrir nenhuma das chamadas "evidências". Não fazia sentido, então decidi manter a pontinha de esperança que senti ao encontrar o documento. Ele não me abandonou. Ele está com problemas em algum lugar e precisa da minha ajuda.

Outro pensamento me ocorre, então me levanto de pronto, de repente me sentindo sóbria e alerta.

— Puta que pariu — murmuro enquanto vasculho a pasta de arquivos no balcão que contém todos os cartazes que fiz de pessoa desaparecida, as novas reportagens, tudo o que se conectava ao desaparecimento de Liam, inclusive o papel que Len trouxe para mim. Um e-mail impresso, dobrado ao meio dentro de um pequeno envelope. Puxo o papel com violência e o leio mais uma vez. Não foi endereçado a ninguém. Não há nem um "a quem possa interessar". Parece o rascunho de um e-mail que ele poderia adicionar um destinatário e enviar depois. Observo cada palavra com cuidado.

> Queria que houvesse um jeito melhor de dizer isso. Um que não parecesse tão covarde, mas... eu preciso ir. Preciso de um tempo, talvez para sempre. Ainda não sei. Tem tanta coisa que eu queria poder explicar, que poderia dar um sentido a tudo isso, mas é complicado demais e, com toda a sinceridade, estou cansado de ser mal interpretado. Não quero explicar para todo mundo o que aconteceu, só quero ir. Para longe de tudo isso.

Por Deus. Até onde sei, ele podia estar escrevendo isso para o chefe, Samuel Richter. Essa mensagem poderia ser tanto uma carta de demissão quanto de término de relacionamento. Parecem pensamentos que ele elaboraria depois — como o subtexto de uma peça de teatro. Pode até ser que tenha descrito como estava se sentindo, mas, já que não tinha enviado nem endereçado a ninguém, talvez fossem apenas divagações de um cara de saco cheio do trabalho. Sei que estava cansado de viajar o tempo todo. Sei que ficava cada vez mais exausto com a hostilidade que recebia depois de uma crítica negativa a um restaurante. A noite em que encontramos o nosso carro coberto de ovos no estacionamento de um festival de gastronomia e vinhos foi a primeira vez que verbalizou essa insatisfação — que talvez quisesse tirar um ano sabático e escrever um livro de receitas; que adorava ser crítico gastronômico, mas ainda queria tentar outras coisas, quem sabe um certificado de *sommelier*, algo novo e empolgante.

Sou inundada por uma onda de paz. Quase choro de alívio, como uma pessoa escapando do cativeiro — por um segundo, a ideia de que talvez ele não tenha me abandonado de propósito abala o meu coração e faz os meus olhos se encherem de lágrimas, embora, sendo sincera, Liam numa praia, deitado com outra pessoa, seria o melhor cenário no momento. Pelo menos ele estaria a salvo.

Choro até ficar com o rosto rosa de tão exausto e os olhos inchados até parecerem duas fendas finas. Depois, dolorida por causa do esforço, pego o baseado pela metade que estava guardado dentro de uma lata de chá por um ano, no mínimo, atravesso o peitoril da janela que dá para a saída de incêndio e me sento, contemplando essa noite banal, morrendo de inveja das pessoas lá embaixo, que seguem a vida normalmente.

O prédio atrás do nosso tapa parcialmente a vista com uma parede de tijolos, mas dá para ver, mais abaixo, as lojas cheias e um restaurante italiano que costumávamos frequentar. Vejo um casal entrando nele. Eles parecem pequenininhos aqui do quinto andar, mas percebo que o homem coloca a sua grande mão na lombar dela para conduzi-la para dentro. Um gesto tão singelo, mas que me deixa tremendo de saudade de Liam.

Me distraio com um barulho que não consigo identificar, algo estalando. Se não estivesse tão bêbada, talvez tivesse, por instinto, pensado em sumir com o baseado ao ouvir outra pessoa, mas apenas trago lentamente enquanto olho ao redor, procurando a origem do som. Na saída de incêndio do andar de baixo, vejo um homem envolver cuidadosamente em sacolas plásticas as suas plantas remanescentes penduradas, para protegê-las da geada que está a caminho.

Admiro o quanto é cuidadoso, colocando dentro do saco cada folha delicada. Ouço algo tocando ao fundo, uma música vindo de trás da sua janela trincada e se lançando ao ar da noite. Billie Holiday, talvez? Depois, ele se senta e abre uma cerveja. Consigo ver o perfil daqui. É Marty Nash, o cara da informática.

A delicadeza com que cuida das plantas me surpreende já que o jeito apático do outro dia não parece combinar com o botânico cuidadoso que escuta (justamente) Billie Holiday que vejo agora.

Penso no cartão que me entregou e quase o cumprimento, dando início a uma conversa para que, caso eu queira contratá-lo em algum momento, ele não ache que sou só uma esposa desprezada, stalkeando o ex ou algo do tipo. Não sei por que ligo para isso. Só quero ser discreta. E tenho certeza de que pedir com todas as letras a alguém que hackeie a conta de outra pessoa é no mínimo um delito leve. Sem dúvida, ilegal, de qualquer ponto de vista. Preciso que Marty fique do meu lado.

De repente, ele fareja o ar e olha em volta. *Ai, meu Deus. Ele está sentindo o cheiro da maconha. Muito esperta, Faith. Boa!* Esmago o restante do baseado no braço da cadeira, mas ele já olhou para cima e me viu, pisando freneticamente nas cinzas que caíram embaixo da cadeira, no tapete de borracha.

— Foi mal — grito — pelo barulho... O meu... Eu deixei cair o meu... cigarro de cravo. — Eu acabei de dizer isso mesmo? Ainda fabricam esse tipo de cigarro? Fico feliz por ele não poder ver as minhas bochechas corarem de vergonha.

— Não tem problema.

— Foi mal — é, de novo, tudo o que consigo formular.

— Eu tenho mais... cigarro de cravo aqui — diz ele, tentando esconder um sorriso malicioso.

— Hein? — Ele está tirando onda com a minha cara? Não tenho certeza do que quer dizer.

— Parece que você acabou mesmo com aquele ali. Só estou dizendo que tenho outro aqui caso você precise.

Ele exibe um baseado. Consigo vê-lo na sua mão, o lado direito do corpo dele iluminado pela luz quente que emana do seu apartamento. Deixo escapar uma risada estridente — o que não era minha intenção. Liam gostava de fumar maconha de vez em quando, mas eu tentei apenas duas vezes. Uma em Amsterdã e outra num acampamento. Talvez fosse só paranoia minha, mas sempre que fumava eu me sentia presa num daqueles programas de TV com policiais à paisana.

— Ah... — é tudo o que consigo responder, parecendo surpresa e incerta.

Não tinha coragem de descer os poucos degraus até o apartamento dele. O álcool e a maconha já estavam deixando a minha fala levemente arrastada e me imaginei, em meio à névoa do entorpecimento, caindo e morrendo. Eu morreria com uma queda do quinto andar? Provavelmente. Uma vez, li que o quinto andar era o limite. Que *pode ser* que a pessoa sobreviva. Mais alto, morte certa. Acho que eu preferiria cair de uma altura maior. As escadas que conectam as saídas de incêndio são seguras, sim, só que não para alguém nessas condições.

— Não precisa, obrigada — digo, por fim, mas ele, com a facilidade de alguém sóbrio, já escalou os poucos degraus e me passou o baseado. Pego o cigarro, surpresa, e ele simplesmente volta para a sua saída de incêndio e continua a beber cerveja. Nenhuma tentativa de jogar conversa fora, o que é mais condizente com o cara de que me lembro no hall de entrada.

— Obrigada — falo, em sua direção.

— Você parece mesmo estar precisando — diz ele, sem rodeios.

Não soa como um insulto, parece mais uma observação depois de um gesto generoso, mas mesmo assim fico morrendo de vergonha. Será que ele me ouviu chorar? Com certeza viu o meu rosto inchado e vermelho quando se aproximou para me entregar o baseado. Seria ótimo ter vizinhos anônimos que não me conhecessem ou que não me vissem como um desastre ambulante, para variar.

Agradeço mais uma vez e escalo de volta o peitoril da janela, chapada e envergonhada. Dou fim ao baseado em tragadas longas e firmes, então caio de sono no sofá — não naquele sono intermitente, agitado e doloroso que me deixava ciente da minha situação sempre que acordava, mas num sono sem sonhos e pesado, como tenho ansiado há semanas.

Ainda está escuro quando uma série de pancadas ecoa na porta. Acordo assustada, tentando controlar o meu coração que parece bater na garganta e os meus pulmões que tremem. O relógio do aparelho de TV a cabo do outro lado da sala pisca sinalizando 5:22. O dia escurece mais rápido nessa época do ano. Já é noite? Dormi até o outro dia? Não seria a primeira vez. A televisão ainda está ligada, a sua luz bruxuleando na escuridão. O rosto enquadrado de uma mulher deseja bom-dia, então devo ter dormido por apenas algumas horas. Mas que inferno, quem poderia ser? Quem estaria batendo à minha porta a essa hora, ou a qualquer hora, e para quê?

Uso o olho mágico para ver quem é, então me atrapalho para destrancar a porta o mais rápido possível, tremendo ainda mais do que quando acordei no susto, lágrimas começando a surgir e já escorrendo antes mesmo de eu abrir a porta. Destravo a corrente de segurança e olho para ele.

O detetive Sterling está ali, perguntando se pode entrar. Não consigo nem responder. Me pergunto se fiz alguma ligação para ele enquanto estava bêbada para falar do passaporte. Meu Deus, devo ter ligado. Ele entra e fecho a porta. Devo ter sinalizado com a cabeça para que entrasse, mas não me lembro nem disso.

Ele não precisa pedir para se sentar. Não precisa dizer nada. Tudo o que faz é tirar o chapéu e segurá-lo sob o peito antes de pronunciar as palavras que já sei quais são. Ele diz "Sra. Finley, eu sinto muito", mas o que ouço é "O corpo do Liam foi encontrado".

# 10

*Antes*

Quando Liam voltou de Playa del Carmen, nem precisei contar sobre a medida protetiva porque ele já havia visto na televisão de um bar do aeroporto. Eu estava na sala de TV enrolada numa coberta e com uma xícara de chá, os meus olhos estavam inchados e horríveis quando ele entrou com um saco cheio de tacos de algum restaurante novo e "cem por cento artesanal" em que havia parado para me trazer o jantar. Ele fingiu não perceber como eu estava.

— Voltei ainda querendo comida mexicana — foi tudo o que disse. Depois deu um beijo na minha testa e adicionou: — Está com fome?

Eu me casei com nada menos que um santo. Assenti, e ele foi para debaixo das cobertas comigo e me entregou um taco, então virou a cabeça para o programa de culinária na TV.

— Qual é o ingrediente secreto?

— Rábano-silvestre — respondi enquanto mastigava. Liam pausou o programa e olhou para mim.

— Não vou perguntar por que você entrou em contato com ele. Sei que você pensou que...

— Foi burrice — interrompi.

— Foi — concordou ele. — Foi um erro. Não fez você parecer inocente, fez parecer... Eu nem sei, Faith, mas a gente precisa de um plano para lidar com isso. Você não pode fazer o que dá na telha sem me falar nada.

— Eu sei. — Afastei os tacos que estavam na mesinha de centro e trouxe os joelhos ao peito, envolvendo-os num abraço. — A gente devia cancelar a festa de lançamento do livro. Vou tentar me manter discreta até os jornais escolherem o próximo escândalo. Foi o que a Paula falou para a gente fazer, pelo menos.

— Para começo de conversa, a Paula é agente literária, não assessora de imprensa. Ela não sabe do que está falando. Se você se esconder, vai parecer culpada — disse ele, com firmeza. Sorri para ele pela primeira vez em dias. Ele acreditava em mim. Estava do meu lado.

— Mas o Kinsey falou para eu não me manifestar, e a rádio, eles... — Tentei explicar que haviam me desligado, mas ele já tinha ouvido em algum lugar.

— A rádio provavelmente adoraria continuar com você. Escândalos são ótimos para a audiência, mas você sabe como são as coisas. Ia parecer que eles apoiam o que você fez.

— Mas eu... — comecei a protestar, mas fui interrompida.

— Não quis dizer que você é culpada. Você me entendeu. Esquece a rádio. Vamos focar na sua festa e discutir com o Kinsey sobre o que você deve dizer se... Bom, não "se", mas quando a imprensa aparecer. Vamos ter tudo sob controle.

— Certo — concordei. — Mas e se ninguém aparecer? — Enfiei os pés debaixo do quadril quente dele e descansei a cabeça nos joelhos.

— As confirmações de presença praticamente triplicaram — disse ele, factualmente.

— O quê? — Me levantei de pronto, sem conseguir acreditar.

— É esquisito pra caralho, parece um pesadelo, mas, como eu falei, as pessoas gostam de escândalos. Você pode ter perdido o programa na rádio, mas o timing do lançamento do seu livro... Odeio falar isso, mas é que as pessoas são meio terríveis. Vai vender muito. — Ele pegou um taco e comeu. Jamais havia considerado essa possibilidade. Era a última coisa em que eu pensava no momento, mas, se pudesse haver um lado positivo nisso, talvez eu desse uma palavrinha no evento, uma declaração breve, educada e aprovada pelo advogado, em minha defesa e o livro vendesse horrores. Talvez o meu livro pudesse até ajudar ainda mais pessoas. Talvez fizesse toda essa confusão ser esquecida.

Era esperado que Liam começasse a agir de forma estranha perante tudo o que estava acontecendo. Quando se começa a ser reconhecido das notícias sórdidas na TV e se tem que constantemente convencer as pessoas de que a sua esposa não é uma louca molestadora de crianças, não é difícil ficar irritado. Naquela época eu não estava prestando atenção no fato de ele estar mais distante, ou então nas desculpas que dava para ficar até mais tarde no escritório, já que ele tinha todo o direito de estar nervoso e querer se resguardar. O nosso mundo estava de cabeça para baixo, então como eu poderia ter percebido que ele estava distante, ansioso, até mesmo desesperado? Quem não estaria num momento como aquele? Nós dois estávamos assim.

Ele insistia que tudo ficaria bem. Se mantinha ocupado com o trabalho e coordenando o cardápio da festa de lançamento com o chef do Le Bouchon. Mas talvez houvesse algo além de estresse naquele distanciamento. Os sorrisos que me dava antes de sair para o trabalho às vezes pareciam vazios. Do tipo distraído, dado só por educação, com a boca, mas não com os olhos. Ele dizia que eu não devia me esconder e que mantivesse a cabeça erguida, mas não me convidou para ir a nenhum dos restaurantes que avaliou nas semanas que antecederam o lançamento do livro. Eu tinha certeza de que ele acreditava em mim, mas, pensando bem, já não sei. Mas agora é insuportável pensar que ele muito provavelmente sentia... vergonha de mim.

Continuei atendendo aos meus pacientes de sempre. Apenas um parou de ir: um garoto jovem, no fim da adolescência, provavelmente por insistência dos pais. Os outros pareceram aceitar genuinamente a minha explicação e entender as implicações de ser uma pessoa famosa e, pelo menos durante aquele tempo, ficaram. Por outro lado, senti alguns dos pacientes mais reservados — uma atitude que eu sabia que atrapalharia caso não mudasse. Se eles estavam desconfortáveis ou não conseguiam se abrir comigo, acabava ali o propósito da terapia. Mas eu esperaria. As coisas voltariam ao normal.

Liam começou a ligar muito do escritório para dizer que ficaria até mais tarde para terminar um artigo ou pesquisar alguma coisa antes de um evento no dia seguinte. Ele raramente trabalhava no escritório. O seu trabalho era flexível. Normalmente, ele trabalhava do notebook numa Starbucks, e sempre passava a noite comigo. Se havia algum prazo apertado, escrevia ao meu lado enquanto eu cozinhava um macarrão qualquer ou zapeava pelos canais da TV no sofá, mas ele sempre queria ficar comigo à noite. Os prazeres de uma vida sem filhos: poder tomar um bom vinho quando tivesse vontade, sexo, viagens e bastante folga no orçamento.

Nunca fomos aquele tipo de casal que apenas passava um pelo outro, cada um a caminho das suas vidas separadas. Nós compartilhávamos tudo. Pode parecer banal falar isso, mas realmente éramos melhores amigos. E ele querer espaço acabava comigo.

— Eu fiz pão de abobrinha e está passando *Survivor*. Não dá para terminar em casa? — perguntei, e, quando ele não respondeu imediatamente, o imaginei afastando o celular da orelha, fechando os olhos e suspirando, tentando achar um jeito delicado de dizer que precisava passar um tempo longe de mim: longe do meu pijama, do meu cabelo sujo e da minha obsessão em ficar falando sem parar da última fofoca sobre mim na internet.

Longe do meu sofrimento.

— Deixa pra lá. — Me recuperei rapidamente porque não queria ouvir nenhuma desculpa esfarrapada. — A gente se vê mais tarde, então. — Desliguei antes que ele pudesse dizer qualquer coisa.

Eu tentava imaginar como estaria lidando com a situação se os papéis estivessem invertidos. Se uma mulher do jornal em que Liam trabalhava o acusasse de ter usado a sua posição de poder para fazê-la transar com ele e depois acobertado a história, eu teria acreditado na inocência dele? Todas as manchetes que achávamos que seriam enterradas por escândalos mais interessantes não foram a lugar nenhum, não depois de as mensagens de voz serem reproduzidas no *Inside Edition*. Liam estava trocando de canal, em busca de algo para assistir. A sua mão parou no meio do caminho para a boca quando ele viu. Uma fatia de pizza molenga na mão, a boca aberta. Uma foto terrível de mim ocupava a tela inteira, e a minha mensagem de voz estava sendo reproduzida para o mundo, mas editada. Eu sei o que falei, mas tiraram algumas frases e juntaram o restante para fazer parecer que eu estava tentando seduzi-lo.

— "Carter. Hum... Aqui é a Dra. Finley. Eu, hum... espero que você esteja bem. Acho que a gente precisa muito conversar." — Liam pareceu virar a cabeça para mim em câmera lenta. Voltei da cozinha, enxugando as mãos num pano de prato, e fiquei lá, congelada atrás do sofá, assistindo. Ele se virou, tão lentamente quanto antes, de volta para a TV. Os pedaços de áudio continuavam, fora de ordem. — "Eu me preocupo com você." — Nenhuma menção ao que falei sobre os seus pais se preocuparem com ele também. Essa parte foi omitida. Cortaram o restante do que falei sobre dizer a verdade e que ninguém ficaria bravo se ele fizesse isso. Mas fizeram questão de tocar o: — "Me liga, por favor." — Desliguei a TV com raiva. Liam ainda olhava para a tela, sem saber o que dizer. Ele só apontava para ela, como se perguntasse "O que foi isso?!".

— Eu não falei: "Carter. Hum... Aqui é a Dra. Finley. Eu me preocupo com você. Me liga, por favor." Não sei se foi o Carter que mandou o áudio editado desse jeito ou se a mãe dele que recebeu um belo cheque para entregar a mensagem e depois eles foram aproveitar uma viagem no campo.

— Mas *o que* você falou? Espera, esquece. Por que RAIOS você ligaria pra ele, para começo de conversa? Deus do céu. Eu só... — Ele se levantou para sair da sala, mas se virou por um instante quando gritei.

— A mensagem não foi essa! Eu precisava entender porq... Liam, distorceram as minhas palavras. Não foi isso que eu falei.

— Tá bom — disse, com desdém. Ele queria ficar longe de mim por um instante.

Choraminguei, suplicando:

— Você acredita em mim?

— Claro. — Então deu meia-volta e foi para o quarto, fechando a porta ao entrar. O áudio foi reproduzido de novo e de novo em diferentes veículos de notícias, e, a partir de então, apenas o corpo de Liam passou a voltar para casa, a cabeça ficava em outro lugar.

Eu não o pressionava. Não ficava perguntando "você está bem?" sem parar. Tentei algumas vezes, mas as respostas vazias nos deixavam ainda piores. Até o momento, ele havia tentado me dar apoio, me defendendo quando estranhos no mercado apontavam e sussurravam. Na semana anterior, ele tinha literalmente encarado as pessoas e apontado o dedo para elas, depois sussurrou algo para mim. Não consegui me segurar e comecei a rir de tão ridícula que era a situação enquanto elas se afastavam apressadas.

Teve uma vez que ele viu uma mulher no estacionamento de um restaurante enfiada num terninho e cambaleando nos saltos; quando ela tentou tirar uma foto de nós sem ser vista, Liam levantou os braços numa pose de "te peguei" e disse "Bu!". Ela tropeçou nos próprios sapatos e se mandou depressa, humilhada. Talvez ele simplesmente não tivesse mais nada a oferecer após dias tendo que se defender o tempo inteiro. Ambos estávamos cansados.

No dia do lançamento do livro, fui de carro de Sugar Grove para me encontrar com Ellie, que tinha ido ao apartamento para me ajudar com as pilhas de livros e a ensaiar o que eu diria à imprensa. Desde que precisei acalmá-la quando ligou, aos prantos, depois de ter visto as notícias ao voltar de férias, ela tentou respeitar o fato de que eu não queria discutir o assunto. Eu queria falar do frio recorde que faria no próximo fim de semana, dos planos dela para o Valentine's Day com Joe no Signature Room, da febre do Ned, de qualquer coisa. Então, enquanto Hannah estava sentada, encantada, assistindo à *Doutora Brinquedos* no meu iPad, Ellie me contou tudo sobre as últimas vezes em que fracassou com os Vigilantes do Peso e sobre como ela e Joe decidiram enfiar o pé na jaca quando levaram as crianças ao Chucky E. Cheese e nunca mais conseguiram voltar aos eixos. Liam e Joe eram amigos. Às vezes esqueço o quanto Joe deve estar sofrendo também. Ellie abriu e comeu um dos chocolates que guardo num pote na mesa.

Sempre senti muito por Ellie e os seus problemas com peso. Ela era muito aberta quanto a isso e não hesitava em mandar qualquer um que dissesse que "ela tem um rosto tão lindo, só precisava perder uns quilinhos..." se foder. Uma vez, depois que Ned nasceu, ela me ligou chorando, se sentindo mais gorda e cansada que nunca. Ela riu de si mesma ao telefone enquanto comia uma barra de Baby Ruth. Naquele dia, ela falou algo que me pegou de surpresa. Admitiu que nunca conseguiu processar toda a merda pela qual passamos na infância do jeito que eu consegui, então ela provavelmente come para tentar superar isso. Era muito autoconhecimento da parte dela perceber que havia uma razão por trás da sua comilança, mas também soou um pouco como inveja, como se eu tivesse sorte de ter conseguido, de alguma forma, processar melhor o que havia acontecido.

Mesmo assim, apenas ouvi o que Ellie tinha a dizer, como sempre faço, enquanto ela empacotava cuidadosamente os exemplares do meu livro e embalava Ned nos joelhos ao mesmo tempo que me contava tudo sobre a sua nova dieta cetogênica infalível. Fiquei grata pela conversa tão banal e pela distração.

Na noite da festa de lançamento do livro, Liam estava com o terno *slim* de tweed que eu adoro, um visual meio hipster. Eu optei por algo mais conservador e usei um vestido de renda de gola alta e mangas longas, contando em poder passar a maior parte da noite de casaco por causa do frio que fazia. Eu não queria nem que as pessoas olhassem para mim. Talvez fosse besteira, mas me sentia violada com todo aquele julgamento por trás dos sorrisos, dos beijinhos na bochecha e dos brindes. Não queria nada disso, para começo de conversa. O que era para ser uma noite divertida com comida francesa, bom vinho e em meio a amigos havia se tornado algo que eu teria que tolerar por algumas horas.

A decoração do restaurante estava linda, com luzes elegantes penduradas que iluminavam, com leveza, o lugar em que uma mesa havia sido colocada para a sessão de autógrafos. Canapés, couves-de-bruxelas enroladas em bacon, tarteletes de cebola e crostinis de *foie gras* estavam alinhados sobre uma toalha branca na mesa de aperitivos, parecendo um pelotão de *hors-d'oeuvre*. Taças de vinho reluziam à luz das luminárias de papel; tudo com muito requinte.

Mas, para ser sincera, aquela noite passou como um borrão para mim. Como num casamento — nunca há tempo suficiente para falar com todos ou pelo menos cumprimentar todos. Havia algumas pessoas da imprensa. Liam tinha instruído Marcel, o dono do restaurante, a deixá-las tirarem algumas fotos do evento, mas, depois que eu desse a minha declaração, elas teriam que ir embora. Recitei um parágrafo ensaiado dizendo que as acusações eram mentirosas, que o Sr. Daley não prestaria queixa porque sabia disso e que não existia nenhuma evidência do contrário e, justamente por isso, o promotor não tinha um caso em mãos. Disse também que eu não planejava parar de clinicar e que ficaria feliz quando tudo isso ficasse para trás.

Alguns poucos convidados, que estavam perto das câmeras, aplaudiram. Liam piscou para mim, elogiando o fato de eu ter me atido com firmeza ao combinado. Tudo o que falei era verdade, então sentíamos que (tirando as mensagens de voz que o promotor acabou ouvindo) tudo aquilo não demoraria muito a passar. O fim do programa de rádio seria uma fatalidade em meio à confusão, mas o meu casamento e talvez até o livro sairiam ilesos. Eu conseguiria conviver com isso.

Sorri e cumprimentei as pessoas enquanto rabiscava, de um em um, a minha assinatura na primeira página dos livros. Combinei comigo mesma de beber apenas uma taça de vinho, o que já havia se tornado uma necessidade desesperadora durante a sessão de autógrafos. Por isso, fiquei grata quando um garçom me entregou uma, dizendo que havia sido a pedido de um homem no bar. Liam estava ao meu lado, então não tinha sido ele. Olhei em volta, procurando quem poderia ter sido. Seja sempre gentil e demonstre gratidão a todos os seus fãs, diria

Paula. Não vi ninguém, e a fila estava longa demais para que eu simplesmente levantasse e saísse, então pedi ao garçom que agradecesse e continuei com os autógrafos.

Por um segundo, imaginei Carter entrando de penetra, me mandando uma bebida anonimamente e prestes a fazer um escândalo. A onda de dormência do vinho tomou as minhas bochechas e afastei aquela ideia ridícula. Será que eu estava tão paranoica a ponto de ficar ansiosa daquele jeito só por causa de um pensamento irracional?

Foi então que congelei ao ver uma pessoa entrando no recinto. Pedi licença e fui para o banheiro antes que ele pudesse me ver. Era Will Holloway. Que raios ele poderia estar fazendo ali?

Will era um amigo de infância que eu havia reencontrado na faculdade depois de anos sem contato. Namoramos por alguns anos antes de eu conhecer Liam. Terminei porque era compromisso demais para mim na época. Ele havia acabado de se formar em direito e eu precisava colocar todo o meu foco em começar a clinicar. Não dava para conciliar tudo — ou talvez eu que não quisesse. Ele era muito sensível; então, quanto mais tarde eu chegava e quanto mais jantares tínhamos que remarcar, mais desconfiado e temperamental ele ficava. Acabamos nos tornando grandes amigos e, quando Liam e eu começamos a namorar, eles se deram bem também. Fui honesta com Liam sobre já termos namorado e, embora tenha deixado de fora quão séria e longa foi a relação, não escondi nada. Quando Liam e eu noivamos, porém, Will simplesmente não conseguiu lidar com isso. Disse que não havia superado o nosso término, que não conseguiria me ver casando e que sentia muito.

Ele arrumou um emprego em Boston não muito tempo depois, então foi fácil encontrar uma desculpa para justificar a Liam por que não saíamos mais com Will. Tecnicamente eu não diria que menti para Liam, mas estávamos planejando um casamento e quis evitar uma confusão que pudesse manchar um momento tão especial. Ninguém havia feito nada de errado, mas escolhi não explicar a situação. Fiquei surpresa de verdade com Will descobrindo, depois de dois anos como amigos pós-término, que ainda não havia me esquecido. Se alguém tinha o direito de se sentir enganado nessa história, esse alguém era eu. Pelo menos era o que eu dizia a mim mesma. Em outras circunstâncias, eu teria ficado muito animada em vê-lo. Mas, naquele momento, a ideia de que havia algo que Liam não sabia e que poderia acabar sendo revelado me deixou fisicamente mal.

Deixei a água escorrer pela torneira cascata chique do banheiro e me olhei no espelho por um segundo. Passei as mãos no cabelo, mantendo as mechas longas e loiras dentro do coque no alto da cabeça, respirei fundo e voltei para a mesa de autógrafos.

Liam e Will estavam próximos à mesa se cumprimentando com um aperto de mão vigoroso, daquele com direito a tapinhas nas costas que os homens fazem, e brindando com os seus copos de cerveja quando voltei. Liam havia colocado uma plaquinha em cima da mesa anunciando uma pausa de quinze minutos durante a minha ausência não anunciada, dizendo ao pessoal na fila que voltasse dali a pouco. Ele parecia mais animado.

— Olha! É o Will! — disse Liam, e dava para perceber que ele estava mais bêbado do que eu havia notado.

— É mesmo. Will Holloway, quem é vivo sempre aparece — falei, abraçando-o.

— Faith, você está ótima. — Ele apontou para a minha foto em todos aqueles livros empilhados atrás de mim. — O seu rosto está em todo canto, que loucura. Que bom. Parabéns.

— Obrigada. O que traz você aqui? — pergunto.

— Ele voltou — diz Liam, se metendo.

— É mesmo? Que bom — foi tudo o que consegui formular.

— Agora eu sou sócio de um novo escritório de advocacia na cidade. Me mudei de Boston para cá já faz uns meses, na verdade.

— Sério? — perguntei. Acho que ele pensou que eu havia ficado ofendida por não ter entrado em contato antes porque começou a inventar desculpas.

— Tenho andado tão ocupado com a mudança e o novo trabalho que nem deu para me reconectar com toda a galera das antigas de Chicago, mas vi que você ia dar esse evento e achei incrível! Eu sabia que você estava se saindo bem, mas olha só. Quis passar aqui e comprar um exemplar antes que esgotasse.

— Bom, é muita gentileza sua, ainda mais com toda essa... — Eu não fazia ideia de como terminaria a frase, então tudo o que fiz foi um movimento circular com o dedo que significava "loucura".

— Ouvi dizer. Sinto muito. Tenho certeza de que ninguém além daquelas pessoas entediadas que veem TV à tarde acredita nessa besteira. Já, já tudo vai se resolver — disse ele, sorrindo.

— É o que sempre digo! — comentou Liam, como se estivesse abismado de ouvir um aliado concordando com o seu ponto de vista profundo. — Will, onde você está morando? — perguntou. Era estranho ver Liam assim. Ele nunca ficava bêbado *de verdade*. Costumava no máximo ficar meio tonto com vinho no jantar, mas não desse jeito. Não que eu pudesse culpá-lo.

— Lá por Wrigleyville — respondeu Will, virando a cerveja.

— Não brinca. A nossa noite de hockey no gelo das terças é por lá. Você tem que aparecer.

— Ah, eu vou com certeza. — Will se juntou ao entusiasmo cambaleante de Liam.

— Mais cerveja? — perguntou Liam, e os dois foram para o bar, o braço dele envolvendo o pescoço de Will. Pisquei algumas vezes sem conseguir acreditar no que estava vendo, deixei para lá e me sentei para continuar autografando, deixando para mais tarde a missão de processar tudo o que tinha acabado de acontecer.

Depois de mais uma hora de sorrisos e rabiscos do meu nome em exemplares do livro, o evento praticamente havia acabado. As pessoas ainda bebiam e socializavam, mas a minha parte estava feita e eu queria ir para casa. Estava prestes a procurar pelos dois quando Liam veio na minha direção, ele segurava os nossos casacos, uma expressão irritada no rosto.

— Por favor, podemos ir embora? — pediu ele, o rosto corado e os lábios franzidos.

— O que houve? Está tudo bem? — Não me mexi, preocupada.

— Eu estou bem. Só quero ir para casa... Quer dizer, se você já tiver terminado, não estou tentando... — Ele se interrompeu, provavelmente lembrando que estávamos num evento meu e que não deveria me forçar a ir embora, ou talvez só não quisesse que as pessoas vissem que estávamos brigando.

— É claro, vamos.

Coloquei o casaco e seguimos para a porta. Will estava perto do bar e percebi que parecia pedir desculpas pelo olhar. Não me despedi, apenas ajudei Liam a chegar até o carro.

— Pelo jeito, eu dirijo — brinquei sem rir, irritada com a falta de noção e a proximidade dele com Will, embora não tivesse direito nenhum de estar com raiva de nada disso.

— É o que parece — disse ele, me deixando ainda mais irritada.

— Por que a gente não vai para o apartamento e pronto? Dá para ir de trem.

— De trem? — reclamou ele, arrastando as palavras.

— Vamos de Uber, então — sugeri.

— Eu só quero ir para casa. Você não bebeu, né? — Ele abriu a porta do carro e se esgueirou para dentro.

— Um pouco de vinho. Não muito — eu disse.

Ele fechou a porta com força e colocou o cinto como se a discussão estivesse encerrada, e eu dirigi rumo à noite congelante. Não falamos nada por um tempo. Assim que saímos da cidade e pegamos a estrada escura e sem iluminação em direção a Sugar Grove, quebrei o gelo.

— Você e o Will brigaram ou algo do tipo? — perguntei, hesitante.

— O quê? Não. Por que você pensaria uma coisa dessas? — perguntou ele.

— Então o que é que você tem?

— Nada. Eu estou... bêbado. — Ele meio que riu ao admitir. Deixei para lá. Tentei aliviar o clima com uma piada sobre cervejas artesanais muito caras e ele riu um pouco e descansou a cabeça na janela do carona.

Um segundo depois, gritou o meu nome, apontando para a estrada à frente. Os faróis de uma caminhonete apareceram poucos metros à nossa frente, quando já era tarde demais. A batida foi ensurdecedora.

# 11

*Atualmente*

Sterling chama uma ambulância ao me ver prostrada, tentando respirar, em completo pânico e chorando de soluçar. Quando os enfermeiros chegam, estou sentada à mesa com uma dose dupla de vodca que me mantém calma o suficiente para que não precisem me levar e não estou nem aí para o que Sterling acha de mim ou se vou parecer ainda menos estável do que ele já pensa que sou. Mal noto a presença da sua parceira, Ramirez, de pé atrás dele, murmurando alguma coisa no rádio da polícia. Agora, os dois estão sentados à mesa, de frente para mim e abaixo da bagunça de Post-its na parede.

— Você não tem certeza — repito.

— Existem muitos fatores que nos ajudaram na identificação, incluindo a foto tirada no evento que você providenciou. As roupas batem. É o que ele estava usando naquela noite, inclusive a aliança, um prendedor de dinheiro com as iniciais dele e um pouco de dinheiro no bolso do paletó. Eu sinto muito. — Queria que ele parasse de dizer que sente muito. — Gostaríamos, se possível, que você nos liberasse os registros odontológicos dele para que pudéssemos confirmar. O médico-legista poderia conseguir no tribunal, mas seria mais fácil... É que já tem muitos meses e o único jeito de conseguirmos identificar é... — Sterling parou quando o interrompi.

— Não sei... — Começo a dizer que não sabia que dentista ele frequentava, mas paro. Eles não estão nem aí. Vão acabar descobrindo, imagino. Ele me entrega alguma coisa para assinar. — Mas não é ele — digo, chorosa.

— Faith... — começa a me consolar Ramirez.

— Foi no local do acidente? Foi lá que o encontraram? Como não acharam nada antes? — pergunto, exigindo respostas. As lágrimas não param de rolar. Imagino que ele tenha sido arremessado do carro e que não o encontraram embaixo dos arbustos ou da água na ravina. Enxugo as lágrimas com raiva e espero que admitam terem ferrado tudo, que eu estava certa desde o início.

— Não — diz Sterling. — Vasculharam aquela área e não havia sinal dele. — Ele olha nos meus olhos. — Estamos tratando como um caso de homicídio.

— O quê? — pergunto, em choque.

— Havia um... um ferimento de bala na cabeça. — Ele estuda a minha reação.

— Não pode ser. Ele estava falando de hockey no gelo e... e tinha bebido demais, e pegou o casaco, todo irritado, ele queria ir para casa e aí a gente... e aí a gente foi para casa, quer dizer, a gente estava dirigindo para casa e... não... não pode ser. — A tremedeira e o choro não param, então Sterling vai até a cozinha e pega uma folha de papel-toalha do rolo em cima do balcão e me entrega.

— Uns caras o encontraram enquanto pescavam no lago Michigan. Ao sul de Lakeview... longe da margem. Sinto muito. — Ele estava de cabeça baixa. Sterling e Ramirez trocam um olhar desamparado.

— Na cidade? Mas a gente já estava quase em Sugar Grove. Eu não... Eu... Como assim? — Balanço a cabeça, tentando me obrigar a respirar.

— Sei que é muito para processar. Preciso que... Gostaríamos que você nos relatasse os eventos daquela noite mais uma vez por causa das novas circunstâncias. Não precisa ser agora. Você pode vir amanhã. Precisamos apenas registrar algumas declarações oficialmente. — Ele tenta oferecer um olhar afetuoso, há uma linha branca, fina e pálida, no seu rosto, mascarando um sorriso.

*Eu sou suspeita.*

Não preciso que ele fale. Eles querem registrar uma declaração. Fui a última a vê-lo com vida. O estado inteiro sabe dos nossos problemas. Não sou burra. Passo a maior parte do tempo bêbada? Sim. Vão conseguir me fazer de boba? Não.

— Tem alguém para quem possamos ligar para te fazer companhia? — pergunta ele. Não tenho mais amigos, ao que parece. Não amigos de verdade para quem pudesse ligar. Não quero fazer Ellie passar por isso depois de tudo o que ela passou durante as semanas que fiquei no hospital.

— Está tudo bem — digo com frieza enquanto me levanto.

Abro a porta, sinalizando para que saiam. Eles se levantam e acenam para mim, educados. Paro Sterling antes que ele saia.

— Como você sabe que... Como você sabe que o tiro não foi... que ele não se... — Não consigo continuar, mas Sterling parece compreender.

— Ele não atirou em si mesmo. A perícia consegue determinar a distância da arma. Seria impossível — diz ele, então põe o chapéu de novo e desaparece escada abaixo em direção ao hall de entrada. Ainda estou negando com a cabeça entre lágrimas depois que eles saem, de pé em choque.

Liam não está numa praia por aí. Ele se foi, e eu sou suspeita.

# 12

*Antes*

Eu me lembro de estar com muito frio. Pensei que havia fogo — havia uma luz vermelha tremeluzindo por baixo das minhas pálpebras —, mas eram a ambulância e as viaturas. Eles tinham razão: Liam não estava comigo quando fiquei à deriva da inconsciência no barranco congelado ao lado da estrada, mas pensei que ou ainda estivesse no carro, não em algum canto depois de ser arremessado através do para-brisa, ou em algum lugar perto dali. Não sei por quanto tempo fiquei lúcida, deitada lá na neve. A próxima coisa de que lembro são os quadrados brancos do teto do hospital e da dor que senti ao acordar.

— Cadê o meu marido? — perguntei, exigindo saber. — Ninguém me diz nada.

São as primeiras coisas que me lembro de ter dito, embora eu deva ter implorado por informações antes disso, enquanto estava grogue de analgésicos. Quando me falaram que Liam não estava no carro, que ele não havia sido encontrado, o choque fez com que os momentos seguintes, talvez até os dias, passassem num borrão.

Ellie estava lá. Ela ia todo dia e se esforçava para se equilibrar na linha tênue entre demonstrar apoio de forma solene e torcer por mim me encorajando. Ela trazia macarrão no Tupperware e uma espécie de brownie recheado com M&M's ou um bolo com confeitos que comia com Hannah enquanto se espremiam na namoradeira minúscula do quarto e assistiam a *Peppa Pig*, me fazendo companhia. Ellie tinha um recém-nascido, e eu lhe dizia o tempo inteiro que não precisava vir, mas ela simplesmente embalava Ned no bercinho que tinham improvisado no quarto e continuava trazendo sudokus, revistas e doces para mim enquanto eu me recuperava.

Nunca conversamos sobre isso, mas ela estava sempre lá, afofando o meu travesseiro e ignorando os meus insistentes pedidos para ficar sozinha. Eu jamais conseguiria recompensá-la por tudo o que fez, não importa o quanto eu protestasse.

Me disseram que, no dia do acidente, havia ansiolítico e álcool no meu sangue. Eu os chamei de mentirosos. Cheguei a ponto de mandar uma enfermeira se foder e dizer que estavam armando para mim — que Liam não havia sumido e que estavam escondendo coisas de mim, falei que eu não tinha tomado remédio naquela noite, então havia alguém tentando me fazer parecer louca. Estavam mentindo para mim. Na terceira noite no hospital, tirei a agulha intravenosa e vaguei pelos corredores, chorando e chamando por Liam.

Quase me fizeram passar vinte e quatro horas em observação na ala psiquiátrica, mas, primeiro, mandaram um psicólogo da unidade que tentou explicar que, entre o trauma do acidente e a desorientação causada pelos remédios, eu estava confusa. Ele explicou o acesso a essas informações e a precisão do exame de sangue, apelando para a lógica, e praticamente soletrou que eu estava paranoica e talvez delirante, mas que logo passaria.

Ellie ficava lá em silêncio e de bochechas escarlate durante os meus surtos com a equipe médica. Ela não discordava das minhas alegações de ter bebido uma ou duas taças de vinho no decorrer das quatro horas do evento e de não ter tomado remédio nenhum. Sei que ela escutou a minha fala arrastada ao telefone no decorrer daquelas semanas que antecederam o acidente. Ellie chegou a me ver no sofá pelos vidros que ladeavam a porta da frente, com vinho derramado no peito enquanto a delicada haste da taça pendia da minha mão adormecida. A minha cabeça estava inclinada para o lado, e um fio de baba escorria até o meu ombro, ou pelo menos foi o que ela disse. Não era o que esperava ver ao desviar o caminho para me visitar na volta de uma ida a uma ponta de estoque num shopping. Ela queria fazer uma surpresa. Quase parecia uma cena de assassinato: o vinho vermelho derramado na minha camiseta, a evidência sangrenta de um invasor. Ela gritou e cobriu os olhos de Hannah. Só depois de muitas batidas à porta foi que acordei e me dei conta da situação constrangedora.

Mesmo assim, ela não deixou transparecer que duvidava da minha capacidade de ficar sozinha depois do tanto de remédios que eu havia tomado por conta própria na noite anterior. Eu não fazia a menor ideia de quantas vezes e do tanto que tinha me entorpecido com bebida e remédios nas últimas semanas, que foram especialmente difíceis. Tudo o que ela fazia era sorrir para mim e segurar a minha mão entre o tempo que passava tricotando um chapeuzinho para Ned e requentando o *mac and chesse*.

Depois de alguns dias, a polícia, enfim, começou a acreditar que Liam estava desaparecido, mas só por causa dos relatos dos seus amigos e colegas de trabalho, que disseram que ele não havia retornado ligações, aparecido no trabalho nem ido à noite de hockey de terça. Emitiram um comunicado dizendo que estavam procurando Liam e encaminharam o caso para um detetive de pessoas desaparecidas. A investigação incluiu entrar em contato com familiares e amigos de Liam, verificar nos hospitais da região se ele tinha dado entrada, confirmar com a perícia se havia recebido algum corpo não identificado desde a última vez que Liam foi visto e vasculhar os dados da polícia e os registros de prisão para ver se ele havia sido encontrado ou detido. Se qualquer polícia de qualquer região do país o encontrasse e jogasse o seu nome na Central de Informação Criminal Nacional, Liam receberia um aviso de que o Departamento de Polícia de Chicago queria saber o seu paradeiro.

Sterling fez questão de deixar claro que a investigação seria bem básica já que adultos têm todo o direito de sair por aí e abandonar alguém. Isso não fazia diferença porque não havia nenhum sinal dele. Foi então que todas aquelas "evidências" se amontoaram e a polícia parou de procurar. Estava claro, disseram, que não havia nenhuma jogada. Ele provavelmente havia deixado o país.

Falei e repeti para Sterling que Liam estava comigo — que fomos vistos juntos. Disse que havia testemunhas. Tínhamos saído de um restaurante lotado no meio de Chicago e entrado no carro.

— Will! — eu havia gritado para Sterling numa das últimas vezes em que o vi antes de encerrarem as buscas. — Will Holloway. Ele estava lá. É um amigo e ele... ele viu que a gente saiu junto. Ele pode dizer que o Liam não... que o Liam estava comigo.

— Nós conversamos com os convidados que estiveram lá e com os funcionários — disse Sterling. — O proprietário nos deu a lista de convidados.

— Você falou com o Will? — perguntei, exigindo respostas, desesperada para encontrar uma explicação para tudo aquilo, mas me sentindo invadida. A polícia já havia falado com os nossos convidados.

— Falamos com ele, sim — disse Sterling. — E, sim, ele viu vocês saindo juntos.

— Certo!

— Mas ele não viu vocês entrando no carro. Ele estava no bar. O Will só viu vocês saindo pela porta. O que não explica tudo o que aconteceu depois — acrescentou ele. Era burrice da minha parte insistir nisso. É claro que Will não havia nos visto indo até o carro.

— Aquela lista de convidados era só de família, amigos, gente importante — eu disse, insistindo. — Mas era um evento público. Tinha muita gente que você não deve ter o nome, alguém deve ter visto quando ele entrou no carro. O manobrista!

— Manobristas veem centenas de pessoas por noite. Ele não se lembra de você — disse ele, parecendo querer me colocar no meu lugar, como se eu me achasse muito famosa ou importante. — Mesmo assim, não seria relevante, Faith. Entre sair de carro e o acidente... — E parou. Eu sabia que Sterling não queria insinuar nada com o que diria em seguida. Ele devia achar que eu era frágil ou doida demais e que não valia a pena o esforço, mas dava para perceber o que estava pensando e o que investigaria depois: que qualquer coisa poderia ter acontecido entre a nossa saída do Le Bouchon e a vala em que acabamos perto de Sugar Grove.

Poderíamos ter brigado. Poderíamos ter parado em algum lugar e, com todo o estresse causado pelo escândalo e pelo livro — e com o álcool e as drogas no meu sangue —, talvez a briga tenha ficado mais intensa e eu tenha feito algo impensável. Ou talvez Liam tenha simplesmente me forçado a encostar o carro e saído, se afastando da nossa vida como ele parecia estar planejando.

Não importava o que não me contaram na época, a cada dia, a cada nova pontinha de evidência que surgia, o saque no banco um dia antes, a localização do celular, tudo acabou se somando até a polícia aos poucos passar a me tratar como testemunha não confiável. Ela até apareceu com umas coisas que nem eram provas oficiais, coisas que me faziam parecer passível de culpa pelo que quer que acreditassem ter acontecido. Por exemplo, Liam passou uma noite na casa de Nate, um amigo, porque não queria lidar com uma van da imprensa parada em frente à nossa casa ao voltar do trabalho. Havia sido um dia longo, e ele só queria um banho quente e um pouco de paz, por isso sugeri que se encontrasse com Nate. Eles foram ao Spirit Room e Liam acabou passando a noite no quarto vago da casa do amigo. Ele não contou para Nate o que havia acontecido, e agora parece que estávamos brigados. Não sei se era a intenção de Nate, mas o relato dele acabou colocando mais um saco de areia no rio da minha culpa.

Em algum ponto daquelas primeiras semanas, comecei a duvidar da minha própria história. Será que era mais provável que, em meio à confusão de lágrimas, rum e rumores capazes de destruir a minha vida, que sob todo aquele peso absurdo das especulações de estranhos e dos fragmentos de dúvida que passei a ver nos olhos de Liam, eu havia, *de fato*, tomado remédio no Le Bouchon e esquecido? Isso fazia mais sentido do que acreditar numa grande conspiração? Tá bom, eu podia até aceitar essa hipótese. Mas jamais abriria mão do fato de que Liam estava comigo no carro.

Mesmo que medicada, eu não estava inebriada. Não estava alucinando. Me lembro de Liam gritando o meu nome e apontando para as luzes que atravessaram a pista na contramão. Me lembro com muita clareza desse fragmento no tempo que mudaria a minha vida para sempre. Estávamos a centímetros de uma colisão frontal e virei o carro; já era tarde demais para evitar o impacto, por isso mudei de direção e batemos numa árvore com tanta violência que fui lançada do carro, tive os ossos despedaçados e perdi Liam. De algum jeito, de alguma forma, o impacto tirou Liam de mim.

Quando me contaram que não havia outro carro no local do acidente, a primeira coisa em que pensei foi que sabia que aqueles faróis eram de uma caminhonete, uma caminhonete enorme. Só conseguia pensar que havia sido um caso de omissão de socorro depois de uma batida, embora o outro carro tecnicamente não tenha batido no nosso. Ou, por já ter ouvido falar nisso antes, talvez o motorista tenha passado um pouquinho da faixa, sem se dar conta, para pegar o celular ou alguma coisa, e voltado, como todo mundo faz ao tentar mandar uma mensagem ou algo idiota assim, e tenha demorado um pouco demais, e nem notou quando desviamos. Era uma caminhonete grande, não um caminhão ou algo do tipo, só um Ford enorme. Será que é possível que ele não tenha nos visto? Ou será que o motorista fugiu?

A resposta não importava. De acordo com os detetives, nunca houve caminhonete, Liam se levantou e seguiu seu rumo, e agora estou aqui me entupindo de remédios. Eu mesma teria que investigar. Era meu trabalho encontrar a verdade. Só eu não duvidava dos fatos elementares que me ajudariam a encontrá-lo e a descobrir o que havia acontecido: Liam estava lá. Havia outro automóvel envolvido.

Sozinha na cama do hospital, sussurrei uma promessa a Liam tarde da noite. As minhas mãos apertavam o travesseiro, e era nele que eu depositava as minhas lágrimas, num choro engasgado que não conseguia controlar. Prometi a Liam que o encontraria, que faria tudo voltar ao normal. Então implorei pelo seu perdão.

# 13

*Atualmente*

O velório de Liam não é nada tradicional, exatamente como ele queria. Escrevemos os nossos testamentos depois que Henry, o pai de Liam, morreu. Henry não se deu ao trabalho, mas Liam, como único membro direto da família ainda vivo, herdaria tudo que o pai deixasse. Ao menos sempre achamos que o pouco que Henry tinha iria para ele, mas a madrasta de Liam acabou se metendo na história nos últimos meses de vida de Henry e o coagiu a assinar vários documentos enquanto ele estava vulnerável, deixando tudo para ela.

Liam nunca brigou por isso. Não precisávamos, para falar a verdade, mas era uma questão de princípios. Ele evitaria qualquer briga judicial se ela lhe desse os tacos premiados de golfe do pai (dos quais ela ficaria feliz em se livrar) para que pudesse ter uma lembrança especial. Liam sempre quis nos proteger desse tipo de coisa. Como éramos casados, o testamento era bem simples no que dizia respeito às coisas maiores (casa, contas, carros), mas fiquei muito grata por Liam ter especificado alguns dos seus pedidos menos ortodoxos no testamento, como o desejo de ser velado no seu bar preferido — um lugar pitoresco escondidinho que frequentávamos. Em relação ao enterro, tudo o que ele pedia era que tivesse as cinzas espalhadas no mar.

Não preciso explicar às pessoas que eu e Liam havíamos nos deitado mais de uma vez num lençol na grama úmida de orvalho nas noites de verão, olhando para as árvores do quintal com uma garrafa de *pinot noir*, e conversado sobre o que iríamos querer — uma festa em celebração à vida em vez de um velório deprimente. O mar. Um dia, moraríamos na costa de algum paizinho exótico, então era lá que queríamos descansar. Está tudo escrito. Menos uma coisa para me questionarem.

Bastante gente compareceu ao enterro, ficou lotado, na verdade. Algumas semanas haviam se passado desde que o corpo de Liam tinha sido identificado. A comparação da arcada dentária confirmou. Eu havia ido até lá e confirmado que sim, eram o paletó e o clipe de dinheiro dele, assim como os sapatos que tínhamos comprado juntos na Itália e a aliança que, por fim, me deixaram levar para casa. Por meses e mais meses, tive que lidar com a ideia de que algo ruim havia acontecido com ele já que, com exceção de ter passado um tempo abalada depois do e-mail que Len me entregou, nunca duvidei de que Liam corria perigo nem acreditei que ele era um covarde que abandonou a mulher sem dar maiores explicações. Então, de certa forma, já estou de luto há quase oito meses. Até pensei que fosse me sentir um pouco aliviada — por, pelo menos, ter uma espécie de ponto final ou respostas para essa história —, mas não senti nada do tipo. Agora, havia mais perguntas sem resposta que antes, e as semanas e os meses de choro e medo estavam se transformando em raiva e numa motivação ainda maior de fazer justiça para ele.

Ando pelo bar, estoica, sofrendo em meio às gentilezas e aos pêsames. Pedi ao bartender que servisse uma dose dupla de uísque na minha caneca de café, assim os amigos da onça e conhecidos que me olham de canto de olho quando acham que não estou prestando atenção não vão me julgar por estar bebendo tanto. Eu não deveria ligar, mas digo a mim mesma que vou ser discreta em respeito a Liam. Não vou fazer escândalo. Não vou dizer a nenhuma dessas pessoas o que penso delas por terem desaparecido subitamente da minha vida ao longo do último ano.

Ellie assume o papel de anfitriã e, mesmo que tenhamos contratado uma garçonete para a noite, passa perguntando às pessoas se estão satisfeitas e recolhendo copos vazios das mesas. Tento me encolher o máximo possível num cantinho nos fundos, evitando conversas que não sejam estritamente necessárias. Dois casais com quem costumávamos sair — Karen e Seth, Tracy e Paul — estão fingindo que se preocupam comigo, me oferecendo abraços e colocando a mão no coração, enfatizando como estão de estômago embrulhado com toda essa situação. Eu sei que estão — por Liam. Mas eles pararam de ligar antes mesmo do acidente, desde o começo da história com Carter Daley. Foi então que começaram o silencioso processo de pararem de ser meus amigos.

Quando enfim consigo sair de fininho e me afastar desses quatro, que estavam amontoados perto do bar, olho em volta, vejo Ellie e reviro os olhos. Por instinto, ambas olhamos para a porta pela décima vez essa noite, depois trocamos um olhar de "aguenta firme" não muito convincente, mas solidário. Eu havia convidado a nossa mãe, então estávamos apreensivas. Não sei o que me motivou a fazer a ligação. Tristeza, talvez. Ou, quem sabe, a necessidade primordial de ter a mãe por perto quando há sofrimento, porque não importa o abandono nem os anos que se passaram, ainda existe uma esperança ilógica de que talvez... talvez ela cuide de mim agora. Ambas sabemos que ela não vai aparecer, mas essa pontinha de esperança, a mesma que me manteve à procura de Liam, é dura na queda.

Durante os oito anos que passei com Liam, ela se encontrou com ele uma vez. Não no casamento, ao qual não compareceu, mas quando estava no hospital por causa de uma overdose cinco anos atrás e pediu que eu levasse a sua bolsa e uma muda de roupas porque ninguém naquele prédio onde alugavam apartamentos com auxílio do governo tinha carro. A linha do celular da sua melhor amiga, Sissy, tinha sido cortada pela operadora, e o seu namorado, Kenny, havia fugido de novo. Feito uma imbecil, fiquei tão feliz por ela precisar de mim que dirigi por uma hora e meia para pegar o que havia pedido, sem fazer ideia de que tinha acabado de contrabandear a metanfetamina dela, que estava escondida num compartimento dentro da bolsa. Esse foi o nosso único contato em dez anos, e agora fico olhando para a porta como se ela fosse aparecer e fazer tudo melhorar?

Bebo o meu uísque com café e me sento a uma das mesas de canto, observando os presentes. Alguns parecem esquecer que estão num velório e viram uma bebida atrás da outra, riem alto e depois, quando se dão conta, abaixam o tom. Olho pela janela para o lounge chique do hotel do outro lado da rua. Já é quase Natal e o lugar está lotado de homens de terno afrouxando a gravata, conversando e negociando diante de papéis e bebidas no happy hour; uma mãe dá um tapa na mão do filho que tentava encostar no prato quente de pãezinhos do bufê; uma mulher com um coque elegante enrolada num xale pede ao *concierge* que chame um táxi, para ir ao teatro, imagino.

Ela olha para o namorado no bar, que termina de pagar a conta para que possam se apressar. Há muita agitação e pessoas na rua, é o fim de ano agitando ainda mais as vidas. Eu era exatamente assim até pouco tempo atrás, e agora não consigo imaginar um dia despreocupado e feliz sequer.

Sou arrancada do meu devaneio por alguém chamando o meu nome. Ergo o olhar e encontro Len e Bonnie Turlson. Bonnie pega as minhas mãos e diz o quanto sente muito, então pede licença para buscar bebidas no bar depois de receber um beijo na bochecha de Len, o que parece um sinal dele pedindo para ficar um minuto a sós comigo.

Len me surpreende ao se sentar ao meu lado em vez de do outro lado da mesa. Ele olha para mim, então me envolve num abraço apertado, forçando um momento dramático que eu não estava esperando.

— Ai, Faith. Eu sinto muito.

Ele me mantém no abraço por um tempo desconfortavelmente longo e acaricia as minhas costas. Os meus olhos vasculham o bar à procura de Bonnie. O que Len está fazendo? Saio do abraço e ele me encara, balançando a cabeça, desacreditado.

— O que a gente pode fazer para ajudar você nesse momento? — pergunta, ainda sentado perto demais. Ele bebeu antes de vir para cá?

— Eu... Obrigada, Len. Obrigada mesmo. Não sei, na verdade. — Sei, sim. Quero informações, mas preciso ir com calma. Talvez não seja o momento certo para essa discussão, mas sinto que não tenho tempo a perder. Já se passaram meses sem nenhuma busca por um assassino, e agora tanta coisa aconteceu que não sei como vou fazer isso, mas vou descobrir o que houve.

— Não consigo acreditar — diz Len. — Tem algum suspeito? — Assim que diz isso, ele pede desculpa.

— Tudo bem — digo —, ainda não sei muita coisa. — Percebo Bonnie segurando duas bebidas. Ela para e conversa por um instante com Gerald e Anne do *Tribune*, do outro lado do salão. Não perco tempo.

— Len, aquele e-mail que você trouxe para mim... — digo. Ele contorce o rosto.

— Meu Deus, agora que tudo isso aconteceu, gostaria de não ter mostrado. Pode não ter sido nada. Na época, achei que pudesse ajudar. Espero que você entenda isso — diz ele, ainda perto demais. Recuo para abrir espaço entre nós.

— Só quero saber por que você achou que aquele e-mail era para mim. Podia ter sido para Sam Richter, uma carta de demissão que o Liam ainda ia revisar antes de mandar, sei lá, mas parece que você sabia que era para mim.

Ele parece atordoado.

— O que foi? — pergunto.

— É que a Bonnie disse uma coisa sobre a carta, mas depois falou para eu não me meter nisso, então não quis contar e piorar ainda mais as coisas.

— Deus do céu, Len. O quê? — As minhas bochechas formigam com uma onda de pânico.

— A... mulher que ficava indo no escritório... Quer dizer, eu tinha a impressão de que você sabia dela. A mulher com quem ele estava saindo... — diz ele, demonstrando uma confusão genuína ao perceber que não sei. Me levanto abruptamente da mesa, forçando-o a se levantar quando passo. Bonnie se aproxima com as bebidas e entrega uma a ele. Não dou a menor atenção a ela.

**106**

— Que merda é essa? Do que você está falando? — Tento não levantar a voz. O sorriso de Bonnie desaparece rapidamente, e ela fica entre nós dois, olhando de um para o outro.

— Não sei o nome dela. Eu só... — gagueja ele.

— Ai, Len — diz Bonnie, encarando-o e balançando a cabeça.

— Merda. Eu posso ter entendido errado. — Ele olha para Bonnie, pedindo ajuda.

— Pelo amor de Deus, Len. Me diz o que você sabe. Por que você acha que eu saberia? — Estou furiosa. As lágrimas querem escorrer, mas estão suprimidas pela raiva, pelo torpor e pelo formigamento que tomam conta do meu corpo.

— Faith, querida. — É evidente que Bonnie está se esforçado para ser gentil. — Acho que aqui não é lugar para... — Ela toca no meu ombro, mas afasto a sua mão.

— Você me trouxe o e-mail. Você me deve uma explicação! — Essa pode ser a pista de que preciso para ter um ponto de partida. Não vou esperar pela polícia. Já tentei uma vez. Bonnie olha para Len ao se sentar, ajeitando o cabelo longo e bebericando o seu drinque rosa. Era um olhar que dizia: "É melhor você dar um jeito nisso."

— Você está certa. Eu... — começa Len, mas não consegue terminar. Olho para Bonnie.

— A gente estava na Bowen's, aquela churrascaria — começa ela, e Len a interrompe.

— Eles são patrocinadores do jornal. O Liam ia a muitos eventos lá...

— Você já ajudou bastante — diz Bonnie, cortando. Ela continua: — O Liam estava escrevendo sobre a música ao vivo que eles estavam testando...

— Quando? Quando foi isso? — digo, antes que ela possa concluir.

— Não faz muito tempo... Hum... Acho que uns dias antes do acidente — responde Len.

— Ele não viu a gente. Era para o escritório ter feito as reservas, mas houve algum descuido e a gente acabou tendo que ficar pelo bar. Ele saiu dos fundos do restaurante com uma mulher. Ela era... — Bonnie para.

— O quê? — digo, sem paciência.

— Me sinto tão mal falando disso aqui, no ente...

— Me fala! — exijo de novo.

— A mulher estava fechando o vestido quando eles chegaram por uma entrada que fica nos fundos do bar. O Len reparou sem querer, e ela percebeu. Acho que ela reconheceu o Len das vezes em que foi ao escritório porque, depois que o Liam saiu, ela foi até nós e disse: "Não me olha assim, a esposa dele sabe." — Bonnie para e engole em seco. Len entra na conversa.

— Se ela não tivesse ido até mim, eu não teria achado nada de estranho. Pensaria que ele estava lá para alguma matéria e, por acaso, ela teve que ajeitar o vestido, mas... acho, não sei. — Len está suando, e Bonnie assume de novo.

— Querida — diz ela, descansando a mão sobre a minha, as unhas compridas que pareciam tortilhas mexicanas pintadas de preto para a ocasião. — O Len pensou que talvez o e-mail fosse o Liam cortando relações com ela e que tivesse entendido tudo errado. — Bonnie olha para Len. — E ele nem devia ter se metido nessa história, para começo de conversa — acrescenta. Len volta o olhar para a sua bebida, envergonhado, e toma um gole.

Não consigo falar nada. O bar parece embaçado e de repente muito quente e pequeno. Me afasto dos dois em silêncio e vou em direção à porta. Preciso de ar. Will Holloway está lá, parado no meu caminho, tentando me cumprimentar. Passo por ele e sigo para o ar frio do inverno. Avisto um banco de madeira e ando pela calçada, que crepita sob os meus pés por causa do gelo, para me sentar por um instante, sem casaco no ar gelado. Tento controlar a respiração. Inspiro *uma*, *duas*, *três*, *quatro* vezes pelo nariz, expiro *uma*, *duas*, *três*, *quatro* vezes pela boca.

Se ele estava mesmo tendo um caso e eu fui a última pessoa a vê-lo, estou prestes a me tornar a principal suspeita. Não tenho escolha a não ser contar para a polícia já que, embora suspeitem de mim, sei que precisam descobrir quem é essa mulher — e talvez o marido ciumento dela também. De um jeito ou de outro, a notícia vai se espalhar, como sempre. Preciso estar munida do máximo de informação que puder encontrar.

Estou tremendo violentamente de frio. Não vou me permitir chorar. Se eu começar a me perguntar se isso foi uma vingança de Liam por causa de Carter, se ele nunca acreditou em mim — se eu me permitir cair no choro, me perguntando por quê, não vou mais parar. Vou acabar indo parar na UTI de tanto hiperventilar. Respira, *um, dois, três, quatro*. Sinto a presença de alguém, ergo o olhar e vejo Will com o casaco estendido para mim. Ele o põe nos meus ombros antes que eu possa recusar.

— Oi — diz ele, com ternura, quando se senta ao meu lado. — Você vai congelar aqui fora. Está tudo bem?

Olho para ele, determinada.

— Preciso de um advogado. Você pode me ajudar?

# 14

Na noite seguinte, adiciono Post-its à parede, incluindo as informações que consegui com Len e Bonnie. Separei em colunas agora. Uma para provas inquestionáveis, uma para pistas a seguir e outra para suspeitos. Na coluna "suspeitos" escrevo "Mulher X", colo na parede e encaro o papel. Como vou conseguir descobrir quem é essa mulher?

Preciso de Marty Nash. Ele parece ser figurinha carimbada na saída de incêndio, sempre com uma bebida na mão. Me identifico com ele, e descobri, há alguns dias, que tem um pequeno terrier chamado Figgy. Parece um nome fofo demais para um cara dar ao cachorro, e esse pode ser um bom jeito de começar uma conversa. Eu poderia perguntar sobre o cachorro e tentar engatar um papo a partir daí. Indo com calma até pedir que espione o meu falecido marido.

Preparo uma bebida e me aconchego numa coberta para ficar na saída de incêndio e esperar a pausa noturna de Marty para o cigarro, quando ouço alguém batendo à porta. Congelo por um instante. Qualquer visita ou ligação inesperada me deixa apreensiva. Continuo temendo que seja a polícia com um mandado de prisão antes que eu consiga provar que sou inocente, ou seja, antes que possa fazer o trabalho dela e focar, de fato, no verdadeiro assassino que continua à solta por aí.

Pelo olho mágico, vejo que é Hilly, a nova vizinha do 208. Merda. Não quero ter que lidar com isso agora.

— Oiiii — canta ela. — É a Hilly Lancaster! Trouxe bolo de carne! — Ela sorri para o furo na porta que estou usando para espiá-la. Fecho os olhos e dou um longo suspiro antes de abrir a porta e forçar um sorriso.

— Hilly. Oi. O que traz você aqui? — pergunto.

— Eu vi no *Wake Up, America* tudo sobre a fase terrível que você está passando. Quis trazer, sei lá, algum tipo de presente para levantar o seu ânimo. — Ela empurra o bolo de carne para mim. Vejo que Hilly segura outra coisa que não consigo identificar na hora, mas então identifico.

— Você trouxe o seu... gato — digo, tentando não demonstrar a minha confusão. Ela segura a caixa de transporte debaixo de um braço e se enfia pelo vão da porta com a mão livre.

— Bom, animais são a melhor coisa para aliviar o estresse. É cientificamente comprovado. Imaginei que o Sr. Picles pudesse te dar uma animada. Você pode até pegá-lo emprestado se quiser, não é mesmo, Sr. Picles?

Ela começa a falar com o gato que, por sua vez, sibila e se encolhe no fundo da caixa, o que faz Hilly colocá-la no chão.

— Pelo visto, ele precisa se acostumar com o novo ambiente. Vou soltá-lo agora se não tiver nenhum problema. — Antes que eu possa responder, ela abre a porta da caixa de transporte para que o gato saia e ande pelo apartamento à vontade.

— Hum, sim. Claro. Você... aceita alguma bebida? — pergunto, na esperança de que tudo o que ela queira seja passar aqui rapidinho, deixar o bloco seco de carne e seguir o seu caminho.

— Ah, você por acaso teria Fresca de cereja-preta? — pergunta ela.

— Tenho vinho. E... chá, eu acho... em algum lugar — respondo, me perguntando se a minha pouca variedade de bebidas poderia encerrar a visita.

— Chá está ótimo. De ervas, espero — diz ela. Vou até a cozinha e vasculho o fundo do armário de temperos à procura de saquinhos de chá até que finalmente tiro uma caixa que deve estar ali há uns três anos. Liam e eu éramos do tipo que prefere café e vinho. Chá é água saborizada. Ele deve ter usado chá em alguma receita de fim de ano assada uns dez anos atrás.

— Earl Grey — digo, me desculpando.

— Pode ser. — Ela sorri, mas parece meio desapontada. Como fui de um isolamento gratificante a ter uma estranha que nem foi convidada na minha sala e ainda insatisfeita com a hospitalidade? Ela se aconchega numa poltrona perto da lareira e coloco a caneca no micro-ondas. Acho que eu deveria ter uma chaleira como a maioria dos adultos, mas não tenho. Me sirvo de uma taça grande de *cabernet* e levo as bebidas até a sala. Me sento no sofá, em frente a Hilly, e percebo que ela olha para a minha taça. Ignoro.

— Então... — digo, sem me esforçar mais do que isso para essa conversa esquisita.

— Eu adorei o seu livro — diz ela, radiante. — Já li três vezes e planejo ler de novo.

— Obrigada — digo, tomando um gole reconfortante de vinho, que, com o seu toque picante e defumado, me traz uma leve serenidade.

— Sou muito fã sua. E agora somos vizinhas! — Ela puxa algo da bolsa. O meu livro.

— Você carrega muita coisa aí — digo, percebendo a bolsa gigante e disforme no chão perto dela.

— Você se incomodaria? — pergunta Hilly, segurando o livro. Pego o exemplar, rabisco o meu nome na primeira página e o devolvo. — Você pode escrever uma pequena dedicatória? — pergunta ela. — Se não for pedir demais. — Ela dá um daqueles sorrisos irritantes e infantis como se uma mulher adulta vestindo um suéter do Charlie Brown com um penteado ondulado de vovozinha fosse conseguir alguma coisa sendo fofa comigo.

— Não posso — digo, mentindo simplesmente porque ela está me irritando. — A minha agente não permite que eu escreva nada pessoal.

É alguma questão judicial para nos proteger legalmente. — Tomo outro longo gole e olho para a garrafa na bancada, percebendo que vou querer esvaziá-la antes que essa mulher vá embora.

— Ah, por causa dessa imprensa terrível. Certo. É claro. Mesmo assim já adorei o autógrafo. — Hilly puxa ainda mais um item da sua bolsa sem fundo. Ela pega uma caixa de biscoitos sem glúten em formato de bichinho e mordisca a ponta de um.

— Então, o que você faz da vida? — pergunto.

— Puxa vida, o seu marido nunca falou de mim? — diz ela, enquanto pesca apenas os biscoitos em formato de leão e, sabe-se lá por que razão maluca, os coloca no joelho.

— Como assim? — pergunto, em choque.

— Desculpa, achei que talvez você soubesse quem eu sou, não que eu seja tão famosa quanto você. Por Deus, você deve conhecer um milhão de pessoas por dia. É claro que não se lembra.

— Do que você está falando? Você conhecia o Liam? — As minhas palavras saem apressadas e ácidas.

— Eu era dona da Hilly's Honey. Era uma padaria no Distrito 12. De produtos sem glúten. Glúten é veneno, mas isso você já deve saber. Bom, o Liam escreveu uma crítica sobre o lugar. Você esteve lá com ele uma vez — diz ela, sem rodeios.

Não sei o que faz a minha pele formigar mais: os pensamentos que o nome Hilly's Honey evocam ou o nome de Liam na boca de uma estranha como aquela.

— Fiquei tão fascinada por vocês dois que só Jesus na causa. — Ela ainda está sorrindo, mordiscando. Liam deve ter feito uma crítica muito positiva.

— E ele... escreveu uma crítica positiva? — pergunto, ainda preocupada que essa conversa tome um rumo bizarro, mas torcendo pelo melhor.

— Por tudo o que é mais sagrado, não — diz ela, ainda estranhamente animada. — Ele disse que os meus doces de hortelã tinham gosto de pasta de dente e que "sem glúten" significa "sem sabor". Ele disse que os meus cupcakes eram secos, mas garanto que eram bem molhadinhos. — Ela ainda está sorrindo. Quero vomitar. Tenho certeza de que Hilly está se referindo a cupcakes no sentido literal, mas ela disse de um jeito perturbadoramente sensual.

— Sinto muito. Eu... — O que mais eu poderia dizer?

— Não tem problema — diz ela, me oferecendo um biscoito em formato de animal. Levanto a mão num sinal de "não, obrigada" e acabo com o vinho da minha taça.

— Tenho certeza de que houve boas críticas e as negativas ficaram para trás, que é como essas coisas são, pelo que tenho aprendido — continuo, embora saiba que a verdade é o exato oposto.

— Ah, não. Tive que fechar uns meses depois. A palavra de Liam Finley é sagrada no mercado gastronômico. — Ela mastiga os biscoitos e toma um gole de chá.

— Meu Deus, Hilly, eu sinto muito. — Estou bastante confusa com o comportamento otimista que não combina com as palavras.

— Não, não, não. Não tem problema. Era para ser. Eu não estava gostando do ramo de padarias. Adorei por um tempo, mas acho que aconteceu o que tinha que acontecer, de verdade. Sou até grata. Sempre fui apaixonada por arte e artesanato, e tudo isso acabou me levando para essa área. É com o que trabalho em tempo integral. Vendo na Etsy, agora — diz Hilly, feliz. Não sei se ela está falando sério.

— Nossa. Isso... é ótimo, então. — Me pergunto como raios ela consegue bancar um apartamento nesse prédio vendendo artesanato na Etsy. Eu jamais perguntaria algo do tipo, mas ela puxa esse assunto.

— A minha mãe morreu. Ela morou nesse prédio por trinta e quatro anos, dá para acreditar? Ela não era proprietária do imóvel, mas ainda tinha um contrato de locação, então, você sabe, quando perdi tudo com a padaria, foi difícil, mas agora tenho esse lugar e posso seguir a minha paixão. As coisas seguiram os desígnios de Deus, eu acho.

— Bom, mesmo assim.... Ainda sinto muito por isso. Sei que o Liam odiava essa parte do trabalho. Ele ficava mal quando descobria que algum lugar tinha fechado as portas por causa dele.

— *C'est la vie* — diz ela, gesticulando para deixar para lá. Um som de algo arranhando vem da caixa de transporte quando Sr. Picles, curioso, começa a espreitar colocando a cabeça para fora.

— Ah, Sr. Picles! — falou ela com voz de bebê. — Tem alguém agitado. — Parece que ela está de saída, então tento concluir a conversa.

— Bom, fico muito feliz que você tenha encontrado a sua... paixão.

— Ah, e fiz uma coisinha para você. — Ela pega algo que parece peludo e estende para mim. — É um broche. Para o seu suéter — diz ela. Olho de perto e vejo que é um peru de Ação de Graças feito de crochê usando um chapéu, costurado a uma base de broche.

— Nossa! Definitivamente é um broche. — Sorrio e o pego.

— Sei lá... Achei que você fosse gostar. É festivo. É o meu item mais vendido na Etsy. — Hilly sorri, orgulhosa.

— Bom, é lindo. E... bastante atencioso da sua parte. Muito obrigada.

— Sabia que você ia gostar de algo para levantar um pouco o astral.

— A missão dela aqui chegou ao fim, presumo, então ela se levanta e pega o Sr. Picles. Merda, ela não está indo embora. — Acho que o Sr. Picles quer sair para explorar. A Dra. Finley pode dar um tour por esse belo lugar — diz ela, dando um beijo na cabeça do gato.

— Para falar a verdade — digo —, eu estava de saída. Vou encontrar uns amigos. Estou um pouco atrasada, então quem sabe a gente deixa o tour para outro dia. — Ela parece irritada. Será que acha que devo alguma coisa a ela por causa do bolo de carne ou do fechamento da padaria? Ela enfia o Sr. Picles de volta na caixa de transporte e suspira.

— Quem sabe numa próxima, então — diz ela, curta e grossa, enquanto obedientemente pega a bolsa gigante. Abro a porta. — Eu sei onde você mora, hein. — Acho que ela está tentando ser engraçadinha, mas acaba soando um tanto ameaçadora. Talvez eu não consiga analisá-la muito bem por causa da sua falta de habilidade social, mas ainda assim é desconcertante.

Ela pega a caixa de transporte, se despede com uma voz de bebê como se fosse o gato falando e começa a ir embora.

— Aproveite o bolo de carne. Depois volto para pegar o prato — diz ela, enquanto se afasta. Aceno com a cabeça e fecho a porta. Merda. Ela preparou uma armadilha com a porra do prato.

Volto à parede cheia de Post-its e acrescento mais uma coluna. Escrevo "esquisitices para ficar de olho" e prendo o broche de peru logo abaixo. Não que eu ache que a gorducha da Hilly Lancaster, esquisita do jeito que é, seja uma assassina, mas acredito, sim, que há algo suspeito nela, além de não ter gostado do jeito como entrou aqui, dizendo quem sou eu — quem Liam é. Perder tudo depois da falência da padaria não é algo fácil de lidar. Ela quer alguma coisa. Só não sei ainda o quê.

Levo a xícara de chá para a pia e me sirvo de outra taça de vinho. Me enrolo num cobertor de lã e vou para a saída de incêndio. A noite está agitada, e as ruas lá embaixo estão lotadas de compradores e pessoas indo comer. O frio é revigorante e me sinto segura — aqui na minha pequenina esquina do mundo, suspensa sob a vida e o caos lá de baixo.

Ouço Figgy ganir. Semicerro os olhos para ver se Marty Nash está na sua saída de incêndio e vejo que está, sim. Ele se abaixa e dá um pedacinho do que está comendo para o cachorrinho. Figgy pega o agrado e vai comê-lo na segurança da sala de estar. Não quero perder tempo, pode ser que ele esteja prestes a voltar para dentro.

— Oi, Marty — chamo.

Ele olha para cima e dá um aceno empolgado, mas não diz nada. Ele parece estar sempre meio triste. Droga. Ele não vai me oferecer nada para que eu possa começar uma conversa. Tento mais uma vez.

— Abri um Macallan *single-malt* esses dias — minto. — Você tem cara de quem gosta de um scotch. Quer experimentar?

Não abri, mas sei onde está na despensa. Marty dá de ombros, como se dissesse: "Claro, por que não?"

— Legal. Vou descer. — Ainda não estou bêbada, então consigo lidar com a escada. Entro em casa e encontro a garrafa na despensa. Abro-a e jogo um pouco fora, para não parecer que menti sobre tê-la aberto antes, volto e desço até o apartamento de Marty.

Ele traz dois copos e lhe entrego a garrafa.

— Valeu — diz ele, e puxa uma cadeira com cuidado para que os pés não enganchem no chão gradeado.

Marty serve dois copos e toma um gole.

— É ótimo. Muita generosidade sua querer dividir. Obrigado — diz. O cachorrinho olha pela janela, empoleirado sob as patas traseiras. Marty se inclina e abre a janela para que ele saia.

— Ah, olá — digo para o carinha. Ele fareja e tenta pular no meu colo. — Qual o nome dele? — pergunto, sem deixar transparecer que já o ouvi chamar o cachorro pelo nome antes. Não quero que pareça que estou obcecada por ele.

— Figgy — responde.

— Figgy. Que nome mais fofo. — Estou falando mais para o cachorro que para ele.

— A minha esposa que escolheu.

— Ah — digo. Eu não tinha visto aliança nenhuma, então fiquei surpresa, mas isso explicava o nome piegas.

— Antes de morrer — acrescenta ele, então toma mais um pouco de uísque.

— Sinto muito. — Bebo também. Talvez seja por isso que ele é tão silencioso e solene o tempo todo. É claro que não faço nenhuma pergunta sobre o assunto. Ficamos sentados em silêncio por um momento.

— Então você mora aqui no prédio há alguns anos? — pergunto, tentando engajar uma conversa natural, o que não é fácil.

— Ã-hã — diz ele. Completo o seu copo. Somos iguais. Fica claro para mim que estamos os dois de luto.

— Hum, eu estava para mandar um e-mail para você na verdade.

— E-mail? — pergunta ele, confuso.

— Por causa do seu folheto. Sobre ajuda com computadores. Estava pensando em contratar você para me ajudar com umas coisas — digo, percebendo de repente que me convidar e levar bebida para a casa de alguém pode facilmente ser interpretado como dar mole. Agora estou perguntando se ele pode me ajudar com o computador o que, a essa altura, é bem provável que soe patético demais para ser uma cantada. Pelo menos é o que eu pensaria se estivesse no lugar dele.

Mas essa é a última coisa em que quero pensar. Ele é um cara atraente de um jeito não convencional — alto e de ombros largos. Olhos gentis, e com o corpo em forma. Um rato de academia, com certeza. Gosto de homens arrumadinhos, então o corte desgrenhado e o cavanhaque não chamam muito a minha atenção, mas imagino o apelo que tem com as mulheres. Não é nem de longe o que estou procurando agora, e rezo para que continue assim.

— Claro — responde ele. — Do que você precisa exatamente? E, antes de tudo, já tentou reiniciar? — complementa, irônico.

Deixo escapar uma risadinha porque não esperava que ele tentasse ser engraçado.

— Você não ia acreditar em quantas vezes já me chamaram e a solução era simplesmente desligar e ligar. O lado bom é que mesmo assim recebo pelo serviço, então acho que não é a pior coisa do mundo.

— Não parece nada mau — digo —, mas, não, nada do tipo. Na verdade... — Tento escolher as palavras com cuidado e evitar a palavra "hackear". — Preciso acessar os arquivos de um computador, e uma conta de e-mail... e uma rede social. E não sei nenhuma senha. É isso. — Paro. Tomo um gole da bebida e levanto o olhar, nervosa, à espera de uma resposta.

— Você quer que eu hackeie a conta de alguém? — pergunta ele.

— Hum... É. Sim. Mais ou menos isso. — Acho que tenho que ser honesta. Ele vai ter que saber antes de começar o serviço. É melhor contar de uma vez.

— Claro — responde ele. Simples assim.

— Ah. Sério? Nossa! Que ótimo, porque, eu... É algo meio delicado... E eu só... É que... — Mas ele me interrompe.

— Não faço perguntas. Só me diz quando. — Ele se recosta, e Figgy pula no seu colo. Ele olha para as nuvens de fumaça ao longe saindo das chaminés e mistura sua bebida.

— É, muito obrigada. Isso é... ótimo. Amanhã dá para você? — Estou tão aliviada por ter sido fácil assim. Talvez ele faça esse tipo de coisa o tempo todo. Talvez seja como um jornalista, que se mantém distanciado e imparcial e só faz o que tem que ser feito. Lembro que tenho hora marcada no escritório de Will de manhã. — Pode ser à noite? Posso te mandar uma mensagem?

— Sem problema. — Ele é um homem de poucas palavras.

Viro o restante da bebida e faço carinho na cabeça de Figgy.

— Obrigada. Boa noite. — Começo a me levantar. Ele aponta para a garrafa caríssima de uísque escocês na mesa de metal na sua frente.

— Não esquece o seu Macallan — diz ele. Que honesto. Eu tinha me esquecido de verdade de pegar a garrafa, e ele não esperou que eu fosse embora para, pelo menos, pegar mais um pouco na surdina antes que eu voltasse. Bom sinal.

— Fica com ela — digo. — Considera como uma entrada.

— Hum, é um *single-malt* de vinte e cinco anos — diz ele, quase sorrindo pela primeira vez. — Não precis...

— Boa noite — repito, então subo a escadinha até a minha saída de incêndio e entro no aconchego do meu apartamento. Percebo que estou tremendo de frio, então me sento perto da lareira e olho para a minha parede com Post-its. "Mulher X" é o nome da coluna que está vazia. Se Liam estava tendo um caso, vou descobrir alguma coisa no seu Facebook ou nos e-mails.

E, se eu de fato descobrir alguma coisa, vou atrás dela.

# 15

O escritório de Will fica no décimo oitavo andar de um prédio no centro da cidade. O interior é luxuoso e escuro. O papel de parede entre as vigas largas de madeira e a sanca é abrandado com tons de verde e marrom, que se misturam a um padrão esmaecido em estilo europeu antigo. A mesa executiva de Will fica em frente a uma janela com uma vista impressionante do rio e do restante da cidade. Me sento numa poltrona de espaldar alto de couro vinho, olhando para os livros de direito que ocupam toda a parede norte. É o contrário de moderno, mas transmite um ar imponente e sofisticado. Lâmpadas incandescentes tomam o lugar das lâmpadas fluorescentes que se esperaria encontrar num escritório e trazem uma sensação de aconchego. Há até mesmo fogo crepitando numa lareira a gás. O fogo de propano deve ser a única coisa moderna em todo o andar.

Seguro o meu café com ambas as mãos e passo os olhos pela sala, me perguntando como vim parar aqui. Will entra de terno. Ainda à porta, dá tapinhas nas costas de alguém que deve ser outro advogado, até que o homem vai embora e Will foca em mim. É estranho vê-lo desse jeito. Um adulto que se deu muito bem. O terno é feito sob medida e o cabelo, outrora bagunçado, agora é bem curto com as laterais raspadas.

Ele não é mais aquele homem chorão, soluçando no banco do carona do meu carro, dizendo que não conseguiria me ver casando. Ele é um advogado respeitado e confiante, que sabe muito bem o seu valor.

— Oi — diz ele com exuberância e me abraça antes de se sentar na poltrona de couro inacreditavelmente grande atrás da sua mesa.

— Belo escritório — comento, segurando o copo descartável de café.

— Obrigado, Faith. Eu estou... Não consigo acreditar em tudo o que está acontecendo. Como você está lidando com isso? — pergunta ele, com preocupação genuína.

— Tive meses para me acostumar com a ideia de ter perdido o Liam. Não facilita as coisas, mas no momento só quero descobrir por quê. Quem iria querer machucar o Liam? Tenho que descobrir algumas pistas, então...

— Mas — interrompe ele — você sabe que esse é o trabalho da polícia e que precisa deixar os policiais trabalharem. Espero que, quando você diz "tenho que descobrir algumas pistas", você queira dizer que *eles* têm que descobrir algumas pistas. — Ele abre uma pasta e tira alguns documentos de dentro.

— Por que eu não faria tudo ao meu alcance para ajudar?

— Porque essa é a última coisa que você deve fazer. Você não quer interferir na investigação nem se colocar em perigo — diz ele, enfático.

— Bom, a polícia é incompetente, Will. Ela está *me* tratando como suspeita enquanto tem um maníaco solto por aí.

— Faith, você sabe que a polícia tem que investigar a cônjuge e a última pessoa que o viu com vida, e você é as duas coisas. Não precisa se preocupar. Só se certifica de contar para os policiais tudo o que sabe, sem deixar nada passar. Eles não podem te pegar numa mentira se você não contar nenhuma mentira — diz ele, me encarando para ver como reajo.

— Se eles querem saber todos os detalhes da minha vida, basta ligar a TV num canal de notícias — digo, rispidamente.

— Não consigo nem imaginar como tudo isso deve ser difícil, não consigo mesmo. Você não tem nenhum motivo para acreditar na justiça ou no sistema depois de tudo o que passou com as acusações de Carter

Daley. Falo isso porque conheço você e sei que aquelas alegações são ultrajantes — diz ele.

— O Carter é suspeito?

— Ainda não sei. Você me deu muita informação no velório na sexta, mas ainda é segunda de manhã e não falei com ninguém. Vou ligar para o... como é mesmo o nome dele?... Sterling mais tarde. A questão é a seguinte: você tem que ficar na sua e deixar a polícia investigar. Faz tudo o que for possível para manter o seu rosto longe da imprensa.

— Tudo bem — concordo.

— Tecnicamente, você não é suspeita no momento. Agora a gente está apenas na fase de reunir informações, e você tem que tentar... Sei que não é muito a cara de Faith Bennett, mas... — Ele para. — Desculpa. — Will fica corado.

— Sem problemas — digo. Errar o meu sobrenome é a última coisa com que me preocupo agora. Ele continua:

— Sei que não é muito a cara de Faith *Finley*, mas você tem que sossegar o facho e ter paciência. — Ele suspira e olha para mim. Talvez esteja pensando no que se meteu ao concordar em me ajudar.

— Eu disse sem problemas — repito, mas nós dois sabemos que estou mentindo.

— Tem alguma coisa que você não tenha mencionado no velório? Qualquer outra coisa que eu deva saber? — Ele me olha bem nos olhos.

— Uma vizinha estranha me visitou. Ela mora no prédio e meio que se convidou. Ela disse que teve que fechar as portas da sua padaria por causa de uma crítica negativa que o Liam fez — digo e assopro o café.

Ele para de tomar nota e me encara com um olhar severo.

— Sério? Bom, isso definitivamente é algo que vale a pena ser investigado. Estranha como? — pergunta, anotando alguma coisa.

— Do tipo que tem cara de acumuladora de animais ou de quem tem uma coleção nada saudável de bichos empalhados. Imagino que isso não seja nada relevante, mas ela me deixou meio arrepiada.

— Não — diz Will. — Relevante ou não, preciso que você faça exatamente isso. Qualquer coisinha que ache que vale a pena ser levada em consideração, me fala. Seja coerente, também. O Sterling vai fazer mais perguntas. É só dizer tudo o que você sabe e não mudar nenhum detalhe.

— Entendi — digo.

— Mais alguma coisa que eu deva saber agora? — Ele me olha de um jeito familiar, mas ainda não sei muito bem como interpretar. Para mim, Will Holloway representa os melhores momentos da minha juventude: *kickball*, comprar doces no 7-Eleven, esmagar besouros no verão, festas no porão. Não havia muitas coisas boas naquela época, e olhar para ele faz com que eu me sinta... segura. Em meio à minha crise, estou feliz que Will esteja aqui.

Will me conhece tão bem. O meu primeiro beijo foi com ele. Estávamos sentados no gramado queimado de sol atrás do placar do campo de futebol americano depois de uma partida. Todo mundo tinha ido embora, assim como a luz do sol, e tomávamos uma bebida alcoólica enjoativa de tão doce que ele havia contrabandeado para o jogo debaixo da camisa. Nós contamos histórias que começavam e terminavam sem começo nem fim — sobre os garotos e garotas da nossa idade, sobre os lugares que queríamos ver, sobre o mundo que nos aguardava —, um turbilhão de pensamentos, ou observações, ou sonhos se derramavam da nossa boca e dançavam feito fumaça sob a suave luz roxa.

Então o som dos irrigadores sibilou para nós como cascavéis e o meu grito de susto seguido por uma risadinha me lançou para ele em busca de proteção, e esse foi o início de duas décadas de Will Holloway entrando e saindo da minha vida como uma agulha fazendo bordado. Agora, preciso dele, e sei que já superamos esse amor que morreu há dez anos, mas peço a Deus que o passado permaneça enterrado e que consigamos confiar um no outro.

— Acho que o Liam estava tendo um caso — deixo escapar. Embora me machuque muito dizer isso em voz alta, alguma hora todos vão ficar sabendo e, para ser sincera, é melhor que aqueles policiais burros suspeitem de outra pessoa, ou, pelo menos, que tenham mais alguém na lista. Vai ser pior se eu não falar nada.

— Como é? — pergunta Will, seu rosto calmo e genuinamente atônito.

— Isso me daria uma motivação, né? — pergunto. Não sou burra. Sei que a situação parece pior para mim que para a mulher misteriosa.

— Po-Por que você acha que ele estava tendo um caso? — Will se atrapalha com as palavras.

— Um colega do Liam, Len Turlson, me contou. Fiquei sabendo na sexta.

— Deus do céu — é tudo o que diz de início.

Explico onde Len viu Liam, o que a mulher contou a ele, que Len viu os dois algumas vezes no escritório. Tento me ater aos fatos e manter o distanciamento enquanto falo para não começar a chorar no escritório de Will Holloway.

— Faith. Meu Deus. Eu... — Eu o interrompo antes que ele diga que sente muito.

— Por favor, não faz isso — digo. — Só me diz como proceder.

— Eles vão querer os registros do computador. Vão vasculhar as contas e o celular dele caso ainda não tenham feito isso.

— Eles têm os registros telefônicos. Eu dei uma olhada na nossa conta também. Não tem nenhum número estranho lá... Pelo menos nenhum para o qual tenha ligado ou mandado mensagem mais de uma ou duas vezes. Nada que indicasse esse tipo de contato com alguém. Eles estão com o computador de trabalho dele, então tenho certeza de que acessaram as contas. O notebook pessoal está comigo. Eles não precisam de um mandado ou algo do tipo já que eu não estou sob ordem de prisão?

— Eles não pediram esse computador quando chamaram você para depor?

— Pediram. Eu falei que ele só tinha um computador de trabalho. — Não ligo se Will surtar com isso. Não é da polícia, é meu e, na época, fiquei desesperada para mantê-lo comigo.

— Você... Você mentiu para a porra do investigador?

— Vou dizer que não sabia da existência desse outro computador e que o encontrei quando estava arrumando a mudança de casa ou algo do tipo. Não sei o que tem nele, Will — digo, envergonhada e com raiva de estar nessa posição de ser obrigada a entregar tudo o que eles quiserem do Liam.

— Meu Deus. E se tiver alguma coisa lá que possa nos ajudar de verdade? Você precisa falar da existência desse computador para a polícia, Faith — diz ele, com irritação na voz. Mas eu já sei disso, e é por isso que Marty, o cara da informática, vai dar uma rasteira neles essa noite mesmo. A polícia pode fazer o que quiser com os arquivos de Liam, mas eu posso também.

Will deixou a porta entreaberta, e uma mulher enfia a cabeça por ela, pedindo desculpa pela interrupção.

— Não sabia, me desculpa — diz ela, então aponta para o relógio. — Temos uma reunião com o Russo daqui a cinco minutos.

— Obrigado — responde Will.

Ela acena com a cabeça para mim, estreita os lábios numa expressão de desculpas e sai de repente. Will me encara.

— Sinto muito — diz ele —, mas só vou ter mais informações mesmo daqui a alguns dias, quando conseguir dar uma olhada em tudo e conversar com os investigadores.

Me levanto e pego o casaco. Will põe as mãos nos meus ombros e me encara com um olhar intenso.

— Por favor, se cuida enquanto isso e me avisa se precisar de alguma coisa. Ainda somos amigos, você sabe. — Ele me abraça de novo e eu retribuo.

— Obrigada. — Forço um sorriso amarelo, dou meia-volta e vou embora.

Decido dar uma caminhada. Atravesso a ponte State Street e sigo pelo Riverwalk. Estou com medo do silêncio — das horas vazias e dos dias que se estendem à minha frente —, medo de que a calmaria permita que os arrependimentos e o luto se acumulem feito poeira. Mas, se eu me mantiver em movimento, quem sabe a poeira não encontre uma chance de se instalar.

Me contaram que Carter Daley é chapeiro na Egg's Nest Dinner, uma lanchonete na rua 18. Sei disso porque, como parte da medida protetiva, não posso ir até lá. Pego o trem e sigo para o sul pelas poucas paradas até a 18. Não vou falar com ele, só quero ver se ainda está lá.

Logo antes de dormir, quando a maioria das pessoas costuma se deixar levar para lugares sombrios da mente, às vezes capto o fragmento de um sonho que está para começar, ou talvez o fim de um último pensamento lúcido antes de cair no sono. Às vezes vejo Carter e os pais. Penso no pai dele. Sei muito pouco sobre o sujeito, mas, se acredita que machuquei o seu filho, talvez isso faça dele a pessoa mais provável a querer vingança. Por outro lado, faz parte da condição médica de Carter acreditar na fantasia de que estou apaixonada por ele. Ele deve estar genuinamente confuso tentando entender por que eu o rejeitaria e negaria o meu amor. Na sua cabeça — e por causa do transtorno —, ele acredita piamente que tudo isso é verdade. Não está fingindo esses sentimentos. Ele acredita, do fundo do coração, que a pessoa com quem cismou, a pessoa em posição de autoridade escolhida como objeto de afeição, está num relacionamento mútuo com ele. Qualquer evidência do contrário é perturbadora.

Não é muito comum esse tipo de transtorno vir acompanhado de episódios de violência, mas não é impossível que a falta de controle emocional resulte num comportamento imprevisível. Isso vale para qualquer história de amor não correspondido, não é?

Quando me aproximo da lanchonete, vejo um carrinho de churros perto de um banco vazio do outro lado da rua, então compro alguns e me sento, como se ter comida de rua em mãos me fizesse parecer menos suspeita. Isso não muda o fato de que estou encarando a janela do restaurante do outro lado da rua como uma *stalker*. Vejo Carter lá dentro.

É um lugar minúsculo. Tem algumas banquetas amontoadas ao balcão, que está coberto por tortas natalinas e alguns menus de plástico. Ele usa um avental engordurado e está inclinado sobre o balcão, conversando com um cara que deve ter a sua idade. O garoto entrega um cigarro a ele. A correria da manhã já passou, e há apenas alguns clientes no lugar, terminando as suas porções gigantescas de omelete e panquecas. CAFÉ DA MANHÃ 24 HORAS POR DIA é o que diz uma placa enorme e barata acima da lanchonete. Ele parece tão pequeno e infeliz quando desaparece por uma porta que dá para o beco nos fundos para fumar, presumo.

Penso nos sonhos que ele compartilhava comigo durante as nossas sessões. Fazer faculdade, trabalhar com marketing, ter um carro, viajar para Las Vegas com os amigos algum dia. Não sei o que essa situação toda fez com ele. Com certeza, ele capitalizou com a minha desgraça. Esse era o objetivo, afinal. Tinha que ser.

Não sei quanto recebeu, mas consigo imaginar que tenha sido instruído a manter o emprego e negar qualquer plano de me explorar em troca de dinheiro e fama e esperar a poeira baixar um pouco. Aja com naturalidade, continue parecendo uma vítima proveniente de uma família batalhadora, o simples garoto humilde e trabalhador que tinha grandes sonhos até ser abusado por uma predadora sexual. Ele foi financiado por revistas e emissoras de TV. Tenho certeza.

Dou os meus churros intocados para um homem sentado na calçada que segura uma placa dizendo TRABALHO POR COMIDA e começo a seguir para a estação de trem quando sinto o celular vibrar. Não reconheço o número, mas atendo, porque imagino que possa ser alguém do escritório de Will.

— Alô? — digo, com cautela.

Do outro lado da linha vem uma voz que não escuto há mais de seis anos. Uma voz que evoca afeto e uma ira instantânea ao mesmo tempo. Olho para o celular para ter certeza de que não estou imaginando coisas, mas é ela mesmo. Ponho o telefone de volta na orelha em completa perplexidade.

— Mãe?

# 16

Abro uma garrafa de *sauvignon blanc* antes de ligar para Ellie. O notebook de Liam está aberto na cozinha à espera do meu compromisso com Marty Nash, e acendo a lareira. As janelas são antigas, e as correntes de ar que atravessam o apartamento me forçam a passar a maior parte do tempo com um roupão felpudo e de pantufas. Seria melhor não abrir a porta para Marty de roupão ou enrolada num cobertor feito uma reclusa deprimida.

Quando o apartamento fica um pouco mais aquecido e consigo dar uma relaxada, ligo para ela. Assim que Ellie atende, escuto Ned gritando ao fundo. Ela parece cansada.

— Oi, o que você está fazendo? — pergunto, como quem não quer nada.

— A Hannah está com catapora, então o Joe prendeu luvas de lã nas mãos dela para ela não ficar se coçando e agora o Ned quer brincar com as luvas, mas não quero que ele chegue perto da Hannah. Por Deus, Faith. Dizem que é melhor expor os filhos à catapora quando são novinhos. Você sabia que tem gente que faz festas da catapora para todas crianças se infectarem mais novas, como se fosse mais seguro ou qualquer coisa do tipo? Isso existe de verdade. Não consigo nem imaginar o Ned com catapora, ele já é tão agitado que acho que eu morreria se tivesse que vê-lo chorando e triste cheio de comichão. Ai, ai. Desculpa. Como você está?

Ela fala tudo isso sem parar para respirar. As palavras estão prestes a jorrar da minha boca, mas penso em como ficou magoada quando Lisa (como Ellie se refere à nossa mãe) não apareceu no nascimento de Ned nem no de Hannah, quando disse a Ellie que já havia criado os filhos e não queria saber mais nada de maternidade — que não queria ter que lidar com as crianças de ninguém —, penso em como Ellie nunca superou o abandono.

Ellie e eu criamos uma à outra. Temos apenas um ano de diferença, e sempre fomos só nós duas. Me lembro do inverno em que tentamos fazer um rinque de patinação no gelo enchendo de água o quintal do prédio com a mangueira pouco antes de a temperatura cair abaixo de zero, mas acabou se tornando uma bagunça cheia de montes e tufos de capim. Me lembro do cemitério de Barbies que tínhamos no jardim onde enterramos quatorze bonecas ao todo depois de o cachorro de Biff Larson, o vizinho, comer a cabeça delas. Cada Barbie tinha o seu próprio nome e a sua própria lápide, e todas tiveram um velório apropriado com elogios fúnebres individualizados. Me lembro das paredes do nosso quarto que foram pintadas com todas as cores do arco-íris no decorrer dos anos até que, por fim, mudamos de lavanda brilhante para *bleu de France*. Me lembro de comer morangos na pia da cozinha e jogar as folhinhas numa pilha empapada no ralo — em cada momento marcante, em cada tristeza e em cada alegria, não havia pais, apenas nós.

— Estou bem — respondo. Não posso contar a ela. Sou a mais velha, e sempre sinto uma pontada de culpa por não ter conseguido protegê-la do nosso pai no passado, mas nesse momento, pelo menos, posso resguardá-la das memórias.

Não sou fruto de um grande amor. Nascemos de pais que nunca quiseram filhos, na verdade. Um veterano de guerra que nos tratava como cadetes e uma mãe que nunca quis ter filhos.

Tenho apenas uma memória da minha mãe feliz, ou talvez seja a única lembrança feliz que tenho. Me lembrei disso na terapia e nunca perguntei a Ellie se era a última lembrança boa dela também porque não tocamos nesse assunto. É uma sequência de imagens tão simples na minha cabeça. Foi na semana em que viajamos de carro até Minnesota para ficar no chalé de algum parente que agora não lembro quem era. Ellie e eu éramos pequenas. O meu pai havia me vestido com uma blusinha amarela, bordada com fileiras horizontais de peixes de boca aberta. Ele disse que eu seria o seu parceiro de pesca, o que fez a minha mãe rir do banco do carona e estender a mão para lhe fazer um carinho. Eles cantaram juntos uma música que estava tocando no rádio, que até hoje não me lembro de ter ouvido de novo. Eu enchia a boca de mãozadas de salgadinho de queijo no banco de trás. Nós dormimos em camas de madeira no chalé e eu até dei milho para um avestruz direto da minha mão.

A minha mãe comprou um dedal para mim com uma delicada ilustração de um lago gravada nele, e passamos o dia inteiro no lago de bobeira boiando em câmaras de ar de pneus. Cheirava a grama e fogueira, e a minha mãe sorria o tempo todo. Tiramos algumas fotos naquele fim de semana, então em algum lugar, escondida numa caixa empoeirada no porão, a minha mãe ainda sorri. Não consigo me lembrar de vê-la sorrindo depois disso, não genuinamente, pelo menos, nem mesmo com os remédios que deveriam fazê-la sorrir. Aqueles remédios também a faziam dormir, então ela passava as tardes colocando sorrateiramente doses de vodca nos seus copos de chá gelado e se lançando em longas sonecas, esticada feito um gato no sofá.

Era lá que ela ficava quando o nosso pai nos fazia deitar de bruços no chão da cozinha e colocava uma barra de sabão dentro de uma meia para nos bater enquanto dizia que era assim que se lidava com soldados que saíam da linha. Devíamos ter 6 e 7 anos, eu acho. Ellie havia mexido na coleção de discos dele que ficava no armário. E era lá que ela ficava sempre que passávamos a noite trancadas cada uma em um armário por termos corrido dentro de casa ou feito bagunça com Lego. Cada vez que ele apertava o pescoço de uma de nós por um segundo a mais, até que estrelas começassem a aparecer e ficássemos sem ar, eu via a luz dos olhos de Ellie mudar.

Queria que a minha irmã fosse uma aliada nesse momento. Queria perguntar a ela o que raios Lisa poderia querer, ainda mais depois de não dar as caras no velório de Liam. Não consigo pensar em nada que ela teria para me dizer, mas decido não revelar coisa alguma para Ellie. Vou descobrir sozinha e deixar Ellie viver a sua vida. Ouço uma batida à porta.

— Desculpa. Ah, a entrega do mercado chegou. Ligo para você depois — digo. Ela está gritando por Joe, dizendo que Ned está colocando as chaves imundas dele na boca e pedindo que venha ajudar.

— Ah, tá bom, foi mal. O Ned está... Joe! — Ouço-a suspirar, impaciente. — Pelo amor de Deus! — Escuto um farfalhar, provavelmente ela pegando a chave do bebê. — Me desculpa, tá, a gente se fala. — Ela desliga e tomo um golinho de vinho antes de abrir a porta para Marty.

— Boa noite — diz. Sempre achei que Marty tivesse uns 40 anos, mas ele parece mais jovem de moletom e calça jeans. Trouxe uma bolsa com equipamento. Percebo que o meu coração está acelerado, estou com mais medo do que animada em ver o que há no histórico digital de Liam.

— Pode entrar. Aceita uma taça de vinho? Não sei se é o seu tipo de bebida. Tenho praticamente um bar na despensa e... chá, pelo visto.

— Vinho está ótimo. Obrigado. — Ele acena com a cabeça para o notebook sobre a mesa. — Esse é o paciente?

— Sim. Por favor, senta. Fica à vontade. — Entrego-lhe a taça. Ele clica no trackpad do notebook, digita uma série de códigos que parecem uma língua secreta e consegue fazer o login como administrador em poucos minutos, como se não fosse nada de mais. Então vejo que Liam tem uma pasta, bem na área de trabalho, na qual guarda todas as senhas. Marty abre o e-mail de Liam e vira o notebook para me mostrar.

Me sento e sinto pontadas de calor na espinha. Respiro fundo e olho para a tela. Nada de extraordinário por enquanto. Várias mensagens do trabalho sem resposta, amigos perguntando como ele está, ofertas de financiamento de carro sem juros, a matrícula da academia expirando. Havia meses de e-mails. Clico na lixeira e desço a página, procurando por alguma coisa fora do normal. É aí que vejo um nome. Rebecca Lang. O assunto é "Você estava tão bonito ontem à noite". O meu estômago se revira quando clico na mensagem. "Bem que você podia vir hoje à noite de novo."

É isso. É tudo o que o e-mail diz. Não sei se ele respondeu. O meu coração acelera. Engulo em seco. Sinto lágrimas querendo escapar, mas, em vez de ceder ao choro, viro a tela para Marty e mantenho o foco.

— Como posso saber se ele respondeu esses e-mails? — pergunto. Ele clica na pasta de enviados e nada aparece, depois clica em "Encontrar mensagens semelhantes". Mais e-mails dela surgem na tela. Tudo na lixeira. Marty dá um leve grunhido.

— Parece que ele não se esforçou muito para tentar esconder essas conversas.

Porque ele não precisava esconder nada, penso. Porque eu confiava nele e jamais vasculharia as suas coisas, por isso ele não precisava se esforçar para esconder as coisas. Clico em outro.

"Ainda sinto seu cheiro, que perfume é esse?"

Só isso. Cada e-mail tinha só uma linha ou duas. Abro outro.

"O martíni de pepino que paguei para você é minha bebida favorita agora. Você devia aparecer aqui para eu preparar um para você."

"Estou com saudades. Queria que viesse me ver."

E era só isso. Quatro e-mails curtos que mudaram tudo. Pensei que conhecesse o meu marido e a nossa história de amor, mas, pelo que parece, eu estava muito, muito enganada.

Fico andando para lá e para cá atrás de Marty e bebendo pelas duas horas seguintes, esperando que ele encontre alguma coisa que explique tudo isso. As redes sociais de Liam não oferecem mais nenhuma informação. Ele não era amigo de Rebecca Lang em nenhuma delas. Não havia mais nada.

Pelo visto agora Sterling sabe exatamente o mesmo que eu. Eles com certeza acessaram as contas de Liam pelo notebook do trabalho e já devem ter visto os e-mails dessa mulher. Pensei que fosse ter alguma coisa no disco rígido, ou arquivos que pudessem me dar uma pista de quem ela é ou quem sabe algo que indicasse que ele havia se envolvido em algum problema do qual eu não sabia. Parte de mim esperava que houvesse algum e-mail ameaçando Carter, ou talvez uma mensagem de algum dono de restaurante com ameaças, mas não havia nada, nem mesmo pornografia no histórico do navegador.

Marty aponta para o computador de mesa no escritório, atrás das portas francesas.

— Ele usava aquele ali? — pergunta ele.

— Hum, não muito, mas, pelo visto, eu não sei mais de porra nenhuma, né? — respondo. Talvez ele se esgueirasse até aqui e passasse as noites falando com mulheres e mandando fotos do pau. Acho que vale a pena dar uma olhada. Quer dizer, eu uso esse computador todo dia, mas não sei como procurar por conteúdo apagado, encontrar coisas escondidas no disco rígido e o caralho a quatro. Eu só sei apertar o botão de ligar, acessar o Google e ver os meus e-mails. Nada além disso.

— Posso fazer uma busca rápida — diz ele.

Marty vai até a mesa e começa a digitar. Encho a taça de vinho e me sento perto da lareira. "Você estava tão bonito ontem à noite. Seu cheiro ainda está em mim, que perfume é esse?" É o Dolce & Gabbana que dei de aniversário para ele, sua piranha. Copio o endereço de e-mail. Preciso usar todo o meu autocontrole para não enviar essa resposta de uma frase só agora mesmo. Respiro. *Um, dois, três, quatro.* Beberico o meu vinho e penso em como vou encontrá-la.

— Quer dar uma olhada? — pergunta Marty. Vou até lá e ele abre dados que não entendo. Há toneladas de conteúdo deletado. Coisas do dia a dia que não significam nada. Francamente, não sei mais o que eu esperava. Descobrir sobre Rebecca Lang já tinha sido demais.

— Quanto devo pelo serviço? — pergunto.

— Eu trabalhei por uns nove minutos e você deixou uma garrafa de uísque de mil dólares na minha saída de incêndio. Acho que estamos quites. — Ele sorri. Eu não sabia que ele era capaz de sorrir até agora.

— Deixa eu encher a sua taça, pelo menos. — Pego a garrafa que está perto da lareira e me sento. Marty me segue e sirvo mais vinho. Ele se senta numa poltrona na minha frente, mas parece desconfortável por estar socializando e não trabalhando.

— Eu... é... lamento pelo seu marido. Sinto muito que você tenha achado o que achou — diz ele, com delicadeza. *Agora ele sabe quem sou eu*, é tudo o que consigo pensar. Ele deve ter pesquisado o meu nome e encontrado uma infinidade de histórias e fofocas sobre mim, Carter e agora sobre o assassinato de Liam. A notícia arrefeceu ao longo dos meses. Voltou às manchetes há algumas semanas quando o corpo foi encontrado, mas acho que não é todo mundo que acompanha esse tipo de fofoca. Milhares de pessoas terríveis que comentam na internet certamente acompanham, mas deve ter muita gente que não liga.

— Obrigada. Você deve ter lido a história toda, não é? — pergunto, mas, para falar bem a verdade, não dou a mínima. Todo mundo sabe tudo sobre a minha vida pessoal agora.

— Ah, hum, não. A moça do hall de entrada me contou — responde ele.

— Hilly? — pergunto.

— Alguma coisa assim. É a que carrega o gato por aí? — pergunta ele, para confirmar. — Ela meio que me encurralou.

— Ela costuma fazer isso — digo. O que há de errado com essa mulher? Ele olha para a bebida com timidez. Os seus olhos brilham à luz do fogo.

— Quando a minha esposa... — ele para por um instante, então continua: — faleceu, alguns anos atrás, eu só queria que todo mundo me deixasse em paz. — Agora entendo o seu jeito reservado. Ele provavelmente ainda quer que as pessoas o deixem em paz. Já se passaram meses desde a última vez que vi Liam, e não se passa um dia sequer sem que eu seja esmagada pelo peso da sua ausência. Não consigo nem conceber a ideia de um dia ter uma experiência sozinha ou até mesmo uma conversa simples sem ele ao meu lado, sem o seu rosto na minha mente.

— Eu sinto muito — digo, e me encolho. Odeio quando as pessoas falam isso para mim porque é algo que escuto todo dia. A intenção é boa, mas odeio mesmo assim. — Como você consegue... — começo a perguntar, mas não sei como concluir.

— Levantar de manhã? — sugere Marty. Olho para ele e encontro os seus olhos. Sim, é exatamente isso que quero saber. Será que algum dia vou voltar a querer sair da cama de manhã?

— É — digo.

— Em alguns dias, não sei. Parece bobeira, mas tem um grupo de apoio que frequento às quartas. Às vezes, se estou tendo uma semana difícil, vou domingo também.

— Grupo de apoio?

— Não que ajude de verdade em alguma coisa... mas, às vezes, faz bem ter pessoas por perto que entendem por que está tudo uma bagunça, gente com quem você se identifica pelo menos um pouco, já que ninguém no mundo consegue entender pelo que você está passando de verdade.

— Como um Alcoólicos Anônimos para gente de luto? — pergunto. Ele solta uma risada tímida e continua a olhar para a bebida.

— Acho que sim, mais ou menos isso. Eu avisei que podia parecer bobeira. — Percebo que ele ficou constrangido. Eu não estava zombando do grupo, só queria tentar montar uma imagem mental.

— Não parece bobeira. Fico feliz que você tenha encontrado algo para ajudar a passar por isso — digo, sorrindo.

— Pois é — diz ele, desdenhando.

Quero saber como ela morreu, mas não pergunto. Eu não gostaria de contar a minha história para um estranho. É revigorante ter a companhia de alguém que conhece esse sentimento tão indescritível de perda. Sinto que ele quer me convidar para o grupo, mas não convida. Ele termina o vinho e se levanta. Sinto uma ponta de ansiedade. Percebo que não quero que Marty vá embora. Não quero preencher o vazio das próximas horas investigando a amante do meu marido. Não quero encarar essa realidade ainda. Só quero ficar aqui, sentada perto da lareira bebendo vinho com um estranho que é tão infeliz quanto eu, mas ele pega a sua bolsa de equipamento e vai para a porta.

— Se precisar de mais alguma ajuda com o computador, é só me chamar.

— Obrigada. Obrigada pela ajuda — respondo e fecho a porta depois que ele sai.

Ele pareceu envergonhado por ter se aberto. Deve ter sentido que eu era uma das poucas pessoas com quem poderia conversar sobre o assunto. Eu podia ter feito mais perguntas sobre o grupo, tentado esconder melhor a dor do meu coração para fazer com que ele ficasse mais um pouco, para me distrair mais um pouco, mas ele se foi.

Faço login no computador e pesquiso no Facebook. Há centenas de resultados para Rebecca Lang. Afunilo os resultados para Chicago e ainda assim há um número descomunal de pessoas e não sei como filtrar mais os resultados, então procuro. Rolo a página. Olho para cada perfil chamado Rebecca Lang, vendo se reconheço alguém, ou se há alguma conexão com Liam.

Depois de clicar em trinta e sete Rebecca Langs, encontrei apenas algumas com idade e localização compatíveis. Então abro o perfil de uma "Becky" Lang. Profissão: bartender na Bowen's. Congelo por um instante. Abro a foto. Ela é jovem. Deve ter uns vinte e poucos anos. Faço o que qualquer mulher na minha situação faria e cedo à compulsão de me comparar a ela e me perguntar o que ela tem que eu não tenho. Ela tem cabelo escuro na altura dos ombros. É bonita, mas não de parar o trânsito, eu acho. Uma beleza comum. Na foto, está com uma camiseta apertada e de shortinho fazendo chifrezinho por trás da cabeça de um cara que a beija na bochecha. Um namorado? Marido?

Encaminho a foto para Len e pergunto: É ela? Depois de uns vinte minutos, vejo os pontinhos pulando. É Len respondendo. Ele digita e para várias vezes. Imagino que não saiba o que dizer. Deve ter perguntado a Bonnie como lidar com a situação e ela, sem sombra de dúvida, o mandou contar a verdade para a pobre Faith.

Mas tudo o que ele responde é Sim. Depois de mais alguns minutos Len pergunta Você está bem? Respondo com um simples Obrigada e pego o meu casaco. Decido que vou estacionar em frente à Bowen's e esperar. Ainda não vou falar com ela. Vou segui-la e ver onde mora. É impossível confrontá-la na churrascaria e garantir um minuto a sós com ela ou que ela não vá armar um escândalo dizendo que a estou assediando ou qualquer coisa do tipo. Porra, ela pode bancar a vítima sendo perseguida por uma suspeita de assassinato só pela fama temporária que isso lhe traria. Acho que esse é o tipo de coisa que as pessoas fazem só para se verem na TV, sem dar a mínima para o papel de idiota que estão fazendo.

Dou voltas no quarteirão por um bom tempo até conseguir uma vaga com vista para a entrada. Não vejo nada pelas janelas, então preciso primeiro ter certeza de que ela está lá. Pago o parquímetro e fico colada no prédio enquanto me aproximo para que ninguém pudesse me ver se olhasse pelas grandes janelas da frente. Uma neve fina começa a cair, e não estou agasalhada o suficiente para esse frio. Aperto o casaco em volta do meu corpo e abaixo a cabeça contra o ar cortante. Há pequenos pinheiros que parecem saídos de um livro do Dr. Seuss em canteiros de madeira na entrada principal do restaurante. As árvores estão decoradas com pisca-piscas brancos brilhantes, e Frank Sinatra ecoa do lounge para a calçada. Me escondo atrás das plantas e espio pelo canto da janela para ter uma visão do bar. Não a vejo, há apenas um cara jovem e magro com coque samurai e barba hipster. Ele cumprimenta um casal e dispõe porta-copos no balcão diante deles.

Volto a me esconder. Não há nenhum outro bar no restaurante. Estive aqui algumas vezes com Liam, por isso conheço o ambiente. Sou atingida por uma onda de náusea quando penso que ela devia estar aqui nessas ocasiões, piscando e sorrindo sorrateiramente pelas minhas costas.

Não é fim de semana, então talvez ela esteja de folga, embora toda noite tenha movimento de fim de semana na Bowen's. É um lugar bastante badalado. Eu devia estar usando uma máscara de Groucho Marx já que estou literalmente me escondendo atrás de uma árvore para espionar na vida real.

Um táxi tenta parar quando me vê. Faço um gesto para dispensá-lo e decido enfiar a cara no celular para tentar passar despercebida. Estou congelando e, depois de alguns minutos, preciso colocar as mãos de volta nos bolsos. Esse plano é imbecil. Dou mais uma espiada dentro do restaurante e... *merda*. Lá está ela. Carrega uma bandeja de copos vazios que recolheu das mesas e a coloca atrás do bar antes de anotar o pedido de um cliente.

Tudo bem, posso esperar. Já são quase nove da noite agora, e ela deve sair do trabalho em algum momento entre dez e duas da manhã. Espero para sempre se for preciso. Algumas horinhas não são nada. Compro um café morno na mercearia ao lado da churrascaria e me encolho no carro ao som da rádio pública. A manta xadrez que sempre deixo no porta-malas está com cheiro rançoso, mas a ponho em volta dos ombros mesmo assim e continuo de olho na entrada da Bowen's.

Levo um susto quando vejo algo que a minha mente não consegue compreender. É o Joe. O Joe da Ellie! Ele está fardado, saindo da Bowen's com um copo de café. Ele olha em volta e entra no banco do carona da viatura. É o seu parceiro, Marcus, que dirige. Eu me encontrei com ele uma vez. Por que estão aqui? Observo os dois se afastarem e tento pensar no que os traria aqui. Ele está me vigiando? Para com isso. Eu tenho que parar. Essa é a área da ronda dele, não é? Ele veio almoçar com Liam aqui num dia de trabalho uma vez, então não é nenhum absurdo que ele pare para comer alguma coisa ou coisa assim. Mas é uma coincidência estranha.

Horas se passam. Já é quase uma da manhã quando ela sai. A churrascaria tem um estacionamento, e estou pedindo a Deus que ela tenha vindo de carro e estacionado nele. Se ela for para casa de trem, é o fim. Ela sabe como eu sou, então não dá para simplesmente segui-la vagão adentro. Parada em frente à entrada, ela fala com outra garçonete. As duas conversam por um instante e então se abraçam em despedida. Ela acende um cigarro, protegendo-o do vento com uma das mãos, sopra a fumaça com o canto da boca, puxa o capuz felpudo da jaqueta sobre a cabeça e segue em direção ao estacionamento. Isso. Graças a Deus.

Ela entra num Volkswagen enferrujado do final dos anos noventa e pega a estrada. *Um, dois, três, quatro.* Tento acalmar os nervos quando saio da vaga e a sigo. Ela dirige para o norte. Imagino que tenha algum apartamento ou algo do tipo no centro. É difícil dizer a sua idade e impossível saber se é casada, já que não estou perto o suficiente para ver se tem aliança. Para mim, ela deve ter uns vinte e poucos anos, talvez tenha saído há pouco da faculdade e esteja vivendo uma vida de solteira na cidade, cheia de noites com as amigas, saindo com homens que conhece on-line e... tendo casos com homens casados, simplesmente porque pode. Mas ela continua dirigindo. Quando passamos de Evanston, começo a ter um surto irracional. E se ela souber que está sendo seguida e estiver me atraindo para algum lugar remoto? Assim que começo a considerar a ideia de fazer um retorno e estacionar num posto de gasolina iluminado por segurança, ela faz uma curva e entra num parque de trailers.

Estamos a quarenta minutos da cidade agora, quase em Des Plaines. Será que ela mora aqui? Há uma pequena fogueira com algumas pessoas sentadas em volta, bebendo latinhas de cerveja. É só uma festa para a qual ela veio? Estaciono atrás de outro trailer. Posso me esconder aqui por uns minutos. Um dos caras lhe passa uma cerveja assim que ela sai do carro, mas ela dispensa a bebida com um gesto indicando que está frio demais e vai para dentro. Vejo a silhueta de uma criancinha pela porta de vidro do trailer. Ela pega a criança no colo, põe a cabeça para fora e grita com o cara que lhe entregou a cerveja.

— Por que caralhos ela ainda está acordada, Cal? — Ela não espera por uma resposta. Pega a menininha, lhe dá um beijo na cabeça e a leva dali.

Cal é o cara na foto do Facebook. Dá para ver agora. Ele zomba e grita em resposta:

— Ela está ótima, estava vendo TV — diz, revirando os olhos para os outros caras e abrindo a cerveja que ela não quis.

Não vou conseguir fazer nada essa noite, mas pelo menos já sei que ela não é nenhuma garota do centro frequentadora de bares. Ela é uma mãe que mora num parque de trailers bem longe da cidade. Não faz sentido nenhum. Preciso encontrá-la a sós. De dia e não com um monte de homens bêbados em volta que seriam capazes de sabe lá Deus o quê.

Quando a porta do trailer bate depois que ela entra, saio e dirijo de volta para a cidade. As perguntas e a confusão na minha cabeça estão intensas e não se aquietam. Continuo pensando a mesma coisa de novo e de novo até que os meus olhos começam a se encher de lágrimas e, por fim, digo em voz alta:

— Por quê, Liam? Por que ela?

Os meus pensamentos vão para um lugar obscuro e não consigo ignorar a visão que continua surgindo nos segundos entre acordar e dormir, sob o profundo entorpecimento de vinho demais. A visão de Liam, vivo em algum lugar, a hipótese de que a morte pode ter sido forjada, que tudo não passa de um plano elaborado. É um pensamento tão ridículo que o mando para bem longe. Respiro fundo e tiro da cabeça as imagens dele com uma amante, o pensamento de que nunca fui amada de verdade. Mas por quê? O que ele ganharia com isso? Não. Ele jamais faria uma coisa dessas comigo.

# 17

Na manhã seguinte tenho uma reunião no centro da cidade com Will. Não estou com a mínima vontade de extrair mais detalhes obscuros e explicações da minha cabeça como fiz com o detetive Sterling tantas vezes. Só consigo pensar em Rebecca, e, quando vejo Ellie me ligando, os meus pensamentos se voltam para a minha mãe.

Ela já começou com os joguinhos. Fez parecer que precisava me ver com urgência e agora disse para eu só ir vê-la no domingo. Quatro dias para ficar especulando, quatro dias para suprimir a esperança ingênua de que talvez esteja largando a bebida e saiba o quanto preciso dela agora, e de que talvez diga que quer vir ficar comigo como já pedi tantas vezes, e de que se sente comigo perto da lareira e me diga o que fazer usando os seus conhecimentos inigualáveis de mãe. Mesmo com mais de 30 anos, sinto que preciso de um adulto — como se eu ainda fosse uma criança, navegando por um mundo assustador cheio de policiais e advogados com os quais ainda não sei lidar.

O mais provável, entretanto, é que ela me dispense mais uma vez e talvez até cancele a visita ou, o que tem ainda mais chances de acontecer, ela tenha conseguido algum dinheiro e vá passar uns dias bebendo sem parar. Nunca vou conseguir explicar para Ellie, porque eu mesma nunca entendi, como uma mãe que deu sangue por nós, que nos alimentou através do próprio corpo, que sacrificou conforto e horas e dias do seu tempo e da sua atenção poderia mudar de ideia dessa forma. E não consigo explicar por que ainda sinto um desejo tão profundo de vê-la e por que não encontro em mim a apatia que Ellie desenvolveu por necessidade e na qual agora é especialista.

Decido andar os quase cinco quilômetros até o escritório de Will. O inverno está dando o seu máximo para se anunciar, mas a tempestade de neve de ontem se transformou em chuva e neblina, e folhas caídas do outono sussurram ao redor dos meus tornozelos enquanto atravesso a rua do apartamento e compro um café para beber no caminho. Chacoalho o meu guarda-chuva embaixo do toldo da cafeteria e vejo Marty parado na chuva em frente ao nosso prédio com Figgy na coleira cheirando a cerca de ferro, se recusando a fazer xixi. Ele não está com guarda-chuva e parece a pessoa mais triste do mundo lá sozinho e encharcado. Aceno, mas ele não está olhando.

Quando pego o café e volto para a rua, ele está no fim do quarteirão, ainda tentando, sem esperança, fazer com que o cachorro faça as suas necessidades, mas então vejo Hilly, com uma parca gigante e vermelha, vindo diretamente para a cafeteria enquanto estou saindo. Quase sem perceber, viro para a esquerda rapidamente e volto para o hall de entrada para esperar até não conseguir mais vê-la. É ridículo eu me esconder de uma gateira solitária. Preciso me recompor, mas não quero que ela me encurrale e se convide para ir ao meu apartamento pegar o prato do bolo de carne.

Fico perto das caixas de correio para espiar pela janelinha enquanto espero a barra ficar limpa. Decido verificar se há alguma correspondência para mim. Enfio a chavezinha na fechadura, esperando encontrar um monte de cupons e ofertas de cartão de crédito, mas o que vejo me faz arquejar.

Há um envelope branco com o meu nome saindo da caixa de correio. Não há endereço nenhum. Foi entregue pessoalmente. As minhas mãos tremem ao abrir o envelope e pegar o seu conteúdo. A minha cabeça está tentando raciocinar o que vejo enquanto fico ali, parada, encarando o que há lá dentro. É uma página rasgada de um livro que diz:

*Proteja sua nova casa:*
*Considere colocar novas trancas em janelas e portas, luzes do lado de fora, um sistema de alarme, portas de aço e detectores de fumaça.*

Esse trecho faz parte de uma lista do meu livro *Você não está sozinha.* A pessoa rasgou essa frase. Ainda dá para ver o número da página e o cabeço com o meu nome no canto de cima. Coloquei essa lista nos meus dois livros porque faz parte de uma página de apoio às vítimas, uma lista de dicas para ajudá-las a fugir do perigo e garantir a segurança que uma vez tiveram. Essa é só uma das muitas dicas de uma lista bem maior. O meu coração parece que vai pular pela boca. Por que alguém me mandaria isso? Os meus braços e as minhas pernas estão tremendo de tensão. Isso é uma ameaça.

Inspeciono os arredores por um instante, como se a pessoa estivesse por perto, depois ponho o envelope no bolso do casaco e me apresso para a rua. Quando ergo o olhar, percebo Hilly em frente à cafeteria do outro lado da rua, olhando para mim. Ela acena, a expressão corporal esquisita, parece que já estava me encarando intensamente e fingiu que tinha acabado de me notar quando percebeu que eu a tinha visto. Foi isso mesmo que vi? Não aceno. Decido que preciso dirigir em vez de caminhar e dou a volta no prédio em direção ao estacionamento dos fundos para pegar o carro. Tento controlar a respiração e acalmar o coração. *Um, dois, três, quatro.* Quando controlo a respiração, dirijo. Preciso mostrar isso para Will.

No carro ligo para Sterling. Tudo o que Will vai me mandar fazer é garantir que o detetive saiba de tudo que está acontecendo; então, antes de qualquer coisa, faço a ligação com a esperança de que esse seja um pontapé inicial no processo de limpar o meu nome.

— Dra. Finley. Oi — responde Sterling pelo telefone num tom amigável.

— Oi, hum... Eu queria te dar uma informação que talvez possa ajudar — digo, tentando disfarçar a voz trêmula.

— É mesmo? Você está bem? — pergunta ele.

— Estou bem, sim. Acho que... Acho que talvez ele tenha tido... um caso.

Não acredito que tenho que dizer isso em voz alta, estou indignada com Liam por ter me colocado nessa situação, mas, se eu der essa informação agora, não vai parecer tanto que eu já sabia e estava acobertando o fato.

— Acho que o Liam... Parece que... Talvez ele estivesse falando com alguém. Acho que estou contando isso para você porque não sei quem mais poderia falar com ela, e tenho certeza de que você gostaria de saber, é o que quero dizer. — Respiro fundo e viro à direita na Lakeshore Drive.

— Agradeço muito. Temos investigado essa possibilidade — diz ele.

— O que isso quer dizer? Que vocês têm procurado evidências de uma traição? — Estou com raiva porque faz parecer que a polícia espera encontrar evidências de uma traição para poder me acusar de tê-lo matado por vingança ou ciúme.

— Quando pegamos o notebook no escritório dele, os discos rígidos foram examinados, assim como as contas de e-mail e as redes sociais. Havia algumas mensagens que podem ser interpretadas como... de natureza romântica, então entramos em contato com a remetente.

Por um lado, é bom que estejam tentando encontrar respostas, e estou até meio impressionada que já tenham ido tão longe com um caso que parecia ter esfriado, considerando quanto tempo se passou até o corpo ser encontrado. Por outro lado, o fato de que viram cada conversa entre nós, cada momento de intimidade, cada mensagem e e-mail carinhoso enviado no decorrer dos anos, ao lado de cada "tanto faz" ou "não ligo" depois de uma briga, deixa o meu estômago embrulhado. Tenho certeza de que dissecaram cada palavra minha em busca de algo que pudesse ser usado contra mim.

— Rebecca Lang? Você já conversou com ela? O que raios ela disse? Por que você não me disse isso antes?

— Não posso discutir nenhum detalhe. — Ele para, e me pergunto se vai dizer "com uma suspeita".

— Bom, eu recebi uma ameaça pelo correio hoje. Uma página arrancada de um dos meus livros foi colocada na minha caixa de correio sem endereço, só foi deixada lá. — Explico o que o envelope continha e que fazia parte de uma lista com dicas para vítimas. O silêncio que se instala deixa claro que ele está surpreso. Pensei que estivesse tão certo de que a culpada era eu que fosse desdenhar, mas não foi o que aconteceu.

— Então você não está segura lá. Qualquer pessoa poderia descobrir onde você mora se quisesse. Tem algum familiar ou amigo com quem você possa passar uns dias? — pergunta ele.

— Não. Não vou embora. — Não falo que já recebi uma proposta pela casa em Sugar Grove e que o imóvel já está praticamente vendido, que a minha irmã mora num apartamento de dois quartos com duas crianças pequenas e que a minha mãe é uma pinguça que, no momento, está se afogando em bebida por aí. Não falo que costumava ter amigos, mas que agora não tenho nenhum.

— Posso passar aí e dar uma olhada no seu sistema de segurança. Também vamos precisar pegar a carta para juntar com as outras evidências. — Ele soa preocupado de verdade.

— Certo — sussurro, com raiva por ele ter informações que não pode me contar.

— Você está em segurança agora?

— Ã-hã, estou bem.

— Faith, isso não é brincadeira. Não posso forçar você a nada, mas recomendo que tente encontrar algum lugar para ficar por um tempo — diz ele. Consigo ouvir o seu rádio ao fundo com vozes abafadas chamando policiais disponíveis para lá e para cá.

— Vou pensar no assunto. Obrigada.

O escritório de Will está gelado e silencioso. Fico irritada por ele estar ocupado demais para me dar mais que alguns minutos de atenção cada vez que venho aqui. Depois que falo da carta, ele é chamado por um instante por um sócio de aparência séria com uma pilha alta de documentos nos braços. Will diz que já volta e sai. Espero e ouço o som da chuva batendo nas janelas. A cidade parece nebulosa e sonolenta. Queria estar em casa, em frente à lareira, com uma bebida em mãos e maratonando *Great British Baking Show*. Sozinha. Quero sair desse lamaçal, ficar longe do peso de ter que dizer a mesma coisa de novo e de novo para pessoas que tentam esconder aquela ponta de dúvida do olhar, mas que não conseguem porque ainda suspeitam de mim mesmo que não queiram. Ele volta com um olhar de desculpas e puxa a cadeira para perto de mim.

— Olhei todos os arquivos da polícia, todos os seus depoimentos e agora, olha, com isso, não estou certo de que... Não estou falando isso para assustar, mas você considerou a possibilidade de que talvez Liam não fosse o alvo? — pergunta ele.

— Como assim? — pergunto. Nunca considerei essa possibilidade. Passei meses da minha vida focada em encontrá-lo, e agora estou focada em identificar quem poderia querer machucá-lo. É claro que já considerei a hipótese de que pode ter alguma coisa a ver comigo, alguém como Carter, por exemplo, ou alguma namorada ciumenta, mas nunca pensei que haviam pegado a pessoa errada.

— Faith, olha só, pelos arquivos da polícia, concluíram que você estava sob efeito de entorpecentes e bateu numa árvore, e que Liam foi embora por vontade própria.

— Sim, a polícia acha que ele nunca entrou no carro. Que a gente brigou e eu fui embora. Aí fiquei tão transtornada que bati o carro numa árvore e depois o declarei como desaparecido numa tentativa desesperada de conseguir de volta um homem que estava literalmente fugindo de mim. No papel, eles florearam um pouco, mas essa é a ideia geral. Agora, acredito que a parte em que brigamos significa que o matei e depois, totalmente fora de mim, bati numa árvore — digo, sem esconder a raiva.

— Olha, eu acredito no que você está dizendo. Estou do seu lado nessa. Então vamos, por um segundo, dizer que esse outro motorista que, como você disse, foi para cima do seu carro e fez você desviar não estava lá por acaso — diz ele, com calma e cuidado. Os meus olhos se agitam enquanto tento digerir o que Will acabou de sugerir.

— Você acha que alguém tentou me matar. — Parece loucura, mas só por um segundo, então não consigo acreditar que nunca pensei nisso antes.

— Era você que estava dirigindo. Se o motorista foi para cima do seu carro, pode ter sido um acidente, é claro, mas você estava em todo canto na imprensa. Recebendo ameaças de morte no Twitter e em outros lugares. Muita gente acreditava que você tinha feito algo terrível. Agora, você está recebendo ameaças mais diretas. Quanto mais eu olho para os depoimentos, para as provas, tudo isso, mais penso que temos que garantir a sua segurança.

— Meu Deus do céu. — Se isso for verdade, Liam morreu por minha causa. Não consigo nem pensar nisso.

— Você tem algum sistema de segurança?

— Hum, não, quer dizer, o prédio tem portão. É seguro. — Olho pela janela. A minha cabeça está girando. Será que estou em perigo? Será que alguma daquelas pessoas malucas que ficam comentando em notícias na internet pode realmente estar numa missão para me matar? Parece tão distante da realidade, mas há tiroteios sem sentido acontecendo praticamente todo dia. Existe muita gente louca por aí. Não sei mais o que dizer.

— Até a minha avó conseguiria pular aquele portão — brinca Will, mas nenhum de nós ri. — Você pode ficar... — Ele começa a fazer sugestões como Sterling, mas não o deixo terminar.

— Não vou me mudar de novo. Não tem ninguém com quem eu possa ficar — digo, pondo fim ao assunto. Não vou defender a minha estada no apartamento. Mas, se tudo isso for verdade, não vou colocar Ellie nem ninguém em perigo. O quinto andar de um prédio cheio de moradores no centro da cidade é a maior segurança que vou ter.

— Tudo bem, mas dá para instalar um alarme, pelo menos? Você precisa de um sistema de segurança — diz ele, sem rodeios.

— Vou fazer isso.

— E você tem que dar sinal de vida para mim ou para o Sterling todo dia — diz ele, esperando que eu o encare. Pego o meu casaco e me levanto.

— Tá bom — concordo. — Mesmo assim ainda sou suspeita?

— Olha, você estava no hospital quando o celular dele foi rastreado e o cartão de crédito usado. Não tem arma, digo, nenhuma evidência de que você já teve alguma, pelo menos. Não tem nada que indique que você tenha ajudado a planejar algo assim. O seu computador e o seu celular estão limpos, então... — Mas ele não diz que não sou suspeita.

— Mas ainda sou?

— A situação é favorável para você, Faith, mas você foi a última pessoa a ver o Liam e sob circunstâncias muito estranhas, então vão ficar de olho até terem mais informações. O incidente na festa de lançamento também não aponta para você, então...

— Que incidente? Como assim? — pergunto, confusa. O rosto dele fica pálido, e, de repente, parece enjoado. Ele não pretendia ter dito isso.

— Achei que não fosse te ajudar em nada no momento, mas depois da carta que você recebeu... talvez...

— O quê, pelo amor de Deus?

— No banheiro, na festa, o Liam viu uma cópia do seu livro no mictório. Alguém, hum, desfigurou a sua foto. Você sabe, a foto na quarta capa — diz ele, desconfortável.

— Desfigurou? — Percebo que deve ter sido por isso que o humor de Liam mudou tão rápido e ele quis ir embora naquela noite.

— É, alguém deixou uma... marca, eu acho. Um corte no seu pescoço. E... urinou no livro.

— Deus do céu — digo, mais alto do que pretendia.

— Não sei se o Liam achou que fosse uma ameaça, ou coisa de adolescente, ou talvez só um louco que estivesse do lado do Carter e foi para a festa para tentar intimidar você. Sei lá. Ele só passou por mim e foi embora.

— E aí vocês pensaram "vamos esconder isso da Faith"? Parece mesmo uma ótima ideia agora. — Estou irritada, quase furiosa.

— Entendo que você fique com raiva.

— É, eu estou puta da vida, Will. Por que vocês esconderiam uma coisa dessas?

— Olha, o Sterling não me dá nenhuma informação privilegiada que você já não saiba. Ele deve ter algum motivo estratégico para não estar nos contando nada, mas não quis que... Você já estava lidando com tanta coisa, e, na época, pareceu só uma pegadinha de algum idiota. Contei isso para os detetives quando dei o meu depoimento. Não parecia muito importante.

— Mas, como eu sou suspeita, eles não me contaram também.

— O quanto revelam para você depende de muitas coisas. — Eu o encaro. Ele para. — Tudo bem, eu devia ter contado. Como amigo.

— Não preciso que você me proteja. Só preciso saber toda a verdade. — Tento inspirar contando até quatro sem que ele perceba. *Um, dois, três, quatro*. Olho para o teto por um instante e expiro.

— A boa notícia é que isso nos ajuda. Deixa claro um padrão de ameaças. Então, pelo menos quanto a limpar o seu nome, é algo positivo. Já quanto à sua segurança, fico preocupado.

— Olha, agradeço muito, mas eu estou bem. — Sei que ele me conhece. Sabe que sou propensa a me isolar e me desligar do mundo. Ele pega a minha mão.

— Você não tem que lidar com nada disso sozinha. De verdade. Não quero que se preocupe. Só fica fora do radar por um tempinho e vamos resolver tudo. Prometo. — Ele move a mão para o meu ombro e me olha nos olhos.

— Certo — digo, sem saber o que fazer. Estou desolada com tudo o que acabei de ouvir. — Obrigada, Will. — Abro a porta para sair do escritório.

Ele me olha como se quisesse dizer mais alguma coisa.

— Por que a gente não janta junto essa semana? — pergunta.

— Jantar? — Não estou no clima para socializar e não entendo o porquê do convite.

— Por fins estritamente profissionais, é claro. A gente pode discutir tudo com mais detalhes e sem ninguém interrompendo, para variar. — Ele dá aquele sorriso tão familiar de Will. A princípio, abro a boca para dizer que não posso, como fiz com todos os convites que recebi nos últimos meses, mas não é o que faço. Quero tanto que alguém acredite em mim do mesmo jeito sincero que Ellie acredita, e sei que Will não duvida da minha história. É bom estar com alguém que me conhece tão bem quanto Liam conhecia e que não me olha com pena.

— Claro, parece uma boa ideia. Só me diz onde — respondo, e ele me ajuda a colocar o casaco. Enquanto sigo para o elevador, ouço-o gritar:

— Um sistema de segurança. Promete. — Ele inclina a cabeça num gesto quase paternal, como se dissesse "estou falando sério". Aceno positivamente.

— Pode deixar — digo, e desapareço elevador adentro. E estou falando sério.

Dirijo até uma mal localizada Liberty Firearms, na zona oeste da cidade, entre uma loja de bebidas e um clube para cavalheiros decadente.

A polícia está certa. Não há nenhuma evidência de que eu já tenha possuído uma arma de fogo. Nunca possuí mesmo. Mas agora entro na loja e, como prometido, adquiro um sistema de segurança.

Um revólver calibre .38.

# 18

Em casa, a coluna "provas" na minha parede cheia de Post-its está lotada. O "incidente" na festa de lançamento é incluído lá num Post-it amarelo. Depois, rabisco outras coisas que considero dignas de nota e as organizo:

"Foi um acidente de carro ou eu era o alvo?"

"Bilhete na caixa de correio"

"Comportamento de Hilly"

"Rebecca Lang"

"Carter"

"E-mail de Len"

Coisas como o rastreamento do celular e o saque de dinheiro parecem mais insignificantes agora. Eram as únicas informações que eu tinha quando estava procurando por ele, mas agora a sensação é de que algum delinquente encontrou o celular e a carteira em algum lugar, os roubou e usou o cartão. Esses itens não estavam com ele quando o corpo foi encontrado. Ainda assim, estão em papeizinhos na parede. O porquê de ele ter sacado uma grande quantia de dinheiro pouco antes de desaparecer ainda tira o meu sono. Se estivesse sendo chantageado de alguma forma, certamente teriam pedido mais que alguns milhares de dólares.

A quantidade de pessoas que gostariam de me fazer mal parece infinita depois de uma olhada nas redes sociais e de todos aqueles comentários de ódio que recebi por meses. Por outro lado, o livro vandalizado no evento e o bilhete na minha caixa de correio parecem muito mais pessoais. Tenho que falar com Rebecca Lang, mas há algo que preciso fazer antes disso...

No estande de tiro Bullseye, seguro a minha arma como se ela fosse um peixe morto. Não está nos meus planos usá-la, mas é um sistema de segurança melhor que uns bipes que levam um minuto para notificar a polícia, isso sem mencionar quanto tempo passaria até alguém chegar. Preciso saber usar essa coisa, mesmo que fique enojada só de segurá-la. A vida me levou a isso. Acho que Liam sentiria vergonha de mim. Nos orgulhávamos do nosso posicionamento antiarmamento; chegamos a ir a uma manifestação contra armas depois de uma chacina. Eles acontecem com tanta frequência que nem lembro qual foi. Mas tenho que fazer isso. *Não sei o que mais posso fazer.*

O instrutor é o tipo de cara que não faz questão de esconder o seu narcisismo. Escuto-o conversando com alguns outros clientes enquanto preencho o formulário antes da aula. Conheço bem o tipinho. Quando alguém está contando uma história, tudo o que consegue fazer é esperar a pessoa terminar para que possa contar a própria história que não só é melhor que a anterior mas o envolve mais diretamente. Ele pega fumo dos dentes e me chama de "meu bem" e "moça" enquanto ensina o básico. Aturo esse sofrimento para poder atingir o meu objetivo: sair daqui com essa terrível arma, confiante o bastante de que não vou atirar em mim mesma sem querer antes até de voltar para casa.

Aprendo que carregador não é exclusividade de eletrônicos. Ele me mostra como verificar a câmara. Fala da diferença entre carregador e pente. Mesmo que isso, aparentemente, não valha para a minha arma e ele só queira demonstrar o seu vasto conhecimento para a ouvinte errada e desinteressada que sou, perco mais dez minutos da minha vida ouvindo sobre como as pessoas usam a terminologia errada. Ele dá uma longa demonstração sobre como manusear a arma com segurança, o que é redundante pra cacete, mas acho que fico feliz em aprender. Enfim, ele me deixa tentar atirar.

Atiro várias vezes num círculo de papel. Pode ser por causa do abafador de som enorme nas minhas orelhas, mas a experiência não é tão aterrorizante quanto achei que seria. Depois de alguns tiros, começo a chegar mais perto do centro do círculo. Ainda muito distante de acertar na mosca, mas bom o bastante para transmitir a sensação de que posso me abrigar em algum canto com essa coisa e ameaçar alguém que invada a minha casa. Bom o bastante para saber que não vou atirar em mim mesma sem querer, embora a ideia de ter uma coisa dessas em casa ainda me deixe enojada.

Sou convencida a comprar um cofre para guardar a arma, mas passo dez minutos recusando as tentativas de um vendedor de me fazer comprar um kit de limpeza e um coldre. Ele parece pessoalmente ofendido quando não deixo outras várias centenas de dólares na lojinha de acessórios, e mal posso esperar para sair dali e nunca mais voltar. O meu plano era levar a arma quando fosse à casa de Rebecca, mas descubro que há um período de espera antes que possa levar o revólver para casa. Não quero aguardar setenta e duas horas para conseguir respostas. Talvez eu vá sem arma mesmo.

Me sento no carro, me sentindo um pouco derrotada, mas decido tentar arrumar alguma informação sobre os horários de Rebecca, para conseguir pegá-la em casa. Se ela tiver dias de folga, talvez meio-dia seja o melhor horário. Se o namorado dela tiver um emprego, é claro. É a minha aposta, pelo menos. Dirijo para longe do estande de tiro, satisfeita com o simples fato de me livrar daquele lugar, e faço a ligação.

Finjo ser uma amiga tentando entrar em contato com Rebecca. Fico feliz por ser atendida por uma *hostess*, uma mulher que faz cada frase soar como uma pergunta.

— Obrigada por ligar para a Bowen's? Aqui é a Brittany? — Soube na mesma hora que não seria difícil tirar informações dessa garota.

— Oi — digo —, hum, a Rebecca Lang está trabalhando hoje à noite, por acaso?

— A Becky? Trabalha, sim, mas ela está ocupada agora? — diz ela, e a escuto recepcionando um cliente. — Só um minuto?

— Olha, na verdade eu queria ir aí e fazer uma surpresa para ela. Sou uma velha amiga e pensei em fazer uma visitinha. Ainda não cheguei na cidade. Você sabe em quais outros dias ela trabalha nessa semana?

— Ah, que divertido! Tá bem, espera só um minutinho, deixa eu olhar aqui?

Ela sai do telefone e digita no teclado enquanto verifica. Ao fundo, ouço o barulho de conversas contando fragmentos de histórias. Numa mesa, uma mulher ri alto demais, um grunhido parecido com uma buzina que se sobrepõe às outras vozes. Um homem, provavelmente perto da bancada da *hostess* aguardando por uma mesa, reclama dizendo que ainda vai estar de pé quando os seus convidados chegarem. Ouço outra voz reclamando da garantia do celular.

— Tive que reiniciar essa merda três vezes já. Eles dizem que foi dano por líquido e que o seguro não vai cobrir. Pra que raios eu pago esse seguro, então?

A voz é abafada por um casal que se aproxima da *hostess*, comentando sobre o frio e pedindo que verifique uma reserva.

É estranho, penso. Percebo que cada uma daquelas pessoas aleatórias leva uma vida tão vívida e complexa quanto a minha. Visualizo todas aquelas pessoas tendo experiências extremamente pessoais e únicas durante o jantar enquanto as escuto, intrigada.

Me lembro da exata mesa em que nos sentamos quando fomos lá. Me lembro da roupa que vesti. Penso na arma. Essa situação toda parece tão surreal.

A *hostess* volta ao telefone.

— Ela tem as quintas e os domingos de folga; então, qualquer outro dia que você vier, ela deve estar aqui — diz ela, mais distraída que antes.

— Obrigada — respondo. Desligo e sinto uma onda de ansiedade passar por mim. Vou esperar alguns dias, pegar a arma e aparecer na porta dela.

O nome Ellie pisca no meu telefone e atendo pelo Bluetooth enquanto dirijo para casa.

— Oi — diz ela. Percebo algo na sua voz. Decepção, talvez? — Acho que você não vem, né? — pergunta. Não me lembro do que esqueci.

— Hum... — respondo, mas ela não dá tempo para que eu enfie a cabeça num buraco e desapareça.

— Jantar. O Joe está em alguma coisa do trabalho. Você disse que viria se eu prometesse colocar as crianças para dormir às oito. — Ela está brava.

— Essa parte era brincadeira — digo com leveza.

— Era mesmo? — pergunta ela com raiva, mas logo muda o tom e tenta transparecer calma. Sei que pensa que não pode me sobrecarregar com nada por causa do que estou passando; então, mesmo quando precisa de alguma coisa, mesmo quando está sentindo alguma coisa, ela ignora e, sem um pingo de egoísmo, me coloca no centro das atenções. Ela tem todo o direito de estar chateada. Eu errei, mas ela não sabe com o que estou lidando e não a tenho atualizado sobre todas as novidades. Ela já fez o bastante, já passou pelo bastante.

— Tudo bem. Sei que você tem andado... — Não estou certa do que Ellie está tentando dizer. Sei que "ocupada" não vai ser o fim da frase. Até onde ela sabe, estou enfurnada no sofá há dias, e, não vou mentir, era lá que gostaria de estar nesse momento. — Meio mal — conclui.

— Foi mal, Ell — digo.

— Tudo bem.

— Não, eu esqueci. Isso não é desculpa. Não tem desculpa — digo, realmente sentindo muito. Por mais que eu tente esconder o meu desconforto com crianças, ela sabe que é por isso que não somos tão próximas. Mesmo assim, estava falando sério; isso não é desculpa. Preciso me esforçar. Ela é tudo o que tenho, e tenho sido uma imbecil nos últimos tempos.

— Era só nuggets de frango requentados, não tem problema. — Torço o nariz ao pensar em nuggets feitos no micro-ondas. Ellie e eu vivemos vidas muito diferentes. — Eu só queria uma desculpa para beber vinho e pôr as crianças na cama mais cedo — diz ela, com uma risadinha no fim para descontrair. O simples fato de ela precisar de "uma desculpa" para beber vinho mostra como somos o oposto uma da outra. Eu, por outro lado, precisava arrumar desculpas para não beber.

— Sou uma otária. Me desculpa. Que tal na semana que vem? Eu cuido do jantar. Compro alguma coisa — digo. Eu deveria falar que ainda posso ir mesmo que seja mais tarde que o combinado, mas só consigo pensar na minha cama, numa taça de vinho e em silêncio.

— Pode ser. Vai ser perfeito. Gravei *Housewives* no DVR. A gente pode fazer uma maratona — diz ela. Não deixo transparecer nem um pouco na minha voz o pavor que sinto só de pensar em assistir a *Housewives*.

— Combinado. Te amo — respondo.

— Eu também — diz ela e desliga.

Me sinto uma escrota, então acabo indo até lá. Talvez seja bom ouvir algumas histórias sobre cuspe e fraldas por uns minutos para me distrair. Vou levar uma garrafa de vinho e comida de verdade — um curry do Mai Thai.

Quando chego com o curry e o vinho como penitência, ela deixa os ombros caírem num gesto de "não precisava", mas logo me abraça e pega os presentes. Nos sentamos a uma mesa de jantar grudenta e afastamos alguns gizes de cera para abrir espaço para o vinho. Ela come e conta uma história sobre Joe estar quase se tornando detetive e os longos turnos que ele tem tido — e comenta que uma babá cairia bem. Ela ri e se serve de mais vinho, brincando, mas não tanto.

Antes que eu vá embora, Ellie quer me mostrar o mais novo motivo de por que eles não podem ter coisas boas. No banheiro, a parede outrora branca está coberta de desenhos feitos com pincel atômico. Suspiro e dou uma risada abafada.

— Se limpar sai, né? — pergunto, bem-humorada, e é então que noto uma coisa. Em meio à bagunça do closet, avisto uma calça jeans jogada no encosto de uma cadeira dobrável. Há pilhas tanto de roupa limpa quanto de roupa suja, talvez por isso tenha passado despercebida para eles, que estão acostumados a essa zona, mas a peça de roupa se destaca para mim. Aqueles jeans são de Liam. Um dos favoritos dele. Que porra é essa? Vou até a calça em silêncio, boquiaberta.

— Por que isso está aqui? — Não consigo esconder o horror no meu rosto.

— Como assim? Essa calça?

— É do Liam. — Analiso a expressão da minha irmã. Ela muda. Compaixão ou culpa?

— Tem certeza? — pergunta ela. Não quero destacar como Joe é baixinho e está acima do peso enquanto Liam era alto e magro. Basta dar uma olhada nos dois por um segundo para rir da ideia de que aquela calça poderia ser de Joe. Ela olha para o jeans.

— Sei lá, talvez ele tenha deixado aqui. — Ela não parece preocupada e, enquanto se apressa para o outro quarto depois de Ned chamá-la, choramingando, diz para eu levar a calça se quiser. Demoro alguns segundos para me recompor antes de ir embora, para não sair apressada e evitar que Ellie perceba as coisas terríveis que estão se passando pela minha cabeça.

Eu me odeio ao voltar para o carro. Literalmente cheguei a pensar que a minha irmã estava tendo um caso com o meu marido. Estou ficando louca. O problema é que não consigo me lembrar de nenhuma vez que ele possa ter trocado de roupa ou ficado na casa de Ellie e Joe. Eles moram num cubículo abarrotado de coisas de criança. Eram eles que iam até lá em casa para alguma festa ou para passar a noite. Por Deus, estou completamente paranoica. Tenho certeza de que deve haver uma explicação cem por cento plausível para isso. Respiro fundo algumas vezes e tento me recompor.

Quando me aproximo de casa, vejo que a minha vaga habitual está ocupada, então estaciono numa rua em outra quadra. Admiro uma vitrine com um mostruário de uma família feliz, reunida na neve ao redor de uma árvore de Natal que deve ter uns três metros de altura. Festões e pingentes de vidro tremeluziam ao brilho do pisca-pisca do pinheiro formando prismas de cores cintilantes. Vejo um cavalo e uma carruagem em frente a um restaurante lotado. Observo as nuvens brancas de vapor emanarem do focinho molhado dos cavalos e lamento por eles, pelo bridão na boca e pela sela de couro no lombo. Fecho os olhos e viro a cabeça.

No hall de entrada do meu prédio, a associação de proprietários penpurou pisca-piscas brancos ao redor dos corrimãos e nos galhos das plantas. Pego o elevador e, quando chego ao meu apartamento, vejo um bilhete colado na porta.

Passo os olhos pelo corredor para conferir se não é o cardápio de um restaurante que algum entregador colou aqui, mas, nesse caso, o papel estaria preso na maçaneta com um elástico. Lembro, então, que, a cada três meses, mandam um aviso de dedetização. Inclusive, o pessoal da associação de proprietários estava trabalhando mais cedo no hall. Respiro, aliviada. Deve ser só isso. Estou ficando tão paranoica. Tenho que me lembrar de respirar fundo, manter a lógica. Puxo o bilhete e o leio. Não consigo acreditar. De novo, não. É outro trecho do meu livro. É da mesma lista de antes:

> *Fique longe das redes sociais:*
> *Você não quer informações sobre suas amizades e sobre o que você*
> *anda fazendo disponíveis para qualquer um.*

Não há nada que eu possa fazer para evitar: estou tonta, ofegante. Não consigo respirar. O ataque de pânico está se instalando e me odeio por não conseguir controlá-lo. As minhas mãos tremem tanto que não consigo segurar a bolsa. Deixo o papel cair e me sento no chão, segurando o choro.

*Recomponha-se, porra*, digo a mim mesma. Mas não consigo. *Um, dois, três, quatro.* Estou tendo um ataque de pânico. Não sei qual será a intensidade. Sinto um aperto no peito. Encosto a cabeça nos joelhos e me encosto na parede, tentando respirar. *Merda, merda, merda. Aguenta firme. Se controla. Por favor.* Mas o pânico cresce no meu corpo assim como a bile na minha garganta.

# 19

Depois de alguns minutos tentando controlar a respiração, um cachorro vem saltitando pelo corredor e começa a forçar o focinho debaixo do meu queixo para levantar a minha cabeça. Ergo o olhar e vejo Marty correndo atrás dele com a coleira nas mãos.

— Foi mal — grita ele antes de se aproximar. É então que percebe o meu estado. — Meu Deus, você está bem? O que houve? — Não consigo responder. Levo um segundo até que consiga recuperar o fôlego.

— Dess... culpa — consigo dizer. — Eu estou bem. — É difícil falar. Fico envergonhada.

— Deus do céu. Você não está bem. Posso te ajudar a entrar em casa? — Ele se agacha perto de mim, me oferecendo ajuda. Repasso as quatro respirações na minha cabeça mais uma vez. Me forço a tomar o controle. Vasculho a bolsa em busca de um ansiolítico. Encontro um comprimido e o coloco sob a língua.

— Não posso. Não quero entrar — digo, me afastando quando ele oferece a mão. Dá para perceber que ele não sabe o que fazer. Provavelmente deve pedir a Deus para nunca esbarrar comigo, e agora está se sentindo encurralado. Só quero que ele vá embora.

— Vou ficar bem. Me desculpa. Obrigada — digo, mas ele se senta ao meu lado e espera até que eu me acalme.

Assim que volto a conseguir falar normalmente, peço mais uma dezena de desculpas.

— Preciso ligar para a polícia antes de entrar.

— Polícia? Aconteceu alguma coisa? O que... Alguém fez mal a você? — pergunta ele, confuso.

— Não, eu só... tenho recebido algumas ameaças e acabei de encontrar mais uma. Preciso ligar... Não sei se é seguro entrar em casa.

— Sem problemas, eu ligo. Não se preocupa. — Ele se levanta e faz a ligação.

Depois de um minuto ouvindo-o tentar explicar algo que não entende, ele passa o telefone.

— Querem falar com você. — Quando conto a história, passam a ligação para o detetive Sterling, e tenho certeza de que Marty ouviu tudo mesmo que tenha educadamente se afastado para me dar espaço. Ele e Figgy voltam assim que desligo.

— Estão vindo? — pergunta.

— Ã-hã. — Ainda estou tremendo. — Obrigada.

Ficamos ali, sem jeito. Ele tenta preencher o silêncio. Uma atitude que, pelo pouco que conheço dele, não parece comum para o seu jeito todo quieto. Ele claramente está desconfortável.

— Não precisa esperar comigo. Pode demorar uma vida. — Eu digo isso, mas, para a minha surpresa, não quero que ele vá embora.

— Não tem problema. Você não está com cara de quem deveria ficar sozinha.

— A minha vida está uma bagunça. Deus do céu, que vergonha.

— Não precisa ficar com vergonha — diz ele, e ficamos em silêncio de novo. — Desculpa pelo Figgy. Não o levo para passear nessas calçadas cheias de gelo, aí a gente estava dando uma volta pelos corredores. Eu devia ter colocado a coleira nele.

— Ah, ele é um querido. — Faço carinho na cabeça de Figgy. — Ele me ajudou, na verdade. Ele é treinado para ajudar pessoas... tipo um cão terapeuta ou algo do tipo?

— Algo do tipo, eu acho. A minha esposa o levou para uma espécie de treinamento. Não tenho certeza de qual especificamente, mas é, ele é sempre bonzinho assim. — Marty põe a coleira em Figgy e olha em volta. Confiro o meu relógio, me perguntando por quanto tempo terei que esperar.

— Preciso beber alguma coisa — digo.

— Você quer que eu entre e verifique o seu apartamento? Se tiver alguém lá dentro, a porta provavelmente estaria com sinais de arrombamento, não é?

— Por Deus, Marty, não precisa — digo, mas no fundo quero entrar em casa. Estou com frio e cansada.

— O Figgy pode entrar primeiro. Ele vai surtar se tiver alguém lá — diz Marty. Olho para ele por um instante, refletindo sobre a ideia, então lhe entrego a chave.

— Obrigada. — Enfio o bilhete na bolsa e espio o interior do apartamento enquanto ele e Figgy entram. Não ouço latido nenhum. Depois de alguns minutos, ele reaparece.

— A barra está limpa. Esse carinha aqui não deixa passar nada. — Ele faz carinho em Figgy e gesticula para que eu entre. — Quer que eu espere com você? — pergunta ele, e quero, mas tento não deixar transparecer.

— Ah, tenho certeza de que você tem mais o que fazer.

— Não tem problema. — Ele sorri, tão simpático.

— Posso servir uma bebida, então?

— Mas é claro — responde. Convido-o a se sentar na bancada da cozinha, abro um blend tinto que estava esquecido na despensa e sirvo duas taças. Ele percebe que estou tremendo.

— Você quer que eu acenda a lareira? A calefação desse prédio é péssima.

— É velha e não dá conta do frio — digo, concordando. — Com certeza. Obrigada. — O ansiolítico está fazendo efeito, mas ainda preciso me aquecer e ficar calma.

Me sento no sofá enquanto ele arruma a lenha na lareira. Figgy se aconchega perto de mim.

— Ai, meu Deus — digo, assustando-o. — Hoje é quarta.

— É, sim — confirma ele, intrigado.

— Você disse que tem aquele grupo de apoio nas quartas. Era para lá que você estava indo? Te fiz perder o compromisso? Me sinto péssima.

— Não tenho certeza se é possível me sentir pior ainda, mas me sinto.

— O grupo vai estar lá semana que vem. Por favor. De verdade. Não tem problema — diz ele, e volta à sua tarefa na lareira, riscando um fósforo e acendendo o fogo. Ele se senta à minha frente e pega a taça.

— Fico feliz que seja algo que traga... consolo. Odeio ter tirado você de lá. — Torço para que ele me conte mais sobre o grupo. Talvez eu só queira saber que existe esperança de me sentir melhor em algum momento, mas ele não oferece muito.

— Eu estava atrás de uma desculpa para faltar hoje por causa desse tempo horrível. Lareira e vinho vão cair melhor que terapia no momento.

— Bom, fico feliz — é tudo o que consigo pensar em dizer. Ergo a taça num brinde e sorrio para ele. Ele sorri também, caloroso, então bebemos. Figgy sobe no meu colo, e anseio por ficar bem aqui e adormecer segura, com alguém de olho em mim, mas ouço uma batida à porta.

— Faith! Oi! — É Sterling, chamando do outro lado da porta.

Me levanto e o deixo entrar. O detetive entra e olha para Marty com suspeita.

— Está tudo bem por aqui? — pergunta ele.

— Tirando isso? Sim. — Entrego o papel a ele. — Esse é Marty Nash, meu vizinho. Ele me ajudou — digo, enquanto Sterling olha o bilhete.

— Você não viu nada, ninguém espreitando por aí que possa ter deixado isso? — pergunta ele para Marty sem rodeios.

— Não, eu nem cheguei a ver o bilhete, só sei o que a Faith me contou.

— Ele estava passando com o cachorro pelo corredor depois que eu encontrei — digo.

— Foi mal. Eu queria poder ajudar mais — diz Marty, segurando Figgy pela coleira para que ele não avance em Sterling. — A segurança nesse prédio é ridícula — complementa. — Qualquer um consegue entrar pela porta da frente se alguém a mantiver aberta. As câmeras no portão nunca funcionam, as dos corredores também não. Tem sempre um bilhete pendurado escrito "desculpe pelo inconveniente".

— Pois é — concordo. — Dizem que o prédio é "protegido" e a gente inclusive paga mais caro por isso, mas tudo o que temos é um portão de ferro na entrada que nunca é monitorado nem nada do tipo.

— Basicamente... — Sterling olha para mim — você devia considerar ficar em outro lugar por um tempo. Na casa de um amigo, talvez? — Ele olha para Marty quando diz isso. Não achei que fosse possível Marty conseguir demonstrar mais desconforto do que já estava demonstrando, mas ele consegue. Os seus olhos vagueiam pelo apartamento, procurando uma saída.

— Vou pensar nisso — digo. — Como você vai descobrir quem está mandando essas coisas?

— Já que a probabilidade de ter envolvimento com o assassinato é grande, vou mandar para um teste de DNA e conferir as digitais. Vamos continuar seguindo as pistas que temos em busca de mais informações. Quem sabe deslocar mais patrulhas para o seu quarteirão. Você falou com a administradora do prédio sobre as câmeras de segurança?

— Mais de uma vez, inclusive, no decorrer dos anos. A associação de proprietários toda tem que aprovar. Não é nada rápido; isso se chegar a acontecer. Eles não acham necessário — digo.

— Tem como você mesma instalar uma? — pergunta Sterling. Marty dá uma risadinha, porque quem mora aqui sabe como as regras são rigorosas.

— Precisa de permissão até para colocar um bico-de-papagaio na própria saída de incêndio — diz Marty.

— É um prédio histórico — concordo. — Então "não" é a resposta rápida.

— Você tem algum sistema de segurança próprio? — pergunta Sterling.

— Tenho — digo, ainda me sentindo um pouco abalada e desorientada.

— Preciso ficar com isso. — Sterling indica o bilhete. — Tem certeza de que vai ficar bem essa noite?

— Vou, sim.

— Vou ligar amanhã para ver se está tudo certo. Se acontecer alguma coisa, se você achar outro desses, mesmo que pareça insignificante, me liga. — Ele abre a porta. Aceno com a cabeça em concordância e lhe mostro a saída.

— Obrigada — digo, e Sterling desaparece no corredor enquanto puxa o telefone do bolso e atende uma ligação. Marty mantém a porta aberta, pronto para ir embora com Figgy.

— Tem certeza de que vai ficar bem? — pergunta ele.

— Sim. Muito obrigada por ter ficado. Ainda estou me sentindo uma imbecil, mas eu agradeço muito. Talvez ainda dê tempo de ir ao grupo.

— Olha, você sabe onde eu moro. Se precisar de alguma coisa é só ligar.

— É muita gentileza sua. Obrigada. — Acaricio Figgy na cabeça e fecho a porta.

O silêncio que eles deixam para trás soa nos meus ouvidos e me faz arrepiar. Levo a bebida para o quarto, me dispo à luz fraca, coloco um roupão e me aconchego numa coberta para tentar me aquecer. Deito na cama, olhando para o teto, pensando no que levaria uma pessoa a chegar a esse ponto. Todos aqueles programas de investigação como o *Datelines* e o *20/20s* levam a duas hipóteses: assassinato passional pelo amado, ou assassinato pelo dinheiro do seguro de vida. A cônjuge sempre mata pelo seguro de vida. É claro que estão me investigando, mas, quem quer que seja essa pessoa que deseja tanto me atingir, é algo pessoal, as atitudes são calculadas, e os policiais não têm nenhuma outra pista além de mim. Percebi pelo jeito como Sterling evita olhar nos meus olhos e sempre dá respostas vazias.

Pego o celular e, ainda enrolada na coberta, coloco uma das mãos para fora, seguro o telefone acima da cabeça e digito com o polegar. Pesquiso sobre Rebecca Lang mais uma vez. Tento "Becky Lang". Não há muita coisa, não importa o quanto procure. Tentei até mesmo usar um daqueles sites que, por $ 19,99, prometem encontrar a ficha criminal e qualquer outro podre. Ela foi presa duas vezes por furto, uma no Walmart e outra na Kohl. Nada que ajudasse muito. O que Liam queria com ela?

Será que tudo o que ele queria era me fazer pagar por inadvertida-mente ter arruinado a nossa vida? Será que sentia alguma coisa por ela, essa jovem com filho e namorado, talvez até marido? Será que ele só transou com ela uma vez, bêbado depois de ficar até o bar fechar, e ela acabou querendo mais? Tenho que me forçar a parar de pensar nisso. Esse estresse todo está fazendo o meu cabelo cair. Quando me olhei no espelho depois do banho essa manhã, vi que as minhas costelas estão visíveis sob a pele pálida que cobre os ossos, esticada feito um tambor. A maquiagem que tenho usado nos últimos dias só evidenciou a minha pele esmaecida e os meus olhos fundos. Estou ficando horrorosa. Preciso dormir, mas o ansiolítico já não funciona mais como antes. Agora preciso de dois para conseguir relaxar. Me sento na cama e pego a taça na mesa de cabeceira. Tomo alguns goles de vinho e decido pesquisar sobre Marty Nash.

O Google fornece muitos Marty Nashes. Há páginas e páginas, mas nenhum resultado parece ser o certo. Sem Twitter nem Facebook, o que não me surpreende. Encontro um Marty Nash de Chicago no LinkedIn. O sujeito é programador, o que bate com o Marty Nash que conheço, mas não tem foto de perfil. Adiciono +informática+Chicago à busca e desço a página. Acabo me deparando com o site de uma igreja com data de alguns anos atrás. É uma newsletter mensal aberta ao público.

> Hoje nossas preces se voltam a um querido membro de nossa comunidade, Marty Nash, enquanto lamentamos a terrível perda de sua esposa, Violet Marie Nash. Por favor, cadastre-se na corrente de oração e dê a Marty e sua família todo o seu amor e apoio.

Deve ser dele que estão falando. Pesquiso "Violet Marie Nash" no Google e me deparo com um obituário de junho de 2016.

> Violet Marie Nash será lembrada para sempre por sua coragem em tempos difíceis, e, mesmo que tenha tirado a própria vida, sabemos que está em paz e sem dor.

Imediatamente sinto vontade de ir até a casa de Marty e abraçá-lo, por mais bobo que possa parecer. Conheço a sensação de pensar que o seu cônjuge prefere fugir a ficar com você. Sei como é perder quem se ama. Fico mal por ele. Me sinto aliviada por não ter perguntado como ela morreu naquele dia na saída de incêndio.

Depois de mais uns bons goles de vinho, decido pesquisar Hilly Lancaster. Não sei se já procurei alguém no Google antes. Acho que só um proprietário de algum restaurante de vez em quando. Parece tão invasivo, mas agora não consigo me controlar.

Não é um nome supercomum, então ela aparece rápido. Quando vou para imagens, lá está ela num grupo de tricô. Que surpresa, hein. Há algumas fotos em que ela posa ao lado de uma cesta de pães, roscas e coisas do tipo e outra tirada no dia da inauguração da padaria. Quando vasculho as notícias, encontro a crítica de Liam e a leio. Ele realmente acabou com o sonho dela, mas porque acreditava que tinha o compromisso de ser verdadeiro acima de tudo. A crítica não foi delicada. Uma das mais cruéis que me lembro de ter lido, na verdade.

Depois de alguns cliques, encontro um artigo num site de notícias local. O texto aponta todos os problemas dessas padarias *pop-up* e da terrível onda de lojas de cupcake. O autor é um tanto brutal quando dá tchau-tchau à Hilly's Honey e diz que, embora seja triste ver o empreendimento falir depois de poucos meses da inauguração, está feliz que a cidade esteja rejeitando esses padeirinhos de apartamento que estão arruinando a confeitaria. Ele termina o texto agradecendo a Liam Finley pela crítica que mandou essa padaria para as cucuias e para bem longe da cena gastronômica de Chicago.

Me sento quando percebo que ela se mudou para cá no mesmo dia que abandonei a casa de Sugar Grove. Ela não só tem uma motivação como estava lá quando recebi o primeiro bilhete.

# 20

Beber de manhã não é muito o meu estilo, mas decido descer as escadas e ir ao Grady's antes de pegar a arma e dirigir até a casa de Rebecca. "Becky", presumo. O que sei com certeza sobre essa mulher é que ela pegou um nome muito bonito e o rebaixou para ficar do jeitinho que gente da laia dela gosta. "Becky". Eu a odeio. Uma onda de raiva toma conta de mim, temperada com algo mais: medo. Sei que deveria deixar os detetives lidarem com isso, mas, ao mesmo tempo, sei que não consigo.

Fico surpresa em encontrar outras pessoas no Grady's. Não muitas — uns poucos velhacos tomando chope com suas bocas desdentadas. Dose dupla de Bloody Mary e chope até as cinco. Que pechincha. O meu plano era tomar só uma bebida, mas, já que é de graça, peço uma segunda rodada. Só duas. Ainda consigo dirigir e não perder a cabeça, digo a mim mesma.

São os primeiros goles que mais adoro. A antecipação da euforia momentânea, o álcool zunindo entre as minhas têmporas, aquecendo o meu peito. Depois de duas bebidas, porém, ainda estou em busca daquele sentimento inicial, e cada bebida que vem em seguida é mais necessária que satisfatória. Após encher os drinques com molho de pimenta e secar os dois copos de Bloody Mary, saio para a manhã nublada e compro um café, mesmo que a desidratação esteja me deixando com uma dorzinha de cabeça e sabendo que preciso mesmo é de água.

Enquanto dirijo, penso em todos os possíveis desdobramentos do que estou prestes a fazer. Repasso o que vou dizer um milhão de vezes, mas ainda não estou confiante de que sei tudo o que vai sair da minha boca. É quase impossível acreditar no fato de que há uma arma embaixo do meu banco. Chego a estender a mão para sentir a caixa só para garantir que não estou imaginando coisas. Está lá mesmo.

Crio uma imagem mental de Liam, e, por mais que esteja com muita raiva por ter sido traída, não consigo deixar de falar com ele, de amá-lo e de sentir a sua falta desesperadamente.

Pensar em chacinas só reitera a ideia de que o crime pode ter sido cometido por um louco qualquer — algum homem de quarenta e poucos anos ainda viciado em videogame que mora no porão da mãe e acabou desenvolvendo algum tipo de obsessão por mim. Sinto que posso estar desperdiçando um tempo precioso correndo atrás de pistas fúteis, mas o que mais posso investigar? Tenho que seguir os caminhos que se desenrolaram para mim. É tudo o que tenho.

O meu coração acelera quando estaciono, devagar, os pneus despedaçando o gelo que se formou durante a noite. O trailer parece sombrio e desabitado. O lugar onde havia uma fogueira na outra noite agora está cheio de latas de cerveja e coberto de geada. O carro dela não está aqui. Não parece que o namorado esteja em casa também, mas tenho que verificar. Mantenho o carro ligado e vou andando até a porta, olhando por cima do ombro. O parque de trailers está quieto. Os únicos sons são o latido distante de um cachorro e algumas crianças enroladas em casacos de lã brincando num balanço enferrujado de outro quintal.

Engulo em seco e bato à porta da frente. Espero. Ninguém responde. Bato de novo.

— Olá? Becky? — chamo. Nada. Olho em volta mais uma vez para me certificar de que nenhum dos vizinhos percebeu a minha presença e subo num bloco de concreto ao lado do trailer para dar uma espiada no interior.

Só vejo uma cadeirinha de descanso na sala (pelo menos, parece uma sala), uma mesa de centro cheia de copos de transição e garrafas de cerveja, livros para bebês e caixas de pizza. Está escuro e não há nenhum movimento, então volto para o carro. Sinto um arrepio, então sopro nas minhas mãos para aquecê-las e afastar o frio. Não havia pensado se esperaria ou não, mas agora sei que é uma necessidade.

Queria ter pensado em trazer uma garrafa de alguma coisa. Talvez ela só tenha ido levá-lo ao trabalho e já esteja voltando, então ligo o rádio numa estação pública, puxo o gorro do casaco sobre a cabeça e espero. Lá pelas dez da manhã, acabo cochilando e, quando o grito ensurdecedor de uma criança imbecil me acorda, fico horrorizada de ter dormido desse jeito. O aquecedor forte e a privação de sono acabaram me vencendo. Levanto a cabeça para ver de onde o som está vindo, mas é só um garoto chorando e com o rosto vermelho de raiva porque a irmã dele pegou o seu triciclo. Uma mãe aparece e se inclina para pegá-lo e levá-lo para dentro.

Olho para a casa de Becky. Ainda escura. Nada de carro. Estou faminta depois de ter esquecido de jantar ontem à noite e tomado drinques no café da manhã. Preciso fazer xixi. Começo a dizer para mim mesma que posso esperar, mas decido que vou fazer xixi atrás do carro. Está frio demais para as pessoas estarem na rua e, de qualquer forma, a área parece deserta, estranhamente silenciosa na ausência das duas crianças barulhentas. Não consigo esperar. Não conseguiria nem chegar a um posto de gasolina.

Me agacho e tento ficar de olho ao mesmo tempo, sem cair. Me lembro de uma festa em que Ellie e eu fomos anos atrás. Uma festa na jacuzzi em pleno inverno. Estava começando a nevar e a temperatura devia estar abaixo de zero, mas Andy Sharp e os seus amigos tinham conseguido uma garrafa de schnapps de menta. Os pais dele passariam uns dias fora, então bebemos e paqueramos na jacuzzi do jardim enquanto o vapor encontrava o ar frio e nos envolvia numa névoa levemente pincelada por flocos de neve. Foi mágico e parecia coisa de outro mundo. Quando Ellie e eu precisamos fazer xixi, ele não quis que entrássemos pingando dentro de casa, então nos agachamos na neve com os nossos biquínis encharcados, o vapor emanando dos nossos corpos. Demos as mãos para manter o equilíbrio e não conseguíamos parar de rir. Éramos tão próximas, e agora parece que eu aumento a distância entre nós de propósito.

Mais três horas se passam sem sinal de Becky. Encontro um pacote velho de Fig Newton no porta-luvas e como alguns biscoitos. Presumindo que o cara com quem ela está tem um emprego, não quero estar aqui quando ele voltar para casa. Preciso ter essa conversa a sós com ela. Ele não deve saber do caso que ela tinha, assim como eu não sabia, e o meu objetivo não é puni-la, mas extrair informações de que preciso. Não que eu ligue se ela tiver a vida arruinada. Mas a situação poderia tomar proporções inesperadas e não é o que quero. Mesmo que ele saiba, conversar sobre isso na frente dele não é uma boa ideia. Vou ter que voltar outro dia.

Paro numa lanchonete de beira de estrada com seus Mundialmente Famosos Waffles Fritos e peço o prato do dia. Uma garçonete chamada Trudy, com cabelo seco e platinado e brincos de abacaxi, me entrega um prato com ovos fritos de gema mole e batatas gordurosas, que como sem protestar de tão faminta que estou. Tomo dois copos enormes de água tentando ignorar o cheiro de alvejante e me sinto um pouco melhor. Não quero ir para casa.

Não consigo entrar em contato com a minha mãe desde que ela ligou me pedindo para ir vê-la. É um dos joguinhos dela. Já estou tão ao norte que decido dirigir até Elgin e ir até a sua casa, quer ela esteja sóbria ou não. Quero tentar entender o que ela quer. Não há dúvidas de que a polícia havia falado com ela enquanto me investigava, e os dias continuam passando sem progresso nenhum. Hoje foi um dia inútil. Preciso conseguir alguma informação.

Volto para o carro e me dirijo até a pocilga em que cresci: os apartamentos de Crestwood, o prédio de dois andares caindo aos pedaços com o exterior de pedras e poucas janelas. A construção fica num terreno quadrado cheio de grama marrom alta demais e sem árvores. Acho impressionante que a minha mãe tenha conseguido morar lá tanto tempo sem ter sido despejada. Os projetos sociais do governo devem prover o suficiente para que ela consiga continuar tendo moradia.

O lugar não mudou nada. Quando criança, eu achava que as garotas que ficavam na frente do prédio eram as pessoas mais legais e bonitas do mundo, com os lábios cheios de gloss e brincos de argola. Uma vez até pedi que fossem comigo para a escola para mostrá-las a todo mundo. Agora, seria cômico se alguém não percebesse imediatamente que eram "acompanhantes", até mesmo uma criança, mas não víamos o mundo desse jeito naquela época, é claro.

Ainda tenho a chave que ela me deu quando mudamos o segredo, no dia em que o meu pai foi embora. Ainda está escrito Geoffrey e Lisa Bennet numa plaquinha de papel na frente da caixa de correio. É estranho ver o nome do meu pai e ainda mais estranho que continue ali. A minha mãe nunca superou o meu pai ter ido embora. Depois de bater à porta algumas vezes, abro-a e chamo:

— Oi? Mãe?

Ninguém responde. O cheiro de urina e ar parado me faz tossir e voltar para fora em busca de ar. Cubro o nariz com o braço quando entro, mas o fedor de roupa imunda e comida podre na louça suja espalhada pelo lugar me deixa enjoada mesmo com as minhas tentativas de inspirar pouco ar.

— Mãe? Você está aqui? É a Faith. — Ouço um farfalhar vindo do quarto dos fundos. Dois caras do apartamento vizinho caem no corredor, rindo, bêbados. Depois, um cai em cima do outro e uma briga tem início, então fecho a porta. A minha mãe aparece de sutiã e calça de moletom. Eu estava certa. Ela tem enchido a cara.

— Que porra é essa? O que você está fazendo aqui?

— Você me ligou — respondo.

— Liguei porra nenhuma — cospe ela em resposta. Será que não lembra mesmo? É bem possível, então não explico que vim antes do combinado; só me atenho à ideia de que ela esqueceu.

— Ligou, sim.

— Bom, não tenho nada para dizer, então pode se mandar. — Ela se senta. Há rímel espalhado em volta dos seus olhos e o seu cabelo está cheio de nós no alto da cabeça no que deve ter sido um rabo de cavalo em algum momento. Ela está tão magra que parece doente, mas não serei eu a dizer.

— Bom, eu vim até aqui, então, quem sabe, você não pode me dar alguns minutos do seu tempo — insisto. Depois de alguns instantes absorvendo a minha presença, ela balança a cabeça.

— Merda — é tudo o que diz, então passa por cima dos montes de roupa suja, das garrafas de bebida e das caixas de sabe lá Deus o quê.

Ela consegue chegar à cozinha, repleta de Tupperwares sujos e caixas de comida para viagem cobertas por uma fina película de mofo azul. Ela pega uma garrafa de vodca e dois copos com o logo do Pizza Hut, serve a bebida e empurra algumas coisas de cima da pequena mesa da cozinha para abrir espaço. Me levanto, observando-a. Faz muito tempo desde que a vi pela última vez, e ela parece uma versão murcha e melancólica da mãe que tive na infância.

— Então, senta, pelo amor de Deus — manda ela.

O seu celular berra uma música country e dou um pulo. É um celular pré-pago antigo, daqueles com flip. Ela o pega e atende.

— Sim? — E desaparece em direção ao quarto dos fundos sem me dizer uma palavra.

Consigo ouvi-la explicando a minha presença para alguém, sem dúvida para o cara com quem está saindo.

— Olha, eu não sei, né, Jerry? Caralho. Vai lá e pega você. — Acho que ela fecha a porta, porque o som da discussão fica abafado.

Fecho os olhos para absorver a calma do ambiente e me lembro de mim mesma sentada aqui quando criança, sentindo o cheiro forte e doce de bolos de baunilha assando. Isso foi antes de o meu pai mudar. Antes de Lenny Dickson vir morar no prédio e lhe oferecer um jeito de relaxar depois dos longos dias colocando telhas e voltando para casa com duas crianças barulhentas e uma esposa irritante.

Eu era tão nova, mas me lembro de sentir as mudanças. Elas aconteceram devagar. Não em questão de dias; se alongaram por meses.

Depois que ele começou a ficar diferente, eu sabia que a minha mãe sentia que estava sempre pisando em ovos para garantir o seu bom humor. Ele costumava ser um homem amoroso, mas se tornou muito instável. Sei que me lembro disso. Ela não podia se dar ao luxo de ficar deprimida porque não haveria ninguém para nos manter quietas à noite, entretidas no chão com cartolina, giz de cera e os nossos programas de TV favoritos no quarto dos fundos. Não haveria ninguém para cozinhar sopa enlatada no fogão quando ele voltasse à noite, ou para inventar desculpas para os vizinhos por causa dos barulhos que ouviam, ou manter um emprego de meio período para assegurar que a conta de luz fosse paga. Essas eram as suas responsabilidades implícitas.

Pego o meu copo de vodca e olho para a sala de estar. Antes da mudança, a nossa casa era sempre calorosa e cheia de vida, a TV sempre ligada em outro cômodo; era cheia de mantas de crochê bregas, jogos americanos de renda, bonequinhas delicadas de porcelana e todo tipo de coisa cafona. Tudo isso continua aqui, nada foi renovado desde os anos setenta; a diferença é que agora está tudo negligenciado e coberto por uma camada de sujeira. A cozinha ainda é verde e cor de ferrugem com um papel de parede com desenhos de galos. A sala de estar tem um carpete laranja-escuro para combinar. Há biscoitos velhos em Tupperwares amarelados no balcão, um telefone com fio descansa na parede, e tem revistas e cinzeiros demais ocupando a superfície de mesinhas de canto e bancadas. Um lugar parado no tempo.

Há um pequeno globo de neve lá no alto, na sanca da cozinha. Eu o coloquei lá quando estávamos decorando o apartamento para o Natal. Deve ter sido há uns vinte e cinco anos. Parece impossível eu ter me lançado ao mundo, arrumado e perdido empregos, me apaixonado, cometido erros imperdoáveis, magoado pessoas, sido magoada, desenvolvido rugas, ficado cínica e não ter mais nada em comum com quem eu era na época em que morava aqui, e agora, quando volto para casa, esse globo de neve ainda estar no mesmo lugar, provavelmente sem nem ter sido espanado durante todo esse tempo — durante uma vida inteira.

Quando a minha mãe volta, está com um roupão esfarrapado que mal esconde o sutiã. Ela pega a vodca e acende um cigarro. Quando se senta, cruza as pernas, e está tão magra que as pernas quase dão duas voltas uma na outra.

— E aí? — demanda ela, sem dizer mais nada.

— E aí o quê? Você me ligou, então...? Você não lembra, eu acho. — Não vou aturar merda nenhuma; sei bem como vai ser. Os dedos dela tremem ao bater as cinzas do cigarro.

— A polícia fica vindo aqui — diz ela, soprando uma nuvem nauseante de fumaça.

— O que você falou para eles? — pergunto com urgência.

— Nada. Mandei pra puta que pariu. Mas eles vão voltar, então... — Ela para e olha para mim, os olhos arregalados.

— Então... o quê?

— O que você fez? — pergunta ela com frieza.

— Eu não fiz nada, mãe. O que você está planejando dizer? — Ela é capaz de dizer qualquer coisa mirabolante que a sua embriaguez formule da próxima vez que vierem.

— O que você quer que eu diga? — pergunta ela, então percebo qual o objetivo disso tudo. Ela quer dinheiro.

— Bom, o que você sabe sobre a situação? — pergunto, ciente de que ela mal sabe o próprio nome e talvez nem se lembre de que falei de Liam e a convidei para o velório.

— Nada. — Ela pigarreia, uma tosse profunda de fumante que se espalha pelo seu peito até formar uma bola de catarro que é prontamente engolida. — É por isso que estou perguntando.

— Se você não sabe nada, então acho que é isso que deve falar para eles. — Olho para ela de forma desafiadora. — Né? — Eu devia deixar a vodca para lá e me manter sóbria, mas quero continuar bebendo. Pego o copo e tomo um gole, me sentindo muito desanimada por saber que era isso que ela queria.

— Então vou dizer o que eu disse para o *National Examiner* quando eles estavam espreitando por aqui.

— Você falou com um tabloide? — Sinto o meu rosto esquentar.

— Eles perguntaram sobre a sua infância. Falaram que me dariam quinhentos dólares para conversar com eles. Eles eram legais. Achei que você não fosse ligar, já que já falou todas aquelas coisas asquerosas sobre a gente nos seus livros.

— O que você sabe sobre os meus livros? Você não leu — digo, irritada.

— Mas a Candace Lechers leu. Ela me contou todas as histórias nojentas que você escreveu lá, fazendo a gente parecer um bando de loucos só para ganhar dinheiro. — Ela tosse e engole de novo.

— Para começo de conversa, compartilhar as minhas histórias ajuda as pessoas. Outras vítimas encontram consolo em saber que não estou só dando conselhos que estudei para dar, mas que entendo de verdade... — Mas ela me corta.

— Vítima, meu cu!

— O que você falou para eles? — pergunto, exigindo uma resposta.

— Eles tiraram fotos do apartamento, falaram que era bom ter uma imagem de onde você morou na infância.

— Meu Deus — sussurro, sem acreditar.

— O quê? Você é boa demais para esse lugar, é? Nessa casa, você teve comida, roup...

— Só me diz o que mais você falou. — Não vou ficar presa na mesma discussão interminável em que ela fica dizendo que foi uma boa mãe porque Ellie e eu não fomos parar num orfanato.

— Perguntaram sobre as coisas que você escreveu no livro, se eram verdade. Eu disse que nem fodendo eram verdade. — As suas mãos tremem, e ela pega um pequeno cachimbo de vidro que nem tenta esconder de mim. Acende a base e inala o resto da substância branca. Não demora muito até que se acalme.

Olho para ela, aqueles dentes cheios de manchas pretas e o rosto todo marcado que eram bem bonitos no passado. Estou com tanta raiva que tenho vontade de agredi-la. Como ela pode fazer isso comigo? Por outro lado, por que estou surpresa? Sinto uma onda de vergonha nas bochechas por ter pensado em empurrá-la contra a parede segurando o pescoço dela.

— Foi isso que você disse? Você já me mandou dar um tiro nele, mas é, acho que ele não era abusivo, não. Era só uma brincadeirinha entre vocês...

— Abusivo. Ah, pelo amor de Deus, essa palavra saída da terapia. Você exagera, Faith. Sempre exagerou. Era o jeitinho dele de ser pai, só isso. Vocês se saíram bem na vida. — Ela acende outro cigarro usando o primeiro. Vislumbro o armário do castigo no corredor que leva aos quartos. Quero perguntar se ela se lembra de quando ele me viu enchendo o carro de neve porque eu queria ajudá-lo na limpeza. Ele ficou irritado de um jeito que eu nunca tinha visto. Eu tinha só 5 ou 6 anos. Tentei contar a ele que eu sempre ouvia "lava-me, e ficarei mais branco do que a neve" na escola dominical e que estava só tentando ajudar. Mas a água danificou o couro, então ele me puxou pelo braço e me trancou no armário. Sei que foi por pelo menos dois dias, talvez mais. É provável que tenha sido aí que os ataques de pânico começaram, a minha primeira terapeuta disse. Não adianta falar nada disso para a minha mãe. Ela presenciou tudo.

*Um, dois, três, quatro.* Respiro fundo, em silêncio, e desvio o olhar do armário.

— Você pode discordar o quanto quiser, mãe, pode dizer que ele era assim porque foi criado assim e que tudo bem, mas, se você lesse as histórias, veria que cada uma delas é o relato verdadeiro do que aconteceu, não importa a sua opinião, e não tem como negar os fatos só para poder dizer para um tabloide que eram mentiras. — Estou fazendo o máximo possível para me controlar.

Olho para as marcas de queimadura nos seus braços em alto-relevo pela textura de cicatriz. Tenho trabalhado com vítimas em negação por tempo suficiente para saber que nada que eu disser agora vai fazê-la mudar de ideia. Sei que ela acredita no que contava para os vizinhos. Não era ele que encostava pontas de cigarro na pele dela até formarem buracos e se apagarem, mas ela que era desajeitada na cozinha. Só isso.

Ela ainda acredita na história que ensaiou centenas de vezes. Essa discussão é inútil. Aceito ser chantageada porque não há nenhuma outra maneira de controlá-la e não posso me dar ao luxo de ter a minha mãe atiçando essa fogueira de mentiras e suspeitas que já está queimando descontroladamente.

— Quanto você quer? — Me levanto; cansei disso. Pego a minha bolsa.

— Tanto quanto o jornal me deu. — Ela se encolhe dobrando os joelhos pontudos e trazendo-os para junto do peito feito uma criança e esmaga o cigarro.

— Eu não ando por aí com quinhentos dólares no bolso. Tenho quarenta aqui comigo. Vou ter que voltar outro dia. — Ela pega os quarenta com voracidade.

— Tá bom — diz ela, satisfeita.

— E você vai falar que não sabe de nada — digo —, porque você não sabe de porra nenhuma! Que surpresa, não é mesmo? Você faz alguma ideia de por que a polícia quer conversar contigo? — Enfio a carteira de volta na bolsa e cruzo os braços.

— Você deve ter feito alguma coisa.

— Ai, Deus — murmuro. — Eles querem alguma informação que possa nos ajudar a descobrir o que aconteceu com o meu marido. E você não tem informação nenhuma sobre nada e nem conhecia ele, então não tem nada a declarar. É isso que você vai dizer. Não mete o meu pai nessa história. Isso é coisa do passado.

— Você acha que sabe de tudo. Aposto que o seu pai deve estar puto da vida com todas aquelas coisas horríveis que você escreveu sobre ele.

— Como é que é? — Congelo ao pensar nisso.

— A polícia tinha mais é que ir encher o saco dele e ver o que ele tem a dizer sobre você em vez de vir me perturbar. Esses policiais de merda ficam rondando por aqui por sua culpa, deixando todo mundo nervoso.

— Você sabe onde ele está? — pergunto com urgência.

— Os policiais deviam procurar o seu pai e falar com ele.

— Tenho certeza de que devem ter tentado. Ninguém sabe onde ele está... — Paro de falar e examino o seu rosto por um instante para ver se consigo extrair alguma informação. — A não ser você, talvez.

— Não sei porra nenhuma, já te falei um milhão de vezes. — Ela se levanta e vai até a porta para me mandar embora.

Quando o meu primeiro livro foi lançado, tive a ideia louca de que podia procurá-lo depois de todos aqueles anos e quem sabe tentar uma reconciliação. Já que eu era adulta e tinha dinheiro, talvez até conseguisse ajudá-lo. Seria uma história sensacional e emocionante de redenção. Descobri que ele se mudou para a Flórida e tinha uma caixa postal. Escrevi e mandei e-mails sem obter resposta. E ficou por isso. Nunca tentei de novo. Ele que se dane. Mas agora o que ela disse ecoa nos meus ouvidos.

— Vou voltar com o dinheiro quando puder — aviso. Ela não me pressiona para saber quando. Sabe que posso denunciá-la em um segundo e ter esse lugar vasculhado de cima a baixo se quiser. Ela não está numa posição tão vantajosa assim. Saber do paradeiro do meu pai é a sua melhor arma.

Ela parece um esqueleto, ali de pé sob a luz do apartamento, quando olho para trás. Volto para o carro e suspiro longa e lentamente. Estou me sentindo tão suja e cansada. Só consigo pensar no que ela disse.

*Aposto que o seu pai deve estar puto da vida com todas aquelas coisas horríveis que você escreveu sobre ele.* Ele não só pode estar puto da vida como também é um psicopata violento com um vício severo. E ninguém sabe exatamente por onde ele anda. Expus os seus pecados e fiz com que parecesse um homem deplorável e totalmente doente, o que acredito que seja mesmo. Meu Deus. Não quero acreditar que ele possa estar envolvido nessa história, mas agora é só nisso que consigo pensar.

# 21

Quebro a minha regra na manhã seguinte e, mais uma vez, não espero até o meio-dia. Me enrolo num roupão, derramo alguns goles de vodca no café e fico em frente à janela da sala de estar, olhando para as pessoas lá embaixo entrando e saindo de carros e lojas em meio à tempestade de neve. É um frio brutal e incomum para novembro, que força as pessoas a se agasalharem e se encolherem nas ruas — faz com que andem mais rápido e de cabeça baixa enquanto o peso do frio do inverno se instala.

Me pergunto se Marty Nash conseguiria encontrar Geoffrey Bennett. Se ele for gentil demais para aceitar o meu dinheiro, ainda tenho uma garrafa de Hennessy Richard que posso forçá-lo a aceitar. Certamente cobriria o preço do serviço e me deixaria menos culpada quanto a isso. Para ser honesta, estou cansada de ser a vítima que depende dos outros — estou acostumada com o inverso. Vou perguntar a ele, mas hoje decidi que não vou esperar pela folga de Becky.

Ela muito provavelmente trabalha à noite. A maioria dos bartenders experientes pega o turno da noite. É mais provável que ela passe o dia em casa com a filha numa sexta, e que o homem esteja fora, do que num domingo, dia em que talvez saiam. Não consigo mais esperar. Preciso começar a eliminar possibilidades sem esperar por convites da minha mãe ou pela merda da folga da Becky. Quero respostas. Se for preciso passar semanas dentro do carro em frente à casa dela, eu passo.

Me sento na soleira da janela e traço um círculo no vidro embaçado com a palma da mão. Vozes baixas de um antigo programa de TV e o cheiro de café recém-passado me fazem querer tomar alguns comprimidos de tramadol e dormir até o dia passar ao som do granizo que bate na janela, mas não posso me dar ao luxo de relaxar. Não posso deixar que os pensamentos sombrios rastejem de volta durante as horas vazias e silenciosas, me deixando entorpecida e apática.

Pego o celular e abro o aplicativo do *Chicago Tribune*, passando pelas manchetes até chegar às notícias de menor importância. O meu nome não tem aparecido muito na imprensa ultimamente. Manchetes sobre a morte de Liam foram substituídas em todos os canais pela enxurrada de matérias sobre as eleições. Quando estou prestes a deixar as notícias de lado e ir para o banho, vejo algo que me paralisa.

Uma foto de fichamento policial de Carter Daley; uma pequena miniatura seguida de um breve texto:

Carter Daley, o jovem no centro do escândalo envolvendo a Dra. Faith Finley, foi preso na última quinta-feira por ameaça e agressão em um bar de Wrigleyville. Ele foi liberado sob fiança na manhã de hoje. Há quem diga que seu comportamento descabido põe em dúvida a credibilidade de suas acusações contra a Dra. Finley. O caso foi arquivado devido à falta de cooperação por parte da vítima e falta de provas suficientes para uma possível condenação, o que não foi o suficiente para manter o Sr. Daley longe dos holofotes.

Olho para o nome de Carter num Post-it colado na parede. Ele sofre de delírio, agora está provando ser propenso à violência e, pelo que parece, está fora do radar de Sterling. Quando me encontrar com ele amanhã, preciso garantir que saiba que não confio nesse garoto e que a polícia precisa pressioná-lo mais, ir além de qualquer interrogatório de merda que possa ter sido feito.

Estou num dilema ético. Quero contar a Sterling e Will sobre o histórico de Carter, sobre o diagnóstico. Eu adoraria compartilhar os registros médicos para que soubessem que há uma motivação. Ele estava obcecado por mim. Simples assim. O público não sabe por que essa informação não pode ser divulgada, então sobra para mim ter que aturar todo aquele ódio na forma de amigos que se afastam ou dos escrotos contribuindo com a seção de comentários em várias reclamações on-line.

Há um punhado de situações em que um psicólogo pode quebrar a confidencialidade. A única que talvez se aplique a Carter é a que permite quebra de sigilo caso o paciente tenha ameaçado agredir ou matar alguém. Acontece que ele não fez ameaça alguma. Será que ele pode ter ficado sem os remédios e levou a obsessão ao extremo? Será que era ele o motorista da caminhonete que veio na contramão na estrada — da caminhonete cuja existência nunca conseguiram provar? Será que ele pode estar me observando e até perseguindo para tentar chamar a minha atenção agora? Penso nos e-mails desesperados que mandei para ele meses atrás. Será que ele não teria respondido e agarrado a oportunidade de entrar em contato comigo se tudo isso fosse verdade? Talvez ele não pudesse. Talvez os seus pais estivessem monitorando as contas dele. Sei que já fizeram isso no passado pela segurança do filho.

Se alguém pedisse o meu palpite sobre o modo como Carter me difamou publicamente ser, ou não, o suficiente para uma quebra da sagrada confidencialidade, eu diria que o tiro pode acabar saindo pela culatra e, talvez, a coisa toda se transforme em outra polêmica com potencial de destruir carreiras. Eu diria que esperassem, que continuassem seguindo as outras pistas e deixassem Will investigar Carter mais a fundo e reunir provas concretas.

Incremento o meu café com mais um golinho de vodca e transfiro a bebida para um copo para viagem, troco de roupa e me preparo para voltar ao trailer de Rebecca Lang. Dessa vez estou preparada: água, uma coberta, uma garrafa de vinho, porque nunca se sabe, e sobras de comida chinesa que enrolei num pano como se estivesse me preparando para um piquenique solitário

Decido pegar o caminho mais longo, subindo a Lakeshore Drive antes de virar para o oeste, até o parque de trailers. Adoro ver o lago. Era uma das coisas que Liam mais gostava na cidade. Era como se fosse o nosso pequeno oceano. Estaciono por um instante na parte da margem onde costumávamos ficar no verão.

Tomo o restante do café e encaro a paisagem. Sei que não deveria me colocar nessa situação, que não deveria me deixar abalar antes de fazer algo tão importante, mas é que não faz nem um ano que ele se foi e já estou perdendo algumas das nossas memórias e isso me assusta.

Antes de morrer, a minha tia June fazia um drinque chamado Dark'n'Stormy. Ela se sentava na bancada estreita do nosso apartamento com a minha mãe e, entre engasgos típicos de fumante, listava todos os defeitos do meu pai. Eu a imaginava bebendo uma tempestade e o oceano logo abaixo — engolindo ondas escuras e raios. Essa era a sensação que o lago transmitia agora. A tempestade remexeu os sedimentos do fundo do lago e detritos de árvores cobrem a superfície da água. A areia se agitou e deu outra aparência à água.

Numa noite muito quente de agosto, Liam me convenceu a nadar nua. Era o começo da nossa história de amor, e eu estava tentando impressioná-lo, embora estivesse com medo do que se esgueirava por baixo de nós. Lembro que a água estava morna e parecia elástica enquanto as ondas escuras sacudiam suavemente a nossa cabeça. Aquilo era felicidade. Simples assim. Um momento perfeito. Queria ter me lembrado de prestar mais atenção.

Quando estaciono no parque de trailers de novo, estou mais familiarizada com o ambiente. Paro o carro numa rua menos movimentada, que me permite ainda ter uma boa visão do terreno deles. Me preparo para ficar aconchegada na coberta por um tempo, mas lá está ele. O carro dela, aquele que segui até aqui na primeira noite. Estacionado ao lado do trailer. Uma onda espinhosa de calor sobe pelo meu peito encasacado. Ponho a mão embaixo do banco para me certificar de que a arma ainda está ali.

Me sinto tão ridícula fazendo isso. Ela pesa uns 50 quilos e está ensopada de suor com uma bebê a tiracolo. Mas me preocupo com o namorado e os amigos dele, e quem sabe do que ela é capaz? Todo mundo parece ter uma arma hoje em dia. Eu ficaria surpresa se, depois de atravessar a clareira poeirenta que eles usam como entrada para o parque, percebesse que cada um aqui não tem uma ou duas armas. As propriedades têm mais do que a sua cota de carros depenados em cima de blocos de concreto, roupas penduradas para secar, ou, nesse caso, congelar, penduradas em cordas que vão dos telhados até as antenas de telefonia. Duas bicicletas enferrujadas estão jogadas num colchão apodrecendo a alguns metros de mim e há brinquedos de plástico espalhados pela paisagem.

De repente, percebo que não sei o que vou fazer. E se o namorado me receber com um tiro na cara? Mal tenho coragem de espiar pela janela para ver se ela está sozinha. Respiro fundo, tomo um último longo gole do café adstringente e vou até a porta. Há uma luz acesa, pouco visível nesse dia sombrio. Protejo a cabeça com o capuz para não me encharcar com o granizo que agora voltou a cair. Bato à porta, algumas batidas fortes, e dou um passo para trás.

Uma fresta da porta se abre, e lá está ela. Rebecca olha, assimila a minha presença e abre um pouco mais a porta.

— Oi. Becky, né? — Não entendo o tom alegre na minha voz. Talvez seja uma tentativa de não ter a porta fechada bem na minha cara.

— Você é a esposa — diz ela, sem parecer impressionada. Sinto o coração afundar. Uma parte ínfima de mim ainda tinha a esperança de que tudo isso fosse apenas um grande mal-entendido.

— Você acha que a gente pode conversar por alguns minutos? — pergunto.

— A polícia falou que eu não sou obrigada a dizer nada para ninguém. Além do mais, eu já disse tudo o que tinha para dizer.

— Não estou com a polícia. Só preciso mesmo fazer umas perguntas. Não vai demorar. — Ela não diz nada. — Não vim aqui para... punir você ou algo do tipo. Por favor. Significaria muito. — Depois de refletir por um instante, ela abre a porta com um empurrão e se vira, adentrando o trailer num convite apático. A bebê está sentada no chão; ela pega a criança e se senta num sofá verde com estampa floral.

— Tenho dez minutos antes do meu marido vir para casa almoçar. Tenho que fazer as minhas coisas, e ele não pode ver você aqui de jeito nenhum.

— Ah. Ele... sabe quem eu sou?

— Sabe.

Ela pega um brinquedo e tenta agradar à bebê, que dobra as perninhas gorduchas e chuta a lateral da mãe.

— Quando o Cal descobriu as mensagens que mandei para o Liam, ele surtou. Olha ali, quebrou a TV. Olha aquela merda. — Ela aponta para a televisão de tubo com a tela quebrada do outro lado da sala. — Depois virou uma cerveja inteira e saiu por uns dias. Então é melhor você se apressar com o que tem para perguntar.

— Cal é o seu marido? — pergunto. Ela faz que sim com a cabeça e coloca algumas meias nos pés agitados da bebê. Sinto a raiva subir com o jeito como casualmente menciona o nome de Liam. — Acho que só quero saber... por quê? Vocês dois são casados. Ele... — Começo a perceber que estou deixando a emoção tomar conta e paro por um instante. Ela preenche o silêncio, e a resposta não é nada do que eu esperava. O tom de voz é uma mistura de resposta ensaiada com uma irritação evidente em ter que falar sobre isso.

— Olha, eu sei que foi errado, tá bom? Você acha que eu não tenho que aturar desaforo do Cal todo dia? Se veio aqui atrás de um pedido de desculpas, me desculpa. Eu devia ter deixado o Liam em paz. É isso? — Ela suspira e põe a bebê na cadeirinha de descanso. Sinto o meu pescoço ficar tenso. A cada pedacinho de confirmação de que isso realmente aconteceu, desejo fervorosamente nunca ter descoberto nada.

— Você tem alguma bebida? — pergunto, tentando manter o controle, mas com as mãos literalmente suando, o que eu achava se tratar apenas de força de expressão até agora.

— Tenho cerveja, se você conseguir beber em menos de dez minutos. — Ela se levanta e pega duas cervejas de um minibar.

— Consigo — digo, e pego a bebida, engolindo metade de uma só vez. — Você pode me contar o que disse para os policiais? — pergunto, trêmula.

— Aqueles porcos. Não contei nada, mas o Cal estava em casa quando mencionaram essa história. Ele ficou bravo e fez o diabo, vou te contar. Pensei que a gente tinha superado esse lance. Mas ele falou que era ilegal a polícia entrar aqui, então o coitado do detetive ficou congelando lá fora. Eu só disse que não sabia de nada e que não queria conversar. Ele falou que ia voltar, o que é um saco, porque vou ter que lidar com o Cal socando as paredes e passando a noite no bar a semana inteira. Odeio aqueles filhos da puta.

Ela mexe no rótulo da cerveja enquanto fala e balança a cadeirinha da bebê para a frente e para trás com o pé envolto numa meia.

— Fiquei triste quando soube o que aconteceu com ele — continua. — Mas eu não tenho mesmo nada para contar para a polícia. — Rebecca me olha e algo que ela disse chama a minha atenção.

— Você disse que o Cal sumiu por uns dias. Quando voltou, ele estava... diferente? — Tento perguntar sutilmente e sem nenhum indício de que estou querendo saber se ele poderia ter matado Liam por vingança.

— Aonde você está tentando chegar? — pergunta ela, mas não na defensiva, como imaginei, e, sim, genuinamente tentando entender a pergunta.

— Vocês... assim... tentaram resolver as coisas? Ele parecia diferente, nervoso ou distante? — Ela olha para mim, e tento disfarçar o que realmente estou querendo saber. — Porque estou tentando pensar em pistas que o Liam pode ter dado de que havia alguma coisa acontecendo.

— Ele estava bem estranho e distante quando voltou, mas o que você esperava? Muita gente teria se divorciado, mas ele ficou, então agora tenho que tomar um cuidado extra. — Ela olha para a hora e se agita, querendo que eu vá embora. O que mais preciso saber? Ela sente muito, não que eu ligue. Ela não falou nada que pudesse auxiliar a polícia e nunca vai me contar se Cal fez algo impensável. Só está feliz de tê-lo de volta.

Me levanto, termino a cerveja e me dirijo à porta. Antes de sair, tenho, sim, mais uma pergunta.

— Por que você foi atrás dele? Quer dizer, só... — É até difícil colocar isso para fora, mas preciso saber se ele estava apaixonado por essa garota. É tão difícil imaginar que estivesse. — Foi desejo ou... Quer dizer, por que você quis?

— Por que as pessoas procuram coisas fora do casamento? Pelas razões de merda de sempre. O Cal passava muito tempo fora. Não me queria do mesmo jeito depois da bebê porque a minha barriga parecia queijo cottage. Eu queria me sentir sexy. Na ativa. Foi burrice... e vergonhoso, tá bom? — Ela estremece quando o vento abre a porta, batendo-a no corrimão improvisado do lado de fora.

Não digo "obrigada" ou "tchau". Vou começar a chorar a qualquer momento e tenho que ir. Me viro e me afasto.

— Eu sei por que você realmente veio aqui — diz ela às minhas costas. Me viro e olho para ela.

— Como é?

— Não vou devolver os seis mil dólares. Já gastei, então não adianta. — Escuto-a fechar a porta com tudo. Ando o mais rápido que consigo até o carro sem correr feito uma lunática e, quando entro, ponho o cinto e ligo o aquecedor, começo a chorar. Choro durante todo o trajeto de volta à cidade, um choro intenso. Estaciono por um tempo quando a minha visão fica borrada com as lágrimas e, quando paro de chorar, fico com raiva.

Ela arruinou a nossa história de amor — toda a nossa história. Logo, logo, a memória vai se tornar o lugar em que a tristeza mora e onde o sofrimento fica enterrado logo abaixo da superfície. Preciso fazer algo da minha vida que não seja chorar e lamentar senão o câncer que se alimenta do meu desalento vai se espalhar e a ansiedade pode se transformar numa depressão da qual nunca vou me recuperar.

# 22

Quando me recomponho, ligo para Will. Iríamos nos encontrar amanhã, mas preciso dele hoje. Não quero ficar sozinha e, embora ele fique irritado comigo por eu ter ido lá, quero contar sobre Cal e pressioná-lo a respeito de Carter. Ele concorda em nos encontrarmos para um happy hour. Vou para casa e me deito na cama até a hora de sair. Não consigo lidar com mais nada hoje. Ignoro a ligação de Ellie, na esperança de não estar furando nenhum compromisso com ela, e tomo dois comprimidos de ansiolítico para ter um sono tranquilo e passar o dia assim.

Já está escuro às seis da tarde quando entro no Hopleaf e vejo Will num reservado. Ele se levanta antes mesmo de eu me aproximar e se oferece para tirar o meu casaco e o pendura no ganchinho na lateral do reservado. Will já está bebendo e percebo que está correndo para terminar o que deve ser um e-mail de trabalho no celular. Ele rapidamente guarda o aparelho e olha para mim.

— Você está linda. — Ele sorri. E estou feliz que diga isso porque realmente caprichei. Quis me sentir uma pessoa de verdade, como todo mundo que está aqui bebendo numa noite de sexta depois do trabalho. Passei no cabelo uma chapinha em que não tocava havia meses. Não só coloquei um pouquinho de rímel mas passei batom e até um pouco de base e fiz contorno. Não pareço tão esquelética. De certos ângulos, parece até a antiga eu. Estou usando um vestido pela primeira vez desde o enterro, uma peça azul de seda, botas e o meu sobretudo com gola de pele favorito. Não estou nada mal dadas as circunstâncias. E fico feliz por ele ter me notado desse jeito. Sinto uma pontada de culpa por estar feliz com isso, mas eu estava desesperada por me sentir humana outra vez. Mesmo assim, mudo de assunto.

— Obrigada por me encontrar hoje. Apareceu um compromisso amanhã — digo, mentindo.

— Eu que agradeço. O que você vai querer? — Uma garçonete passa e me nota.

— Uma vodca com tônica dupla, por favor — digo, sorrindo. Ela faz que sim com a cabeça, anota o pedido e desaparece no bar lotado. Will não faz nenhum comentário engraçadinho sobre a vodca dupla.

— Alguma informação nova? — pergunto, indo direto ao ponto.

— Sterling falou com Rebecca Lang, a mulher que escreveu as mensagens...

— Sei quem é — interrompo, grosseiramente. Ele concorda, entende que o assunto é doloroso. — E?

— Ela não disse nada para ele. Acho que é o sentimento antipolícia daquela área. Ela não tem obrigação de falar, mas vamos continuar indo a fundo e, com sorte, encontrar algo que a obrigue a depor.

— Eu falei com ela — digo. A garçonete volta rápido com a minha bebida e engulo metade do drinque pelo canudinho de uma só vez. Sei que essa conversa não vai ser divertida, mas preciso da ajuda de Will.

— Você o quê? Por que faria uma coisa dessas? Eu disse que você tinha que...

— Bom, achei que você fosse agradecer já que ela teve a boa vontade de falar comigo e até mesmo pediu desculpas por ter "ido atrás" do Liam — argumento.

— Você simplesmente foi na casa dela, ou...? — Ele parece confuso e um pouco chateado.

— Preciso de respostas, Will. Ã-hã, fui na casa dela. Me sentei na área comum do trailer e a ouvi dizer que esse caso quase acabou com o seu casamento. Ela disse que o marido, Cal, sumiu por uns dias e estava agindo estranho quando voltou.

— Estranho como? — pergunta ele.

— Distante e instável, pelo que parece. Ele se irrita fácil, quebrou a TV. Então descobriu sobre o caso, desapareceu por uns dias e voltou agindo de forma estranha. Não sei bem quando foi isso exatamente nem se os fatos batem com a linha do tempo, mas nós, com certeza, devíamos pelo menos dar uma olhada em Calvin Lang — digo, com firmeza. Ele puxa uma caderneta, anota o nome de Cal, o guarda e balança a cabeça para mim.

— Como você sabe onde ela mora? — pergunta ele numa mistura de decepção e confusão.

Dou de ombros, rejeitando silenciosamente o seu julgamento.

— Você correu muito perigo. Não é o seu trabalho in... — Eu o interrompo.

— Não é ilegal. Você não vai me convencer a deixar de fazer tudo o que eu puder para limpar o meu nome e descobrir o que aconteceu com ele. — Nós dois ficamos em silêncio por um instante. — Quer dizer, agradeço muito. Sei que você está me dando um conselho padrão ou algo do tipo, mas não vou ficar sentada em casa e... esperar. — Termino o drinque. Vejo que ele percebe, mas não reage.

— Eu entendo — diz ele, com suavidade. — Não posso dizer que não faria o mesmo.

— Obrigada. — Encaro o meu copo. A garçonete aparece segurando uma bandeja, aponta para ela e pergunta se quero outro drinque. Will responde:

— Mais uma rodada para nós dois. Obrigado. — Ele olha nos meus olhos depois que a garçonete sai. — Vai ajudar, embora eu ache que você não deva fazer algo assim de novo, e prometo que vou falar com Sterling e investigar o Cal o máximo que der. A polícia já tem ido por lá para ver se alguma coisa parece relevante, mas não existe nenhuma causa provável para um mandado de busca, voz de prisão ou algo do tipo por enquanto.

— Bom, ele foi assassinado há meses, então o caso já esfriou, não é? Às vezes acho que o nosso esforço é inútil.

— Não é inútil — diz ele, me consolando na mesma hora. — A gente está fazendo tudo o que é possível.

— Eu sei. — Tento sorrir.

— E sei que o Sterling pode parecer um babaca às vezes, mas ele é um bom sujeito.

— Ele suspeita de mim — argumento.

— Bom, ele suspeita de todo mundo. E não é bom que ele seja minucioso? Quer dizer, se você conseguisse tirar o seu nome da equação, não esperaria que a pessoa responsável pela investigação continuasse com as suspeitas até ter certeza de que você não estava envolvida no que aconteceu?

— Você acha que posso estar envolvida? — pergunto, magoada, mas ciente do que ele está tentando dizer.

— Não. Não acho. Só estou tentando argumentar que isso é característica de um bom deteti...

— Entendi. Tá bom. Mas ele também precisa investigar Carter Daley. Já disse isso para ele, mas parece que não adiantou. — Só de dizer o nome de Carter em voz alta já fico irritada.

— É porque o garoto tem um álibi forte para a noite do acidente — diz ele, simples e direto.

— Eu sei. Ele estava no trabalho, mas não sabemos se o Liam foi assassinado na mesma noite. Ele só desapareceu na noite do acidente. A morte pode ter acontecido dias depois. — Sei que Will já sabe tudo isso. É impossível ter certeza de que o assassinato aconteceu naquela mesma noite.

Se eu e Liam tivéssemos brigado, ele tivesse saído por aí e alguma coisa tivesse acontecido, pelo menos teríamos uma explicação razoável. Mas desaparecer depois de um acidente no frio de uma estrada rural no meio do nada? Ninguém consegue entender como ou por quê. E Carter

Daley, com motivos de sobra que não posso trazer para a discussão, continua livre fritando ovos na lanchonete em que trabalha.

— Ele foi investigado, Faith. Por enquanto ainda não tem nada de concreto, tirando o fiasco na imprensa que, eu sei, parece grande coisa, mas o garoto veio prestar depoimento por vontade própria, parecia até que queria ajudar.

— O que você deve ter achado estranho, certo? — pergunto. — Como se ele estivesse ansioso para usar o álibi inútil para se proteger. Pelo amor de Deus.

— Certo — diz ele. — A princípio, ele ter vindo depor sem ser chamado, pelo menos pelo que o Sterling me falou, foi... estranho, mas ele tem... pais muito preocupados que o fizeram falar antes de a notícia se espalhar, eu acho. Ele disponibilizou a casa e o carro para revista. Não tem nada além de motivo circunstancial. Você acha que ele está envolvido? — pergunta.

— Ninguém abre a porta de casa e entrega o carro para revista se tiver alguma merda de evidência por lá. Ele pode ter armado, garantido que esses lugares estivessem limpíssimos. Como diabos alguém vai saber se ele não teve ajuda ou como agiu? Isso não devia tê-lo tirado da lista de suspeitos. — As pessoas da mesa ao lado olham para mim e rapidamente desviam o olhar. Falei mais alto do que queria.

— Não tem ninguém cem por cento fora da lista de suspeitos, mas não há mais nada a fazer a menos que apareça alguma evidência indicando o envolvimento dele. Você sabe disso. A essa altura do campeonato já sabe como essas coisas funcionam. — Antes que eu possa dizer qualquer coisa, enquanto torço o canudo nos dedos, ele vê as engrenagens girando na minha cabeça e lê os meus pensamentos. — A sua medida protetiva dura um ano, o que significa que ainda faltam alguns meses, então nem pense nisso.

— Eu não estava pensando em nada — digo, o que não é verdade. Tentar falar com Carter é o próximo item da minha lista de prioridades.

— Sabe, você não mudou nadinha. — Ele muda de assunto abruptamente.

— Mudei, sim — digo, séria, embora ele só esteja tentando descontrair e puxar conversa.

— Você nunca levou desaforo para casa. Totalmente determinada em tudo o que faz. — Ele sorri com carinho para mim.

— Isso é você que está dizendo. — Sorrio também, tentando deixar a tensão de lado e aproveitar o luxo de jogar conversa fora.

— Halloween, nono ano. Ouvi dizer que, depois que a Ginny Brewer começou aquele boato de que você tinha feito xixi na calça durante o ensaio de líder de torcida, você a convidou para a sua festa numa casa mal-assombrada só para poder dar um soco na cara dela no escuro e ninguém ficar sabendo que tinha sido você. — Ele sorri e eu dou uma gargalhada completamente inesperada, quase cuspindo a bebida.

— Mentira.

— Tenho fontes seguras — brinca ele, se recostando na cadeira. — Ela só começou esse boato porque sabia que Caleb Schroeder estava apaixonado por você e não por ela.

— Acho que "apaixonado" talvez seja um pouco forte.

— É fácil se apaixonar por você — diz ele, então se mexe, nervoso, como se tivesse se arrependido imediatamente do que acabou de falar. Sei que parti o seu coração uma vez e nunca conversamos a respeito. Ele só se mudou antes do casamento e ficou por isso mesmo. Não sei como responder agora. — Eu nunca acreditei que você tinha feito xixi na calça, só para deixar claro.

— Obrigada. Não fiz mesmo. Só para deixar registrado.

— Anotado. — Tomamos um gole das nossas bebidas em silêncio por um instante.

— Como era a vida em Boston? Você sente saudades? — pergunto, curiosa a respeito do homem que ele se tornou e de como é possível que tantos anos tenham se passado sem ele e, ainda assim, mesmo depois de tanto tempo, a sua presença possa me levar instantaneamente ao baile do sétimo ano do Sadie Hawkins, a comer pacotes de Life Savers e papais noéis de chocolate até passarmos mal. E aos primeiros beijos.

— Praticamente igual à vida aqui. Vivo ocupado demais para perceber o que tem ao meu redor na maior parte do tempo. A minha felicidade é medida pelos restaurantes que entregam no escritório.

— Que... deprimente.

— Pois é, bom, não é para sempre. Tenho uma boa chance de me tornar sócio nos próximos anos. Quem espera sempre alcança, sabe?

— Você começou a falar um monte de clichê.

— Ai, Deus. Comecei. Acho que a gente precisa de outra rodada. Pelo jeito, eu ainda não me livrei do estresse do dia. — Ele faz um gesto por cima dos nossos copos quando a garçonete olha.

— E o que acontece quando se vira sócio? Não fica mais ocupado ainda? — pergunto. Ele dá uma risadinha involuntária.

— Provavelmente, sim. — É difícil pensar nele como alguém solitário, mas deve ser mesmo, se não consegue tempo para amigos e relacionamentos. Talvez esteja exagerando, mas parece que ele se afundou tanto na carreira que ficou desequilibrado e... triste. E tudo de propósito.

— Ah, faz favor. — Falo num tom mais bem-humorado, mas consigo perceber que soa artificial. — Você deve estar nuns dez sites de namoro. Essas coisas são para gente ocupada, né? Tenho certeza de que você é mulherengo. — Juro por Deus que eu gostaria de calar a boca. Por que falei isso?

— Ah, foi mal, não consegui ouvir você. É que o clichê está alto demais. — Ele leva a mão ao ouvido e olha em volta. Dou risada. O seu senso de humor sempre combinou com o meu e é legal tê-lo por perto. — Sei lá — continua. — Só não é uma prioridade no momento. — Ele não dá mais nenhum detalhe.

A garçonete chega. Pego o meu novo drinque da mão dela. Kimmy, diz o crachá, e me pergunto por que uma mulher adulta se apresentaria como Kimmy se quer ser levada a sério. Me repreendo de imediato. É uma observação imbecil de se fazer. Tenho medo, no fundo, de estar me tornando a cada dia que passa uma pessoa insuportavelmente reclamona. Tenho que ficar de olho nisso antes que eu me perca por completo.

Não sei se deveria falar do nosso passado, mas talvez melhorasse o clima e a tensão palpável que há entre nós, embora não precise me desculpar: terminei de maneira amigável e pelos motivos certos. Ele pode ter ficado magoado, talvez até arrasado, mas fui honesta e gentil com toda a situação. Eu *de fato* senti muito por tê-lo magoado, mas quão presunçoso isso pode soar?

— Sinto muito que você tenha precisado partir tão de repente e que a gente não tenha tido chance de, sei lá... dizer "adeus", mas... — começo a dizer, mas ele me interrompe.

— Está tudo bem. Eu que devia me desculpar por ter partido daquele jeito. É que tudo, o emprego e todo o resto, aconteceu rápido demais.

— Pois é. — Não faço ideia do que dizer.

— Eu superei — diz ele, com rispidez, as palavras parecem um tapa no meu rosto.

— Como assim? Superou o quê?

— Não que você precise de mais isso na sua cabeça, mas só estou dizendo que sei que deixei um clima ruim e não estava raciocinando direito naquela época, mas já passou muito tempo. Superei, com o passar do tempo. — Os olhos dele estão marejados e tímidos ao dizer isso.

— Ai, Deus. É claro que sup... Eu... não quis dizer que... — gaguejo, pega de surpresa.

— Não me entenda mal. Levou muito tempo e foi, bem, vergonhoso, para falar a verdade, o jeito como fui embora quando soube que você ia se casar, mas às vezes é preciso se afastar para colocar a cabeça no lugar. É bom estar de volta e que tudo esteja... bem entre a gente? — Imagino que seja uma pergunta.

— É claro — digo, grata por termos, pelo menos, mencionado o elefante na sala.

Nunca me ocorreu que ele pudesse estar dando em cima de mim. Espero por Deus que eu não tenha dado a entender que é por isso que ele não namora.

— Estou feliz que você tenha voltado. — Ergo a bebida para um brinde e fico aliviada por ter conversado e evitado pensar no caso por um tempo, porque é difícil não odiar Liam agora, depois de tudo o que descobri.

Conversamos enquanto bebemos mais alguns drinques. Falo do meu trabalho e dos filhos de Ellie, qualquer coisa anterior ao acidente. Ele conta que contratou uma decoradora para o novo apartamento porque não tem o tempo nem o talento necessários, mas que se sente um tanto culpado e burguês por isso — isso sem falar da sua nova obsessão por cafés metidos a besta.

Estamos no brilho, ou talvez bêbados, e sinto uma onda de felicidade. Apenas algumas horas sem aquela preocupação angustiante e sem ficar montando estratégias em meio ao luto e à exaustão fizeram com que eu me sentisse uma pessoa nova.

— Você veio dirigindo? — pergunta ele, depois de recebermos a conta e vencer a batalha para pagá-la.

— Não. Uber — respondo. Ele claramente não pode se oferecer para me levar, por isso não entendo a pergunta, até que entendo.

— Eu moro aqui nesse quarteirão, se quiser estender a noite, ver a decoração genial da Sylvia. — Eu sabia que ele morava aqui perto porque foi parte do acordo para podermos nos encontrar essa noite, já que ele estava na correria. Não vou mentir; quero a companhia, mas parece errado ir para a casa de um homem depois de beber. Parece que estou fazendo algo errado.

— Tá bom, claro — concordo. Ele parece surpreso com a resposta, mas dá um sorriso de lado e segura o meu casaco para me ajudar a vesti-lo. Andamos, e ele começa a falar do excelente transporte público de Chicago e de como o vento faz tudo parecer muito mais gelado, mas não presto atenção. Estou me perguntando o que estou fazendo indo para o apartamento dele.

Um ônibus passa, pesado, pela rua; risada e música jorram de um bar quando um homem abre a porta para fumar na rua. Uma bétula sibila ao entregar suas dezenas de folhas secas às fortes rajadas de vento. Eu deveria ir para casa.

Dentro do apartamento, fica evidente que o design de seja lá quem for essa Sylvia tem um toque feminino, pois o ambiente é aconchegante, convidativo e cheio de cores e acabamentos chiques. Deixo o casaco numa banqueta que parece uma obra de arte moderna e me sento à vasta mesa de mármore que forma a ilha da cozinha enquanto ele abre uma garrafa de vinho tinto. Com um clique num controle, ele liga o fogo de uma lareira a gás dupla face que se estende da sala de jantar à sala de estar.

— Que chique — digo, admirando o mármore bonito ao redor dela. Não consigo evitar pensar em Liam, em como conseguiu superar a culpa, como conseguiu ficar em paz enquanto me traía do jeito que traiu. Não estou fazendo nada de errado aqui. Nada.

Will me entrega uma taça delicada e comprida de *pinot* enquanto ponho o casaco de volta nos ombros e tremo um pouco.

— Desculpa ainda estar frio aqui. Não passo muito tempo em casa. Deixa eu aumentar o aquecimento um pouco.

Ele dispara até um cômodo nos fundos onde deve ficar o termostato. Percebo que aqui também tem uma vista incrível da cidade, como no escritório. Penso em Liam outra vez, embora esteja tentando evitar. Decido que preciso ir embora. Não consigo evitar pensar em Liam com *ela*. Onde se encontraram? No trailer dela? Na nossa cama não foi. Num hotel? Ela havia acabado de ter uma bebê. É tão absurdo. Por quê? Mas a cabeça não funciona muito bem nesse tipo de situação. O pensamento se repete de novo e de novo — os jeitos como pode tê-la tocado, as mentiras que deve ter me contado para disfarçar, os dois pelados juntos, depois do sexo, com bebidas e serviço de quarto, rindo, mas de quê? O que eles podiam ter tido em comum? Parece que simplesmente escolheu a primeira pessoa conveniente que lhe deu atenção, o que deixa tudo ainda pior. Sinto um ódio profundo dele.

Will volta e, ao ouvir o aquecimento entrando pela passagem de ar, aponta para cima e dá um sorriso triunfal.

— Prontinho.

Ele se senta perto de mim numa banqueta e pega o seu vinho. Tiro a taça da sua mão e a coloco sobre a mesa. Fico de pé na sua frente, seguro o seu rosto entre as mãos e o beijo, com força. Ele me afasta e olha para mim, atordoado. Sei que não deveria fazer isso, mas faz tanto tempo, e eu quero alguma coisa. Não acho que seja vingança, de verdade; comecei a temer que não houvesse agarrões, gemidos e suspiros suficientes para ressuscitar a mulher frígida que me tornei.

Não precisa ser nada espetacular. Pode ser desajeitado e familiar, porque até a mediocridade me faria pegar fogo, e preciso sentir algo além de dor.

— Desculpa — é tudo o que consigo dizer.

— Não, não. Não precisa se desculpar, é só que... Tem certeza? — pergunta ele, mas já na metade do caminho. A minha resposta é puxar a barra da sua camisa engomada de dentro da sua calça feita sob medida. Agarro o seu cinto e ele beija o meu pescoço. Sinto o arranhar da sua barba por fazer e cheiro o seu perfume caro enquanto puxo os seus ombros para mim.

Tiramos a roupa e nos beijamos enquanto vamos aos tropeços até o quarto. Ele diz algo que mal consigo ouvir acima do ofegar e do farfalhar das roupas. Uma piada, ou algo do tipo sobre ter mentido quando disse que havia me "superado". É nesse momento que sei que devia parar — é injusto da minha parte me aproveitar dos sentimentos que ele claramente ainda nutre em benefício das minhas próprias necessidades, mas, em algum lugar entre a minha vergonha triunfante e o desespero inexorável, nos aproximamos, bêbados, com avidez e com tudo o que temos e, então, por fim, encontramos o sono debaixo dos seus lençóis modernos.

# 23

Acordo com a cabeça latejando violentamente, nua e embolada na roupa de cama suada. Então, em meio a uma mistura de confusão e remorso que surge cruel e inebriantemente sob a forte luz da manhã, ando descalça pelo chão gelado de madeira recolhendo as minhas roupas espalhadas, tentando não acordá-lo.

É insensível da minha parte, mas tenho que dar o fora daqui e tentar entender o que acabei de fazer. Vou mandar uma mensagem dizendo que combinei de tomar café com a minha irmã e ia me atrasar. É uma péssima mentira, mas a verdade é perigosa. A verdade é que posso ter acabado de arruinar a única amizade real que tenho no momento além da minha irmã, e o meu plano é encontrar Carter Daley hoje. Nada do que ele disser vai me impedir.

Quando me visto, paro na soleira da porta do quarto e observo o lento subir e descer da sua respiração; ele ainda está dormindo. Carrego as botas nas mãos até fechar a porta do apartamento às minhas costas e as calço no corredor. Paro na cafeteria perto do prédio e decido pegar o trem para ir embora. É uma viagem rápida e vou poder colocar a cabeça no lugar. Parte de mim quer ligar para Ellie, como fazíamos aos vinte e poucos anos depois de uma de nós ter cometido uma loucura após uma noitada ou levado alguém para casa. Era instintivo ligar e fofocar uma com a outra, talvez porque a confissão aliviasse um pouco o sentimento de culpa e irresponsabilidade. Era tudo diversão e aventura naquela época. Isso foi diferente, e eu sei que ela acha que estou para lá de reservada e distante, mas é para protegê-la de tudo o que está acontecendo.

Não ligo. Receosa, entro no hall do meu prédio e encaro a minha caixa de correspondência antes de abri-la rapidamente como se algo pudesse me atacar. Não há bilhete nenhum. Posso respirar. Tudo o que quero agora é tomar um banho quente e um ansiolítico para a ressaca. Quando chego ao apartamento, vejo Hilly lá, segurando alguma coisa. Ela está batendo à porta. Só a vejo de costas, mas noto os seus ombros caírem em desalento quando ela se vira e começa a ir embora. Droga. Ela está vindo na minha direção. Se eu tivesse chegado trinta segundos depois, conseguiria ter evitado isso. Agora não.

— Aí está ela! — quase grita. Percebo que ainda estou paralisada no meio do corredor, obviamente pronta para fugir correndo.

— Hilly. Oi. — Vejo que ela está carregando um prato de alguma coisa. Meu Jesus.

— Trouxe alguns dos meus famosos biscoitos para você. São veganos, só para você. — Ela está radiante, mas fico confusa.

— Veganos? Ah.

— Bom, tirando os ovos. Você tem intolerância à lactose, né? — Ela empurra o prato para mim. — Eu sabia que me lembrava disso. Você que me contou, não foi?

— Duvido muito. — Procuro a chave na minha bolsa.

— Ah, então aposto que o Liam mencionou isso quando dei uns pãezinhos para ele levar para casa no dia em que foi na padaria. — Odeio o nome de Liam em sua boca e não sei por que ela se esforçaria tanto para trazê-lo à conversa agora.

— Bom, é muita consideração sua — digo, pegando o prato.

— Dessa vez, coloquei num prato descartável, já que você não é muito boa em devolver as louças das pessoas. — Ela ri alto demais da própria piada passivo-agressiva.

— É mesmo. Desculpa por isso.

— Vim algumas vezes para entregar os biscoitos, mas você não passa muito tempo em casa, né? — Ela me olha com avidez, esperando um convite para entrar. Sei que aquela droga de bolo de carne ainda está na geladeira, provavelmente coberto por uma camada de mofo. Acho que ela literalmente surtaria se visse que não o comi.

— Estava delicioso. Tenho andado muito ocupada ultimamente. Posso entregar o prato daqui a mais ou menos uma hora, quando eu sair? Estou com um pouco de pressa. Ocupada, sabe como é — digo, soando exatamente como ela.

— Ah. Eu pego agora, se não for incômodo — diz ela às minhas costas enquanto abro a porta.

— Bom, me dá só um minutinho, então. — Mas ela já entrou e está olhando em volta, enxerida. Vou até a geladeira, puxo o prato sem que ela veja e jogo a carne mofada na pia. Noto que ela está olhando para as fotos sobre a lareira, então enfio o bolo de carne no triturador de alimentos com os punhos.

— O que você tem para fazer na rua? — pergunta ela.

— Só... umas coisas para resolver — minto. Para começo de conversa, que tipo de pessoa faz uma pergunta dessas?

Estou lutando contra o bolo de carne. Não vou conseguir de jeito nenhum lavar o prato sem que ela perceba, então o entrego sujo mesmo.

— Poxa vida, eu nunca ligo o lava-louças. Desculpa. Deixa só eu lavar aqui rapidinho.

— Ah, não precisa. — Ela arranca o prato de mim. — Sei como é morar sozinha. Leva muito tempo para encher o lava-louças quando só se faz comida para um, né? — diz ela com tristeza na voz.

— Acho que sim. Sinto muito.

— Precisa de ajuda com algum dos compromissos? — pergunta ela, e sou pega de surpresa.

— Ah... obrigada. Não, eu vou só... Não precisa. Obrigada.

— Bom, tudo bem então. Acho que você está com pressa, vou parar de atrapalhar. — Ela faz menção de ir embora, então para. — Faith, eu sei como é difícil viver sozinha, então, se quiser ir lá em casa para jantar comigo... Posso mostrar a minha loja na Etsy. — Ela olha para mim, ansiosa, segurando o prato sujo de bolo de carne.

— Ah. Claro. Quer dizer, não sei de cabeça quando vou poder ir, mas, com certeza, parece... bom. — Torço para que a minha expressão combine com o que estou dizendo. Ela parece exultante, então acho que sim.

— Que maravilha! Vou pegar umas inspirações para o cardápio no Pinterest.

— Que ótimo. — Começo a fechar a porta.

— E não precisa se preocupar em devolver o prato dessa vez. — Ela dá uma risada estridente. Sorrio e fecho a porta.

Não faço a mínima ideia do que pensar sobre Hilly. Ou ela colocou conservante nesses biscoitos ou é a pessoa mais solitária do mundo.

A sala fica silenciosa demais depois que ela sai; ligo a TV na PBS para que os sotaques britânicos tranquilizantes de *Masterpiece* preencham o espaço e me façam companhia. Quero me encolher no sofá e dormir até o fim do dia, mas não me permito. Tenho medo de nunca mais levantar, então me obrigo a tomar um banho — me forço a me comportar como uma pessoa normal, funcional.

Fico em pé debaixo da água escaldante e penso na noite passada. Não sei o que é pior: se é a sensação de que traí Liam ou de que me aproveitei de Will. Ouço o celular vibrar na pia do outro lado do banheiro. Espio e vejo o nome de Will na tela. Fecho o chuveiro e piso numa toalha para atender. Deixar de responder seria mesquinho.

— Oi — digo, animada.

— Oi. Só queria ver se você está bem. Você não falou nada quando saiu. — Percebo que nunca mandei a mensagem.

— Ai, meu Deus. Me desculpa. Eu estava atrasada para... um compromisso e ia mandar uma mensagem no caminho para casa. Não quis te acordar. Sei que você nunca dorme o bastante — digo, me desculpando.

— Queria que você tivesse me acordado — diz ele, flertando. — De qualquer forma, você está bem? — pergunta. Acho que está ou tentando mensurar qual era o nível da minha embriaguez ontem à noite e o quanto isso influencia na memória do que aconteceu, ou está jogando verde na esperança de que eu diga algo sobre como me sinto a respeito dele depois do que fizemos. Ou talvez eu esteja me achando muito, e tudo o que ele queria era uma noite sem compromisso mesmo.

— Sim. Eu estou bem, só com um pouco de pressa. Te ligo mais tarde, pode ser?

— Com certeza. A gente se fala, então — diz ele, e desligamos. Correu tudo bem, eu acho. Ele não parecia chateado. Will é um cara ocupado. Vai entender. Fico aliviada, pelo menos por ora.

Decido que preciso comprar um celular descartável. Parece suspeito, mas digo às vítimas com que trabalho que tenham um segundo celular caso aconteça alguma emergência. No começo, quero comprar o aparelho para poder ligar para a lanchonete em que Carter trabalha sem deixar nenhum rastro que leve até mim. Mas agora acho que é simplesmente uma boa ideia ter um. A cada novo bilhete deixado me ameaçando, mais preciso pensar como as mulheres que aconselho.

Compro o aparelho com dinheiro numa lojinha de celulares minúscula mais adiante no quarteirão. Ligo para o Egg's Nest na mesma hora. Faço a minha voz soar um pouco mais aguda para disfarçá-la. Me sinto ridícula e não sei por que me dou ao trabalho. Nenhum garoto que atenda ao telefone sabe como é a minha voz ou, a essa altura, quem sou eu. Pergunto quando Carter trabalha. A pessoa do outro lado não faz nenhuma pergunta. Só me diz que ele costuma trabalhar à noite, então é provável que chegue lá pelas cinco ou seis horas.

Passo o dia evitando pensar em Will e pesquisando formas de poder encontrar algum rastro do meu pai. Deve haver outros jeitos de encontrar Geoffrey Bennett além do Google. O fato de Sterling não ter mencionado nada não significa que não o tenham encontrado. O que sei é o seguinte: a polícia disponibiliza informações para famílias de vítimas e uma ideia geral do andamento da investigação. Quanto diz e o que revela dependem do nível de envolvimento dos familiares no caso: se terão que testemunhar, que informações podem fornecer à polícia, se já foram alvo de alguma investigação. Eu sou um alvo, então, até onde sei, Sterling pode estar de papo com o meu pai enquanto fala comigo e não sentir necessidade de compartilhar esse tantinho de informação ainda.

Será que ele realmente se mudou para a Flórida — a "sala de espera de Deus", como a minha mãe chamava? Sempre que pesquiso aparece uma porção de "Geoffrey Bennetts". Nenhum deles é o certo. Consigo visualizá-lo de short, vivendo à base de auxílio do governo e cupons de alimentação em Key West — uma figura carimbada em algum bar à beira da praia, sem muita noção de redes sociais ou qualquer tecnologia além do seu celular com flip. Não é difícil imaginar essa cena.

As minhas horas e os meus dias de pesquisa ao longo dos anos certamente foram em vão, mas agora preciso falar com Marty. Se ele não encontrar nada, não há a mínima chance de os detetives terem conseguido. Estava nos planos falar sobre isso com Will, mas sei que ele me mandaria cuidar da minha vida e esquecer a investigação, então vou fazer eu mesma.

Ao navegar pelas últimas notícias no aplicativo do *Tribune*, encontro uma história escondida na sessão de Gastronomia e Cultura. Finalmente removeram o nome de Liam como colunista-chefe. Clico para ver quem o substituiu. Len Turlson. Uma onda de fúria faz o meu coração disparar.

Len pegou o trabalho de Liam? Sei que ele sempre quis o cargo porque brincava sobre isso de um jeito que dava para perceber que não era brincadeira — um comentário autodepreciativo em contraste a um enaltecendo o sucesso e a "vida fácil" de Liam. Mas Liam havia se matado de trabalhar para conseguir essa "vida fácil" de que Len falava. Nada foi entregue de mão beijada a ele.

Por que ele nunca me disse que estava concorrendo à vaga, ou, ao menos, que estava considerando a ideia? Ele pode vir e arruinar a minha vida com um e-mail, mas não pode dizer nada sobre querer a vaga de Liam? É ridículo pensar assim, eu sei. De vez em quando, porém, me pego me lembrando do e-mail que Len tão prontamente me mostrou. Será que ele poderia ter deletado a mensagem? Merda, será que pode ter sido ele quem a escreveu?

Neste momento, todo mundo é suspeito. Em alguns dias, acho que foi o marido de Ellie, Joe. Imagino-o levando uma vida dupla — saindo para trabalhar de manhã, mas na verdade atravessando a cidade para ver a sua segunda família, como num desses filmes para TV. Depois penso que Marty Nash, um cara que nunca conheceu Liam e mora quietinho aqui no prédio, é algum tipo de sociopata que, apesar das diversas oportunidades que teve de me matar, está apenas ganhando tempo. Então penso num punhado de outras pessoas que, como Hilly, receberam uma avaliação negativa de Liam e podem ter sentido um desejo de vingança, mas o que isso teria a ver com as ameaças que ando recebendo? Todos que conheço são suspeitos. Não há nenhum motivo para todas essas ideias insanas, mas esses pensamentos continuam me ocorrendo todo dia, e a minha mente tenta desvendar a verdade em meio a esse emaranhado de ficção, motivação e momento oportuno.

Ontem mesmo fui grossa com Bethany, a pobre barista da cafeteria do outro lado da rua que eu e Liam frequentávamos, porque um pensamento aleatório me ocorreu — ela é sempre tão provocante, talvez Liam estivesse tendo um caso com ela também e agora ela fica me observando da vista perfeita que tem do prédio onde moro. Em certos dias acho que estou enlouquecendo. Ninguém comete um assassinato para tomar a vaga de emprego de alguém. A vida real não é assim. Mas, de todo modo, vai se foder, Len.

Por volta das quatro da tarde, começo a ficar agitada, então encontro um bar perto da lanchonete e espero enquanto tomo uns gins-tônicas. Na última vez em que espiei Carter no trabalho, ele havia saído para fumar. Preciso esperar uma pausa do cigarro para abordá-lo sozinho; então, se ele pega no trabalho às seis, provavelmente vai demorar um pouco. Como não consigo me concentrar em mais nada, vou ficar de campana no carro e observar para não perder uma oportunidade.

Mando o terceiro drinque para dentro e rumo para a lanchonete. São apenas seis da tarde e já está escuro. Estaciono na mesma vaga em que fiquei da última vez para ter uma visão da lanchonete. Tenho plena ciência do quanto isso é errado. Mas seria melhor quebrar o sigilo sobre o seu caso para os detetives poderem pressioná-lo? É provável que não. Pelo menos quanto a isso eu conseguiria me defender. A minha licença poderia ser cassada e, para falar a verdade, não estou nem aí. O que está acontecendo agora vai muito além, e vou seguir em frente.

Vejo-o lá dentro. Atrás de alguns clientes comendo ovos e tomando um café fraco no balcão, consigo ver Carter sentado numa escadinha, os ombros caídos e os olhos desesperançados encarando o nada.

Ele enfim se mexe quando a garçonete gruda, com um tapa, um papel em cima da chapa. Observo-o esguichando óleo de uma garrafa plástica na chapa como quem já fez isso muitas vezes, então joga um bloco de batatas congeladas na superfície e as mexe sem prestar muita atenção ao que está fazendo. Quando leva o pedido gorduroso até o balcão, olha de relance para a janela da frente. Me escondo por instinto, mesmo que não haja a menor chance de ele ver algo além do próprio reflexo no vidro escuro. *Respira. Um, dois, três, quatro.*

Ele puxa um cigarro de trás da orelha, coloca um casaco e segue para a porta dos fundos. Deus. É agora. Saio do carro, ativo o alarme e dou a volta no prédio em direção ao beco. Carter está sentado numa caixa de leite virada de cabeça para baixo perto da lixeira, soprando nuvens de fumaça no ar gelado.

— Carter — digo, com delicadeza.

Assustado, ele dá um pulo e se levanta. Quando se dá conta de que sou eu, para por um instante e olha em volta como um animal pressentindo perigo. Depois, joga o cigarro fora e se dirige para a porta da frente.

— Carter, espera. Carter, por favor.

— Você não devia estar aqui. O que... Como você sabe onde eu trabalho? — Ele está nervoso, até com medo, eu diria.

— Não estou chateada com você. Não vim gritar com você nem nada do tipo — digo, calma. Ele acende outro cigarro.

— Então para que você veio? Posso me encrencar por falar com você.

— Você não vai se encrencar. — Sorrio. — Só eu posso me encrencar. Prometo. — Mas ele simplesmente fica parado, de pé, com a mão livre enfiada debaixo do braço para esquentá-la, com os olhos voltados para o chão de concreto congelado. — Só quero saber uma coisa.

— O quê? — murmura ele, ainda sem levantar os olhos.

— Por que você tem falado que eu te fiz mal? Tem alguém mandando você fazer isso, você está...

— Tenho que entrar.

— Carter. Olha para mim. — Ele olha. — Achei que a gente fosse amigo. Você pode me contar se algo estiver acontecendo. Por que você está me acusando dessas coisas?

— Porque é verdade! Por isso! — grita ele. Os meus olhos se arregalam e dou um passo para trás. — Você não se lembra mesmo daquela noite? — O tom parece incerto, embora as palavras transmitam confiança, como se tivessem sido ensaiadas. — Estou tentando seguir em frente, beleza? — Ele está mais calmo agora e dá uma tragada profunda no cigarro.

— Que noite? Me fala mais sobre isso, então — digo, com urgência, esperando conseguir alguma pista sobre o que ele está pensando de verdade, sobre a sua versão da realidade.

— Me desculpa — diz ele, olhando nos meus olhos. — Não me deixam falar mais nada. Me... Me desculpa. — Ele esmaga a bituca do cigarro com a ponta da bota e entra.

Quero gritar. Praticamente corro de volta para o carro e fico lá, sentada, esperando que o aquecedor faça o seu trabalho. O que mais ele tem para falar? E quem não deixa?

O sentimento de dúvida é como um zumbido elétrico. É inexplicável, sobrenatural, porque eu sei. Não há a menor dúvida de que *nada* sexual aconteceu com Carter, mas há esse leve sussurro que me faz questionar tudo. "Você não se lembra daquela noite?", disse, tão especificamente, como se eu tivesse ido a algum lugar com ele, como se tivéssemos compartilhado uma noite inesquecível que foi longe demais e eu estivesse tentando bloquear a memória.

É claro, a explicação lógica é que, com o seu diagnóstico, ele tenha imaginado tudo. Mas ultimamente, porém, o que acho que sei não tem batido com a realidade. Sei que não tomei nenhum ansiolítico na noite do acidente. Sei que Liam estava no carro comigo. Mas as provas parecem mostrar o contrário. Eu cheguei a apagar de bêbada alguma vez naquela época? É possível que Carter tenha aparecido num dos meus eventos e eu não me lembre de ter ficado sozinha com ele? Será que posso ter feito algo que não lembro?

# 24

Não consigo dormir. Continuo vendo o rosto aterrorizado de Carter e me perguntando por que ele estaria com tanto medo. Medo de quê? Percebo que nunca retornei a ligação de Will. Me sinto uma escrota. Nem imagino o que eu diria. Não é arrependimento que estou sentindo exatamente. Na verdade, foi muito bom estar próxima dele daquele jeito outra vez. Foi surpreendente e... excepcional, para ser sincera. Mas a culpa é pesada demais. Além disso, ainda temos que trabalhar juntos, e estou agindo feito uma colegial agora.

Ellie liga às oito da manhã, então enfim me levanto, sem ter dormido, e me arrasto até a cozinha para preparar um bule de café — um Kona, que Liam encomendou direto do Havaí, convencido de que era o melhor do mundo e de que valia os cento e vinte dólares por quilo mais frete. Não menciono Will, ou ter ido à casa de Becky e muito menos ter visto Carter. Ela conta da cabeça de Papai Noel que Hannah fez com bolas de algodão e pratos de papel, do resfriado melequento de Ned e da sua receita de peru para a ceia de Natal, da qual a minha participação é obrigatória. Combinamos de beber na próxima semana, o que já sei que devo cancelar.

Quando desligamos, me sento à janela e observo as pessoas felizes perambulando pela rua. Brunch de sábado e compras de Natal. Não houve nenhum progresso. Depois de me encontrar com Becky e Carter, a sensação é de que voltei à estaca zero. Preciso saber quando foi que Calvin Lang sumiu por uns dias — quando descobriu sobre Becky e Liam. Isso poderia mudar tudo e não há ninguém interessado além de mim.

Se eu voltasse à casa dela, talvez houvesse um jeito de fazer com que falasse mais. Apelar para a ganância das pessoas. É o jeito mais efetivo de conseguir o que se quer. Não vi muitos brinquedos no trailer. Além disso, os dois claramente gostam de beber. Não posso culpá-los. Um engradado de cerveja e um brinquedo caro talvez possam me ajudar. Parece golpe baixo, mas preciso de informações, e acho que eu estava em choque da última vez, caso contrário teria feito mais perguntas. A essa altura, o que tenho a perder?

Com um engradado de Bud Light e um Paddington de pelúcia no banco de trás, dirijo até o parque de trailers. Assim que estaciono, vejo o seu carro e fico aliviada, mas também me sinto estúpida por ter trazido subornos tão descarados. Não posso aparecer com um engradado de cerveja e esperar ser levada a sério. Primeiro vou bater à porta e ver se Rebecca está disposta a conversar. Se ela fechar a porta na minha cara ou algo do tipo, vou me humilhar com o plano B.

Quando bato à porta, ouço passos. O trailer visivelmente se mexe com o movimento. Um cara abre bruscamente a porta com dobradiças frouxas e me encara. Um cigarro pende dos seus lábios, e ele usa calça de moletom e uma regata branca manchada.

— Sim?! — berra ele. Congelo por um instante, então gaguejo.

— Ah. Hum... Merda. A Becky... está? — pergunto, pronta para dar no pé.

— Não. — Ele se recosta no batente, sem parecer se importar com o ar gelado. Ele me olha de cima a baixo.

— Tá bom. Obrigada. — Me viro para ir embora.

— Você é a esposa — diz ele. Congelo e me viro de volta.

— Sou.

— Sei quem você é. A polícia esteve aqui perguntando sobre você — diz ele, surpreendentemente calmo. — Quer entrar? Talvez eu possa ajudar. — Ele não é exatamente o lunático furioso que eu esperava, mas é claro que não deveria entrar. Ele pode estar empolgado agora por ter conseguido atrair a presa com tanta facilidade. Mas, de novo, o que tenho a perder? Essa pode ser a minha chance.

— Trouxe cerveja — digo, por não ter mais nada em mente.

— Sério? — Ele sorri. Faço que sim e ele me observa indo até o carro para pegar o engradado.

Dentro do trailer, nos sentamos um de frente para o outro na mesma área comum lúgubre e bebemos latas de Bud Light às onze da manhã.

— Ouvi sobre o que aconteceu com o seu... — Ele faz um gesto na tentativa de indicar marido, acredito. — Que merda. Sinto muito. — Isso é bem mais cortês da parte dele do que eu poderia imaginar, o que está me deixando louca porque não faz o menor sentido. Becky deu a entender que ele piraria se alguém sequer mencionasse Liam.

— Obrigada — digo. — Eu... hum... achei que você não fosse gostar muito de me ver. — Começo comendo pelas beiradas, me perguntando se a conversa vai tirá-lo do sério.

— Hum. Já superei essa história. Fiquei puto pra caralho, mas, como não aconteceu nada, acho que já deixei para trás. — Ele para, então ri do nada. — Senão eu teria chutado aquela pirada para fora de casa, mas agora a gente tem um filho, então...

— Desculpa, mas como assim? — pergunto, totalmente confusa.

— Quer dizer, ela que fosse morar com aquela vaca daquela amiga dela, a Lacy, que foi quem começou essa merda toda se não tivesse ficado grávida de mim. Agora a gente está meio que amarrado.

— É que... Não, o quê? Você disse que "não aconteceu nada". Como assim?

— Você sabe, eles nunca foderam nem nada do tipo. — Ele abre outra cerveja e me entrega uma. Pego a bebida. Não vou esconder a minha visita a Becky já que ele não parece dar a mínima.

— Eu falei com a Becky. Ela... pediu desculpas. Perguntei por que ela foi atrás dele, e ela nunca disse que "não aconteceu nada". Do que você está falando? Foi isso que ela te contou? E você acreditou? — Estou erguendo a voz e falando rápido demais. Preciso manter o controle.

— Opa, calma aí. Ela estava tentando se vingar de mim, mas o tiro meio que saiu pela culatra, foi só isso.

— Preciso saber o que aconteceu. Não sei do que você está falando — grito, então paro. — Desculpa. Isso... Isso é muito importante. Não sei se você sabe, mas ainda estão tentando entender o que aconteceu com ele e... — Ele me interrompe.

— Eu perdi a minha coroa no ano passado. Do nada — diz ele, mas fico calada. Estou desesperada para que continue falando. — Tem muita coisa mal resolvida nessa história, então te entendo. Quer dizer, acho que pelo menos um pouco. Não sou um completo babaca. Não me importo de contar o que você quer saber. A questão é que não tenho tanta informação assim. Tudo o que sei é que ela estava se jogando para cima dele e ele a mandou pra puta que pariu.

— Quê?

— Aquela vaca idiota, a Lacy, ficava dizendo para a Rebecca se vingar de mim só porque ela foi traída e se vingou transando com um cara. Peguei ela dizendo para a Becky ir atrás desse cara que estava o tempo todo no bar... que ele devia gostar dela já que estava sempre sozinho lá.

— Ele é um crítico. Ia lá a trabalho — digo.

— Olha, a vaca da Lacy disse para ela foder esse cara para se vingar de mim, mas a diferença é que eu não traí a Becky. Eu bati umazinha falando com uma qualquer no Skype. Não é a mesma coisa, né? — pergunta ele.

— O que faz você pensar que não aconteceu nada? — pergunto, com urgência.

— Porque ela disse. E tinha uma mensagem dele. — Nunca vi as mensagens de Liam, claro, porque a polícia estava tentando decodificar o celular dele com um especialista forense. Pelas minhas pesquisas, sei que esse é um processo que pode levar um bom tempo. Além disso, pode ser que nem me contem o que encontrarem. — Ele basicamente a mandou pra puta que pariu na mensagem.

— O que ele disse exatamente? — Estou quase implorando. Ele para de beber cerveja e me olha com pena.

— Você não sabia de nada — diz, não como pergunta, mas como constatação, ao se dar conta. — Algo, tipo, que ele não queria ter que prestar queixa e fazer com que ela perdesse o emprego e que não estava interessado, basicamente mandando que ela o deixasse em paz — conclui, e fico sem ar.

Largo a cerveja e me levanto. *Um, dois, três, quatro.*

— Olha, ela não quer nada comigo desde que a criança nasceu. Fica dizendo que está toda deformada. O que um homem pode fazer numa situação dessas? Não acho que bater umazinha na internet é a mesma coisa. Pelo amor de Deus, né?

— É — concordo baixinho. *Faça com que ele continue falando.*

— Ela só queria uma atençãozinha porque estava toda deprimida. Mas não dá para sair por aí tentando transar com uma pessoa de verdade. Quer dizer, Deus do céu. Ela me disse que a rejeição a deixou louca e que ficou obcecada e não o deixava em paz. Eu disse que queria o divórcio mesmo assim. Com o tempo, ela deixou de parecer uma louca desvairada. — Ele coça a barba. Olho para o chão e percebo uma unha suja saindo por um buraco na meia dele. Sinto que posso vomitar a qualquer momento. Eu duvidei de Liam. Por não confiar nele, eu o traí.

— Ela foi no escritório dele? — pergunto, tentando extrair algum sentido de tudo isso.

— Tenho certeza absoluta de que foi. Ela pirou com a gravidez e esse negócio de vingança. — O seu celular emite um som. Ele pega o aparelho, no qual estava meio sentado em cima, toca na tela trincada, revira os olhos e guarda o telefone.

— Então você e a Becky brigaram. Por causa do Liam.

— A gente brigou feio. Eu surtei com ela. O que você faria? Ela ficava dizendo que eu não era tão bom quanto ele, esse tipo de merda. Mas era só a depressão pós-parto, foi o que os médicos disseram, pelo menos. Quer dizer, nenhum médico disse, mas a Angie, prima dela que quer ser enfermeira, disse. Essa porra acontece mesmo. Eu pesquisei. Depois que as mulheres têm filho e tal. — Ele acende outro cigarro e o cheiro não ajuda em nada o meu enjoo repentino. Uma vez li em algum lugar que cheiro de fumaça alivia o enjoo, mas não deve ser verdade. É tão esquisito pensar nesses dois estranhos brigando para valer por causa do meu marido, que foi só um cara por quem uma garçonete se apaixonou na hora errada.

— Então você nunca conheceu o Liam? Nunca foi ver quem ele era ou falou com ele? — Tento me assegurar de que esse homem nunca ameaçou o meu marido avaliando a reação à pergunta.

— É óbvio que passei a ir naquele bar toda noite, mas nunca vi o Liam por lá. Ele aparecia quando tinha um evento ou algo do tipo. Mas, no fim, o que caralhos eu podia fazer com ele? Ele a mandava pra puta que pariu sempre que tinha a oportunidade. O meu problema era com a Becky e com a vaca.

— Se não se importa, pode me dizer quando foi isso, exatamente? Quando foi que você descobriu tudo? — pergunto.

— Fevereiro, lembro que era Valentine's Day quando comecei a verificar o celular dela. — Pouquíssimo tempo antes do acidente, então.

O pequeno trailer está cheio de fumaça, o que faz os meus olhos arderem, e não consigo pensar em mais nada para dizer. O que ele contou me trouxe consolo e aflição na mesma medida. Então me lembro de algo que não posso deixar passar batido.

— Mas o Liam deu dinheiro para ela. Tipo, seis mil dólares. Isso não faz sentido — digo, começando a duvidar da história toda.

— Ah, deu mesmo. E você não vai ver nem a cor desse dinheiro de volta. Foi mal. A gente já gastou tudo.

— Não quero o dinheiro de volta. Só quero entender por que ele faria isso.

— Ah. Porque ela disse que eu tinha batido nela e que estava tentando fugir de mim. Ele tentou ajudar. Ela falou que precisava de dinheiro para se mudar e essas coisas. Acho que ele foi bonzinho demais e ela acabou ainda mais louca por ele.

— Ai, meu Deus. — É um alívio tão grande. — Sério?

— Só para constar, ela é uma piranha mentirosa. Já joguei umas coisas, mas nunca bati na minha esposa. Ela adora bancar a vítima.

Tenho certeza de que deve ter contado uma história do caralho. — Ele joga uma lata de cerveja vazia do outro lado da sala, que atinge a parede com painéis de madeira e cai numa pequena pilha de roupa suja. Tenho certeza de que o choque e a confusão são visíveis no meu rosto.

— Obrigada por falar comigo — digo, me levantando para ir embora.

— Eu acredito em liberdade de expressão, então... — diz ele. Não faço a mínima ideia do que quer dizer, mas apenas faço que sim com a cabeça e deixo a minha cerveja na mesa de centro empoeirada.

— Agradeço muito.

— Você não precisa ir embora. Ainda tem todas essas cervejas para beber. — Ele me segue enquanto dou os quatro passos até a porta. Parte de mim considera ficar, mas o que mais ele teria a dizer? A história acabou. Todas as peças se encaixaram, a menos que ele esteja montando um álibi complexo, e duvido que seja inteligente o bastante para fazer isso. Está na cara, é o que Liam faria; dispensá-la gentilmente até ter que tomar alguma atitude mais firme. Fazia sentido ele não ter me contado e ter deixado para lá, ainda mais levando em consideração tudo o que eu estava passando com Carter.

Me pergunto por que Len me contaria tudo isso e me faria perder tempo indo atrás de uma história que não leva a lugar algum. Será que aquele comportamento estranho esconde alguma coisa?

— São todas suas — digo. Ele parece transcender de tão feliz.

— Nossa. Sério? Você... Tudo mesmo? — A magreza faz com que ele pareça meio esquelético ali, de pé, na soleira da porta. — Valeu!

— É o mínimo que eu posso fazer.

Quando chego à rodovia principal em direção à cidade, a minha cabeça está a mil por hora. Aquelas mensagens de Becky fazem sentido com o contexto.

"Você estava tão bonito ontem à noite."

"Seu cheiro ainda está em mim, que perfume é esse?"

"O martíni de pepino que paguei para você é minha bebida favorita agora. Você devia aparecer aqui para eu preparar um para você."

"Estou com saudades. Queria que viesse me ver."

Não era um romance. Eram apenas tentativas desesperadas de seduzi-lo. Ela "pagou" uma bebida, ou melhor, ela deu uma bebida por conta da casa para tentar chamar a atenção de Liam. Becky queria vê-lo de novo porque ele ia até lá de vez em quando a trabalho, e ela continuava flertando e o assediando sem parar. Do outro lado do bar. Como pude duvidar dele?

# 25

É domingo de manhã e estou afogando as mágoas nas panquecas que Ellie fez com muito carinho na minha cozinha. Só percebo o seu lábio inchado meia hora depois da sua chegada. Tenho andado tão autocentrada assim?

— O que aconteceu com o seu rosto? — pergunto, e ela parece irritada com a pergunta.

— Nada.

— O seu lábio está roxo e com um corte. Que porra é essa?

— As crianças estavam jogando brinquedos para lá e para cá. Acabei no fogo cruzado — diz ela, apreensiva.

Continuo olhando para o machucado e ela se irrita.

— O que foi?

— Nada. Tá bom — digo. Ela nunca se irrita, então deixo o assunto para lá. Além do mais, estou doida para confidenciar a alguém o que aconteceu. Não vou contar tudo, mas preciso que me diga que não sou uma pessoa horrível por ter feito o que fiz com Will e por ter duvidado da integridade de Liam. Ela faz tudo isso, é claro. Ela come as panquecas que não quero mais enquanto pego uma bebida para batizar o meu café e lenços de papel para assoar o nariz.

— Não acredito que você não me contou sobre essa tal de Becky. Você sabe que não está sozinha. Pode conversar comigo — diz ela de boca cheia. Me sento à ilha da cozinha e enterro a cabeça nos meus braços apoiados na bancada.

— Eu sou um lixo — digo, choramingando.

— Se eu visse as mensagens que ela mandou, eu teria dado tanto na cara do Joe. Ia pedir o divórcio no dia seguinte. Você fez o que qualquer pessoa normal faria — argumenta ela.

— Mas, lá no fundo, eu sabia que ele não me trairia. Não era do feitio dele.

— Olha, você está passando por um momento um tantinho difícil e fez o que qualquer pessoa faria. Você devia estar feliz por ter descoberto a verdade. Por que ficar chateada assim? — pergunta ela, ainda mastigando.

— É que eu fiz uma coisa terrível — digo.

— O quê? — Ela abaixa o garfo, pronta para a fofoca.

— É indescritível.

— Ai, meu Deus. O quê? O quê? — pergunta, ansiosa.

— Eu... fui para a casa do Will uma noite dessas — digo, envergonhada.

Ela dá um grito agudo e se levanta num pulo. Grita de novo.

— Ahhhhhhh! Mentira! — Levo um tapa de brincadeira.

— Pois é. — Franzo a testa.

— Mulher, o Will estava com tudo em cima quando o vi... — Ela para antes de dizer "no velório", percebendo o peso dessas palavras, e muda o tom. — Faith. Agora já faz muito tempo que... Você sempre foi muito próxima do Will. Qual é o problema?

— Ai, Deus! — Enterro a cabeça nos braços de novo, fazendo drama, mas ciente de que não tem problema exagerar com Ellie. Quero que ela continue dizendo que não sou um monstro.

— Você acha que foi desleal com o Liam — diz ela. Choramingo um pouco. — Você não fez nada de errado. Foi atrás dessa piranha da Becky para descobrir a verdade porque não deixou de acreditar no

Liam, porque sabia que essa história não acabava aí. E sobre o Wil... Bom, eu diria para ir fundo. — Ela volta a encharcar as panquecas com mais calda e continua a comer.

— Ellie!

— O que foi?! Você se mudou para a casa dele, prometeu se casar? Você só deu para ele. Olha, Faith, você provavelmente está precisando disso agora. — Só consigo encará-la por um momento. — O que foi? — repete. Antes que eu possa responder, há uma batida à porta.

— Ah, merda. — Eu meio que me escondo como se a pessoa pudesse me ver. Ela me olha de canto de olho.

— O que foi? — pergunta Ellie, se divertindo com a situação.

— Tem uma mulher assustadora que fica trazendo comida para mim. E uma vez ela trouxe o gato também. A gente não vai atender a porta de jeito nenhum.

— Sério?! — pergunta Ellie categoricamente. Faço que sim com a cabeça. — Tem muita coisa rolando por aqui. — Ela se levanta e vai até a porta.

— Não — ordeno, mas ela já está dando risadinhas e indo até lá na ponta dos pés.

— Preciso ver como essa mulher é.

— Shhhh. — Não me mexo. Ellie espia pelo olho mágico. — É um cara com um cachorro.

— Ah. — Vou até lá para abrir a porta.

— Meu Deus, tem mesmo muita coisa rolando por aqui. Quem é esse? Ele tem um visual meio nerd-sexy, né?!

— Pelo amor de Deus, tem certeza de que não é você que está precisando dar, não? — Abro a porta e vejo Marty.

— Oi. Foi mal. Não queria incomodar — diz ele educadamente.

— Que nada, não tem problema. Essa é a minha irmã, Ellie. Ellie, esse é o Marty do quarto andar — digo, fazendo carinho na cabeça de Figgy.

— Oi, Marty do quarto andar — diz ela, e Marty acena com a cabeça, sem dar muita bola para a piadinha. Ellie volta para a comida.

— Eu... só queria ver se você está bem. Se melhorou, sabe, depois daquela outra noite. Eu devia ter vindo antes, mas... é. Você parece bem.

— Estou bem, sim. Muito melhor. Obrigada — digo, sem tirar os olhos de Ellie porque não quero ter que explicar que tive um ataque de pânico. Mais uma das coisas que não contei.

— Que bom.

— Está levando o Figgy para passear? — pergunto.

— A gente acabou de voltar, na verdade.

— Quer entrar para tomar um café? A Ellie fez café da manhã, caso você goste de panquecas — ofereço.

— Ah, obrigado, mas, na verdade, estou de saída para o grupo. Só vim deixar o Figgy em casa. — Marty dá um sorriso amarelo. Me lembro dele dizendo que só ia ao grupo nos domingos se estivesse tendo uma semana particularmente difícil.

— Ah, tudo bem, então — digo, e ele se demora um pouco.

— Eu já devia ter falado isso, mas, se você sentir que precisa, vai ser sempre muito bem-vinda lá. Quer dizer, você não precisa ir comigo se não quiser, mas, enfim, o grupo está de portas abertas. É isso. — Figgy fica inquieto na coleira, gira algumas vezes e se senta.

— Ah, que ótimo. Eu tenho... — Olho para Ellie, indicando que agora não posso, não que ele estivesse me convidando para ir nesse exato momento. Ellie se levanta e pega o casaco de cima da otomana.

— Na verdade, a Faith estava dizendo agora mesmo que queria sair um pouco de casa porque não aguenta mais ficar aqui criando raiz. — Ela coloca o casaco. — E também só posso deixar as crianças com o Joe por duas horas no máximo antes que ele tenha uma crise nervosa, então... — Ela olha para mim com um sorriso que chega a ser ridículo de tão forçado. — Você devia ir. — Vejo que está se divertindo horrores com a situação e lanço um sorriso amarelo para ela.

— Boa ideia. Acho que vou com você, Marty — digo, olhando para ele. — Se não tiver problema.

— Ótimo. Te encontro no hall daqui a pouco?

— Ã-hã. — Ele puxa a coleira de Figgy e vai embora. Fecho a porta e miro Ellie de canto de olho.

— Que grupo é esse? — pergunta ela, sorrindo, ainda mastigando.

— Talvez você devesse ter perguntado isso antes de fazer uma coisa dessas. É um grupo de apoio. Ele perdeu a esposa.

— Ah. Putz. Foi mal. — Ela pega as coisas para ir embora.

— Pois é.

— Olha, acho que vai ser bom para você. E agora você tem duas delicinhas que podem te tirar de dentro dessa casa e te levar para ver o mundo. O meu trabalho aqui está feito. — Ela me dá um beijo na bochecha. — Aproveita. De nada.

— Sério mesmo? — pergunto enquanto a observo sair feito um furacão.

— Eu já precisava mesmo ir para casa. Ainda estou amamentando. O Joe acha que consegue fazer tudo, mas isso eu queria vê-lo tentar.

— Me deixa te levar até lá embaixo, pelo menos.

No hall de entrada, me despeço com um abraço, verifico a caixa de correio e espero por Marty. De repente, me sinto como uma adolescente esperando para um encontro. Deve ser porque Ellie deixou a situação estranha. Por um instante, me pergunto se ele vai furar comigo. Talvez ele nem quisesse que eu fosse, mas se sentiu na obrigação. Pouco depois, porém, Marty vem trotando escada abaixo e parece feliz de verdade em me ver, o que me faz decidir dar um voto de confiança a esse grupo.

A reunião acontece no porão de um centro comunitário que fica perto o suficiente do nosso prédio para irmos andando. Há um círculo de cadeiras de metal dobráveis no centro de uma sala que, pelo glitter e pelas obras de arte feitas de macarrão penduradas na parede que, sem isso, seria sóbria, deve ser usada para atividades infantis. Há uma garrafa de café com alguns copos descartáveis sobre uma mesa num canto, e, embora eu nunca tenha ido a um encontro do AA, tenho a sensação de que deve ser exatamente assim.

Todos parecem abatidos. Umas doze pessoas estão sentadas no círculo de cadeiras com os seus copinhos em mãos; um cone de luz cinzenta entra pela única janela e deixa o lugar todo com uma cara institucional. Não quero mais ficar aqui.

Uma mulher corpulenta de saia longa se senta, usa o braço para ajudar a cruzar as pernas e se acomoda na sua cadeira dobrável. Ela começa o encontro se apresentando como Jodie e dando as boas-vindas aos visitantes. Acho que sou a única.

— Marty, você gostaria de nos apresentar a sua convidada? — pergunta ela de um jeito que parece estar falando com crianças do jardim de infância.

— O meu nome é Faith — digo, dispensando-o da missão dada por Jodie. Achei que todos fossem falar "Oi, Faith" em uníssono, mas não aconteceu.

— Seja bem-vinda. Fique à vontade para compartilhar a sua história a qualquer momento ou apenas escutar, querida. É você quem manda. — Ela para por um instante para ver se começo a falar, mas tudo o que faço é cerrar os lábios e fazer que sim com a cabeça, me sentindo, de repente, envergonhada e como um peixe fora da água.

Larry, um outro cara, é quem começa o encontro. A sua voz vai ficando cada vez mais alta e ele se anima quando fala sobre como as festas de fim de ano são difíceis. A maioria das suas frases termina com "né?" e todo mundo murmura concordando. Ele diz que tem bebido muito ultimamente. Bem-vindo ao clube, Larry. Os seus olhos se enchem de lágrimas e as suas palavras cessam depois de falar sobre os lindos Natais que teve com a falecida esposa.

Sinto o celular vibrar no bolso do casaco. Dou uma olhada e vejo que é Will. Merda. Nunca retornei a ligação. De novo. Quero dar o fora daqui e atender o telefone. Talvez possa ser a minha desculpa, mas não vou fazer isso. Marty escuta todas as histórias com atenção. Esse é o seu refúgio. Ele já me ajudou bastante, e eu seria uma idiota se desse o fora. Consigo aguentar uma hora.

Tenho certeza de que colocar tudo para fora pode ser benéfico para algumas pessoas. Talvez eu ainda não esteja pronta para isso porque ainda não sei o que aconteceu. Eu devia usar esse tempo para tentar colocar a cabeça no lugar, mas sinto que repassar detalhe por detalhe e reviver a dor toda semana me faria mais mal do que bem. Uma mulher jovem com o capuz do moletom erguido chora em silêncio o tempo todo, deixando escapar alguns soluços baixinhos de vez em quando.

Outra mulher, com um ninho no lugar do cabelo que parece saído direto dos anos oitenta, conta ao grupo que acha que a filha está aparecendo para ela como um pássaro de inverno que tem pousado na sua cerca todo dia de manhã. Ela passa uma foto do pássaro em busca de ajuda para identificar a espécie.

O pior de tudo para mim foi Earl, um homem mais velho, que perdeu a esposa com quem foi casado por cinquenta e quatro anos num incêndio em casa. Ele se culpa porque ela tinha demência e ele a havia deixado sozinha por meia hora para ir correndo até o mercado. Não me surpreende Marty ainda estar tão mal. Eu estaria ainda pior se me cercasse de tanta tragédia toda semana. Nunca vou voltar aqui.

Will não deixa nenhuma mensagem de voz. Penso nele enquanto as pessoas falam, tentando abafar as suas histórias com os meus pensamentos. Vou ter que encarar a situação em algum momento. Já não sei mais como me sinto depois de ter conversado com Ellie. Ela, sem dúvida, fez com que eu me sentisse menos culpada. Decido ligar e marcar uma reunião com ele assim que sair daqui. Para fins puramente profissionais.

Marty não compartilhou a sua história com o grupo e mal abre a boca quando as pessoas começam a se aglomerar em volta da mesa para comer Hydroxes e salpicar os seus cafés fracos com leite em pó. Fico de pé em frente à janela e observo algumas crianças brincando, as suas mãos congeladas nas longas correntes do balanço no pátio. Depois de Marty se despedir das pessoas, ficamos só eu e ele. Pequenas partículas de poeira dançam à luz que entra pela janela, fazendo o ar parecer turvo.

— Espero que não tenha sido uma tortura para você — diz ele.

— Claro que não — respondo rapidamente. — Foi muito legal da sua parte ter me convidado. — Sorrio. Ele olha para o prato deprimente com dois Hydroxes comidos pela metade e alguns copos de café descartáveis que sobraram e ri.

— Queria dar um upgrade para Oreos e Starbucks, mas acho que me entenderiam mal — diz ele, e dou risada. *Marty fez uma piada*, penso. Me sento no parapeito da janela.

— Posso pedir uma coisa? — pergunto, com a sensação de que é agora ou nunca.

— Claro. — Ele puxa uma cadeira dobrável e se senta na minha frente. Não sei o que me levou a ficar tão à vontade para conversar com ele agora. Talvez seja a sua vulnerabilidade e o fato de ter me trazido aqui para compartilharmos as nossas dores. Talvez seja tudo, que se acumula e culmina numa sensação de que não tenho mais nada a perder.

— Queria saber se você pode me ajudar a procurar outra pessoa na internet. Pago com dinheiro de verdade dessa vez. É que... eu preciso encontrar um cara chamado Geoffrey Bennett. Preciso saber onde ele está. Se ainda está vivo — digo, revirando migalhas de bolacha velha na mesa.

— Fico feliz em ajudar. Se você souber data de nascimento, última cidade em que morou ou algo assim já ajuda muito.

— Tá. Consigo passar essas informações.

— Beleza. Tá bom.

— Ele é... hum... o meu pai. E é possível que esteja muito irritado comigo por causa de algumas coisas que escrevi. — Olho para Marty e respiro fundo.

— Você está... preocupada com a sua segurança? — pergunta ele, temeroso por mim.

— Talvez. É por causa dele que eu me especializei em ajudar vítimas de violência, na verdade... Acho que isso já mostra bem como ele pode ser propenso a atitudes violentas. Você estava lá quando recebi aquele bilhete; aquela ameaça que colocaram na minha porta. Só quero me certificar de que não foi ele. O meu pai sempre foi um... cara perigoso. — Dou uma risada involuntária. — O eufemismo do século. De qualquer forma, saber que ele não mora em Chicago já vai ajudar bastante. Eu acho.

— Claro, ajudo sim. Deus do céu. Que coisa terrível. Não sei dizer se vai ser rápido ou fácil porque depende do que vou ter que fazer, mas é claro que posso tentar. Sou melhor com endereços de IP que como investigador, mas tem umas coisas que posso tentar.

— Vou pagar pelo seu trabalho — interponho rapidamente.

— Tá bom. — Ele ri e coloca as mãos para o alto como se dissesse "Eu me rendo". Ponho o casaco e saímos do centro comunitário bolorento para andar no frio pelos seis quarteirões de volta ao prédio.

O céu está cheio de nuvens escuras e densas, um aviso de que vai nevar ou chover granizo. Faz semanas que o sol mal dá as caras. Não conversamos muito no caminho de volta. Não sei se deveria perguntar mais sobre a sua esposa e tentar consolá-lo, porque entendo pelo que ele está passando, mas acabo decidindo que o melhor é que ele mesmo traga o assunto à tona caso queira.

Quando penso em Marty encontrando o meu pai, preciso respirar fundo algumas vezes para tentar suprimir a onda de ansiedade. Me lembro dos dias que passei naquele armário, com a cabeça no chão para tentar ver o fiapo de luz que vinha por debaixo da porta. Quando a minha mãe, por fim, abriu o armário, não consegui nem me mexer. Eu estava tão desidratada que ela teve que me carregar até o carro e me levar ao hospital.

Com um suspiro, me livro desses pensamentos. Marty falou algo que não entendi.

— Desculpa. O quê? — pergunto.

— Só perguntei se você chegou a instalar aquele sistema de segurança. Você se sente segura em casa?

— Sim. Quer dizer... Vou ficar bem. — Entramos no hall do prédio e chamamos o elevador. Verifico rapidamente a minha correspondência enquanto esperamos.

— Bom, você sabe onde me encontrar se precisar de alguma coisa. Só não se esquece de me mandar aqueles detalhes quando puder para eu começar a busca — diz ele antes de descer do elevador no quarto andar.

— Obrigada. — Continuo até o meu andar. Folheio a correspondência. Não há bilhetes. Paro e olho para a minha porta. Não há papel nenhum. Solto o ar que nem sabia que estava prendendo e abro a porta.

Aos meus pés, há um envelope. As minhas mãos tremem tanto que mal consigo abri-lo, mas dou um jeito de tirar o conteúdo de dentro dele. É pior do que eu pensava. Preciso desviar o olhar.

Há uma foto de uma mulher nua, de olhos vendados, amarrada e amordaçada. É uma polaroide velha e parece ter sido tirada num hotel. Não foi impressa de algum site de putaria. É uma imagem real. Viro a foto. No verso está escrito: "Você não está sozinha." Fico ofegante e corro até a cozinha para vomitar na pia.

Depois de alguns minutos, fico enfurecida ao pensar que ninguém pode fazer nada a respeito disso. Mesmo com tudo à disposição, tudo o que os policiais me falam para fazer é sair da minha casa. Faço a única coisa que posso agora. Desço e vou até o carro. Pego o meu revólver calibre .38. Estou pronta.

# 26

— Você pode ficar comigo — diz Will enquanto as minhas mãos tremem ao redor do meu gim-tônica. — Quer dizer, no quarto de hóspedes. Não estou...

— Eu sei — eu o interrompo. É segunda-feira e ele saiu do trabalho mais cedo para se encontrar comigo num pub irlandês que frequentávamos na época da faculdade. Ficamos no balcão do bar e percebo que Carl, o proprietário, ainda está atendendo. Quase uma vida inteira se passou e ele ainda se senta numa banqueta de metal atrás do balcão e conta as mesmas histórias sobre o Vietnã. Ele está tentando fazer um dinheiro extra esse ano, ao que parece, empurrando para as pessoas drinques temáticos de fim de ano com nomes absurdos como "Esquenta Nariz" e "Boneco de Neve Derretido" cheios de xarope e ingredientes industrializados. Odeio drinques com canela, noz-moscada e decoradinhos com essas caldas rosas e vermelhas enjoativas. Deve ser uma tentativa de se tornar uma Starbucks alcoólica, mas só de olhar para o drinque gigante e cheio de calda na mão de Will tenho vontade de vomitar.

— E, por Deus, queria que você tivesse me ligado ontem imediatamente. — Ele põe a sua mão sobre a minha e suaviza a voz. — Você não precisa lidar com tudo isso sozinha, tá?

— Obrigada, Will, mas me recuso a ter que sair da minha própria casa. É a minha última zona de conforto. É isso que estão tentando fazer, não é? — digo. Eu *estou* lidando com tudo isso sozinha, sim. Ele não compreende a minha perda. Não foi só a perda de Liam. Will não sabe como é perder toda a credibilidade e reputação que se levou uma vida inteira para construir. Não é dentro da minha própria casa que eu deveria me sentir ameaçada. — Fico muito agradecida, mas... é tudo o que tenho. Sabe? — Ele concorda, cedendo.

Conto tudo sobre Cal e Becky Lang. Não acho que eles estejam envolvidos nisso, mas toda pista vale a pena ser investigada. Abro a boca para contar sobre Len e sobre as minhas suspeitas a respeito do e-mail e do fato de ele ter ficado com o emprego de Liam, mas mudo de ideia. Me lembro de uma viagem de verão que fizemos com Len e Bonnie. Ele e Liam haviam sido chamados para escrever sobre um resort em Punta Cana. Achei muito estranho Bonnie ter passado a maior parte do tempo no quarto. Eu passei a semana inteira no bar dentro da piscina. Todo dia eu me enchia de óleos tropicais havaianos e bebia *piña colada*, e Len parecia pairar perto de mim o tempo inteiro. Ele estava sempre bêbado e parecia me espiar por trás do livro que descansava sobre a sua barriga pálida e peluda nas cadeiras que ficavam no deque da piscina.

Me lembro de estar com um biquíni branco e bebendo vodca com *cranberry* no bar dentro da piscina enquanto observava os funcionários do resort, coitados, tentando recrutar hóspedes para uma partida de Marco Polo ou algo besta assim para o qual precisavam fingir empolgação quando Len se enfiou com o seu barrigão numa boia de flamingo e boiou até perto de mim, arrastando as palavras e fazendo piadas grosseiras.

Depois do jantar naquela noite, falei para Liam que achava Len esquisito e que, para evitar aqueles olhares cobiçosos o dia inteiro na piscina, gostaria de acompanhá-lo no dia seguinte se tivesse trabalho a fazer. Quando ele explicou que Bonnie havia acabado de ser diagnosticada com câncer no ovário e que era por isso que ficava descansando no quarto e que Len muito provavelmente estava na merda com a possibilidade de perder o amor da sua vida, me senti péssima. Ela queria muito ir àquela viagem, explicou Liam, mas acabou tendo alguns dias ruins, embora tenha ficado animada de poder relaxar na sacada e descansar. Ela insistiu para que Len socializasse e conseguisse a história que foi escrever. Liam acrescentou que não era para nós dois ficarmos sabendo, porque ela era muito discreta quanto a isso.

Me senti terrível por tê-lo julgado tão rapidamente e me perguntei quantas vezes eu já não devia ter feito a mesma coisa com outras pessoas, mas sem ser corrigida por ninguém. Acabei me arrependendo de ter tirado conclusões precipitadas sobre Len na época, e ele provou ser um homem de caráter no decorrer dos últimos anos, então tenho a sensação de que seguir outras pistas primeiro é a melhor coisa a se fazer.

Will parece querer falar do elefante na sala, então puxo o assunto antes dele. É o mínimo que posso fazer, já que o tenho ignorado desde que tudo aconteceu. Imagino que esteja cansado de mim e achando que está sendo feito de bobo.

— Ah, e sobre aquela noite... — começo a dizer.

— Está tudo bem — diz ele, com entusiasmo, parecendo grato pela oportunidade de ter controle sobre o assunto. — Olha, não precisa falar nada. Não foi nada sério. — Ouvi-lo falar isso me deixa irritada. Ou talvez eu esteja me sentindo rejeitada. Eu é que devia dizer que não foi nada sério, não ele. Engulo em seco e olho para Carl atrás do balcão, que mal tirou os olhos da televisão desde que chegamos. Ele ri de vez em quando, lava de novo e de novo os mesmos copos, claramente desejando estar em outro lugar.

Me lembro da sua história. Ele a contava noite após noite, e me pergunto se continua contando. Ele quase viu Bob Hope ao vivo uma vez, e as maratonas dos programas de Bob o deixam estranhamente nostálgico por fazê-lo se lembrar dos seus dias no Acampamento Bearcat. Embora Hope tenha ido ao acampamento com Raquel Welch no Natal de 1967, Carl ficou em algum buraco do caralho se esvaindo em merda por causa de uma disenteria e perdeu o show enquanto todo mundo em Long Binh teve a oportunidade de ver Bob e Raquel trocando indiretas de cunho sexual. Depois de viajar trinta e sete quilômetros para lhe entregar uma concha onde tinha inscrito o seu nome, Carl não teve nem um vislumbre de Bob ou da Miss Mundo, que esteve no seu acampamento flertando com Bob e com alguns malditos soldados sortudos que conseguiram se sentar bem na frente.

Me pergunto se são as memórias da sua vida outrora de suma importância que o fazem pegar no tranco todo dia em busca de uma distração, quando ele começa a jogar todos aqueles drinques intocados na pia do bar. O cheiro de gengibre e noz-moscada sobe da pia como o aroma de uma torta de desenho animado esfriando na janela da casa de uma bruxa. O cheiro me deixa aflita.

— É melhor eu ir embora — digo, virando o restante da minha bebida. Se me olhar nos olhos, vai ver como estou solitária e preciso dele, o que é confuso e um tanto angustiante. Ellie tentou fazer com que eu não me sentisse mal por precisar de contato humano, mas o sentimento de culpa é intenso e está me consumindo. E agora pode ser que eu tenha entendido errado e tudo não tenha passado de algo sem importância para ele.

— Se você tiver tempo, eu gostaria de falar sobre umas coisas que o Sterling me contou hoje de manhã — diz ele num tom profissional, fazendo com que eu me sinta uma imbecil por esses sentimentos confusos que estou tendo enquanto observo as mãos que tocaram cada canto do meu corpo deslizarem pelo copo suado.

— Claro — digo, empurrando o meu copo vazio para Carl para pedir mais uma rodada.

— Sei que é algo que você não deve gostar muito de falar a respeito, mas ele foi conversar com a sua mãe.

— Foi — digo, já sabendo que ela não lhe deu informação nenhuma.

— Ah, você falou com ela? — pergunta ele, surpreso.

— Pouco. Ela disse que ele esteve lá.

— Bom, ela falou que tem motivos para acreditar que o seu pai está morando nas redondezas. Disse algo sobre Naperville... — Olho para ele, atordoada. Ela me contou que não tinha dito nada e, na verdade, não só falou com os policiais como mentiu para eles. Não sei por que me surpreendo por ela ter mentido.

— Naperville? — repito.

— Para falar a verdade, faz um tempinho que o Sterling está tentando localizar o seu pai, mas não conseguiu nada ainda. — Disso eu não sabia. Sterling me perguntou onde o meu pai estava numa das muitas vezes em que fui prestar depoimento, e eu disse que, na última vez em que ouvi falar dele, estava na Flórida, mas isso foi há muitos anos. Ele só anotou a informação. Nunca disse nada sobre procurá-lo.

— A polícia acha que ele pode estar envolvido? — pergunto.

— No momento ele não é suspeito, mas seria bom se conseguíssemos encontrá-lo para ter uma conversa. A sua mãe, por outro lado... foi levada para a delegacia para prestar depoimento.

— Quê? Ela foi presa? Calma aí... Calma aí... Pelo quê? Eu...

— Não foi preciso. Parece que a casa dela é cheia de parafernália de metanfetamina. A polícia ameaçou prendê-la para conseguir que cooperasse, mas acharam que seria melhor se ela fosse depor por livre e espontânea pressão.

— Mas depor por quê? — pergunto, completamente confusa.

— Ela tentou fazer um cartão de crédito no nome do Liam — diz ele, com cuidado.

— Isso não me surpreende nem um pouco — digo, esperando que ele tenha uma pista melhor que essa. Ela roubaria de qualquer um se tivesse oportunidade, não importa se vivo ou morto.

— Ela estava com a carteira de motorista dele.

— Quê?! Como assim? — pergunto, alto. Carl tira os olhos da TV e me encara.

— Ela disse que foi o Liam que deu — diz Will, com escárnio enquanto balança a cabeça. — O banco descobriu antes mesmo de o cartão sequer ser usado, mas ela acabou sendo acusada de várias infrações menores como fraude e falsidade ideológica. A essa altura, o máximo que pode acontecer é ela ter que pagar algumas multas. Mas agora é considerada suspeita. Não temos evidências o bastante para dar voz de prisão, mas estamos de olho nela.

— Meu Deus.

— Lamento ter que te contar uma coisa dessas. É a sua mãe, afinal de contas. Eu só... Sinto muito.

— Como raios ela pegou a carteira de motorista dele? Ele não a daria para ela. Eles nem se conheciam.

— Olha, a gente sabe disso. A minha pergunta é: em que momento ela pegou a carteira de motorista? O Liam estava com ela na noite do acidente? — pergunta ele. Olho para o teto, tentando me lembrar de quando ele pode ter usado o documento, ou da última vez que o vi na carteira dele. Estávamos muito ocupados naquela época; além disso, com que frequência alguém tira a habilitação da carteira? Nos últimos tempos, Liam não andava comprando muita bebida nem havia sido parado pela polícia, então não faço a mínima ideia se estava com o documento na noite do acidente ou mesmo na semana anterior.

— Não sei. Não é muito a cara dele sair por aí sem documentos. É provável que estivesse, sim.

— Só quero que você saiba que estamos de olho na sua mãe e que é melhor evitar entrar em contato com ela. É a minha recomendação pessoal — diz ele, com calma.

— Você acha que ela pode ser perigosa... É isso? Ela passa noventa por cento do tempo drogada demais para raciocinar.

— E ela seria capaz de qualquer coisa para conseguir dinheiro para continuar assim — complementa ele. — O que estou querendo dizer é que o Liam foi encontrado sem carteira e sem celular e que a carteira de motorista dele foi encontrada na casa da sua mãe. Talvez ela saiba mais do que está dizendo. — No entanto, eu não caio nessa história. Ela é uma viciada, uma picareta e, além de tudo, uma pessoa desprezível, mas não é capaz de matar alguém. Ela não está envolvida no que quer que tenha acontecido com Liam.

— Então a motivação seria dinheiro? — pergunto.

— Em parte, sim. Ela não parava de falar sobre procurar o seu pai porque ele estava transtornado com as coisas que você escreveu sobre a sua infância, como o fez parecer um monstro. Acho que ela pode estar tomando as dores dele — diz Will. Não que eu nunca tenha pensado que ela possa ter ficado irritada com o que revelei, mas é que ela parece não dar a mínima para nada. Não chegou nem a ler o livro. Alguém contou as partes principais para ela. Ela já está mais para lá do que para cá para se importar. Provavelmente deve ter se esquecido de tudo no dia seguinte.

— Não consigo conceber a ideia de ela ser capaz de fazer algo assim — digo, confusa a respeito da carteira de motorista, mas não muito preocupada com a minha mãe. Ela deve ter arrumado um jeito de pedir uma segunda via fazendo alguma maracutaia. Não sei, mas ela conseguia ser muito criativa para fraudes no passado. Não quero que percam tempo seguindo essa linha de investigação. De jeito nenhum.

— Olha, pelo que me lembro dela e do seu pai, você foi até gentil levando em conta o que eles fizeram. Não acho que você devia ignorar a possibilidade.

— É perda de tempo. Mas acho que eles não estão nem aí. — Ponho o celular na bolsa, uma indicação de que estou pronta para ir embora. Will levanta a mão em direção a Carl para pedir a conta.

— A oferta está de pé caso precise de algum lugar para ficar. A Sylvia projetou o quarto de hóspedes com uma lareira a controle remoto e um frigobar. — Ele sorri.

— Você está burguês demais para o meu gosto — brinco e me levanto para colocar o casaco. — Qualquer coisa eu te ligo — digo, começando a sair.

— Eu levo você até o carro.

— Não precisa. Estacionei aqui perto e vou passar no banheiro antes — respondo.

— Eu espero. — Ele abotoa o sobretudo de lã e faz um gesto querendo dizer "primeiro as damas". No corredor escuro e estreito, há um único banheiro unissex. Entro e, sob a luz fraca, me olho no espelho. Estou magra demais e os meus olhos, inchados da choradeira de ontem. Passo um pouco de gloss para iluminar o rosto. O meu pescoço está cheio de nós por causa do estresse, e sinto que preciso gritar. Não consigo me acalmar. Não consigo confiar em ninguém. Não consigo viver assim.

Jogo um pouco de água fria nas bochechas para me acalmar e abro a porta. Will está bem ali.

Encontro o olhar dele. Olhamos um para o outro por tempo demais. Lentamente, ele anda até mim e me beija, me pegando de surpresa. Quando puxo a sua gola para trazê-lo para mais perto, ele me empurra, com leveza e sensualidade, para dentro de uma das cabines e tranca a porta atrás de nós. Puxamos as roupas um do outro. Abro o zíper da sua calça enquanto ele me beija com força e passa as mãos pelo meu corpo. Will levanta a minha saia e nos chocamos com as paredes, navegando com os nossos corpos pela cabine apertada.

Ele me levanta, faz as minhas pernas envolverem a sua cintura e força a entrada em mim. Sinto toda a ansiedade e pressão irem embora conforme os nossos corpos insaciáveis se chocam ritmicamente dentro da cabine. Quando terminamos, ficamos abraçados até recuperarmos o fôlego. Depois, ajeitamos as nossas roupas, eu limpo as marcas de batom da sua pele e ele me acompanha até o carro.

No caminho para casa, tento não pensar em Liam. A sensação que tenho é de que ele está me observando, olhando do alto de algum lugar no pós-vida e desaprovando toda essa bagunça que estou fazendo.

# 27

Penso em levar a arma quando for confrontar a minha mãe no dia seguinte, mas parece errado. Em vez disso, decido que, embora talvez precise do revólver, não posso mantê-lo em casa porque é assustador e desconcertante demais, por isso o escondo na minha saída de incêndio. Pego o cachepô que uma vez já abrigou uma planta num vaso grande de argila; está leve agora por causa das raízes mortas e da terra seca pelo frio. Ponho a arma na base do cachepô e coloco a planta morta em cima. É melhor aqui que dentro de casa e ainda é perto o suficiente caso eu precise pegá-la.

Sterling pediu que eu fosse até a delegacia para responder a algumas perguntas sobre a minha mãe que podem ajudar na investigação. Apesar do conselho de Will, o meu plano é descobrir o máximo possível.

Preparo um banho escaldante e entro na água. Ainda é cedo e prefiro não tomar um ansiolítico para conseguir aguentar os compromissos com Sterling ou a minha mãe, então deixo um copo de vodca na beira da banheira e diminuo as luzes para que pareça noite, porque não me importo muito mais com os dias longos e árduos. Na maior parte do tempo, só quero que terminem para que eu possa voltar a dormir.

Tento relaxar por alguns minutos, mas o que Will falou sobre a minha mãe fica martelando na minha cabeça e faz com que eu fique tentando encontrar alguma explicação.

Gosto de pensar em como ela estava naqueles dias depois de o meu pai ter saído de casa, em como agiu com bondade em certos momentos, quase como uma mãe de verdade. É ao espaço de tempo entre o sofrimento destruidor e o início das drogas — a pequena janela temporal em que ela nos amou — que me agarro, que me faz pensar se aquela era ela de verdade.

Mas era impossível prever as suas mudanças de humor. Os seus olhos escureciam do nada. Uma muito aguardada noite nossa jogando conversa fora e fazendo tranças no cabelo na sacada podia ser subitamente interrompida assim que o seu olhar mudasse — como se a vodca, ou qualquer que fosse a droga, a atingisse de uma só vez e ela precisasse de alguém para culpar por toda uma vida de amor não correspondido. Era quando as ameaças começavam. Ela tirava as minhas mãos do seu cabelo aos tapas e desmanchava as tranças — dizia que o meu lugar era num hospício por causa do pai que eu tinha e me mandava para a cama de uma vez ou ela ligaria para os médicos virem me buscar. Nunca saberei quem a minha mãe é de verdade.

Ouço o celular tocar na sala de estar. Sei que não vou conseguir atendê-lo a tempo, mas saio correndo da banheira mesmo assim. Me enrolo num roupão e, quando estou a caminho da sala, escuto alguma coisa. Um ruído farfalhante, como papel sendo amassado. Fico totalmente imóvel e me concentro para encontrar a fonte do barulho, e é então que vejo uma folha de papel sendo passada por debaixo da porta.

Corro até lá, abro a porta abruptamente para descobrir quem deixou o bilhete e vejo Hilly no corredor, usando um suéter cheio de pelo de gato e com um olhar assustado.

— Que porra é essa? — digo, exigindo uma resposta enquanto agarro o papel antes que ela possa pegá-lo de volta e fingir que nada aconteceu.

— Eu tentei bater — explica ela. Examino o bilhete de cara feia; ela parece prestes a chorar ou sair correndo. Depois de um momento, percebo que é um convite para jantar escrito à mão num papel com marca-d'água de um boneco de neve dançando.

— Me desculpa — peço. — Me desculpa de verdade. Tenho andado meio estressada. É que você me assustou um pouco, só isso.

— Eu bati antes, juro — diz ela, na defensiva.

— Eu estava no... — Não me explico. — É muita gentileza sua. Eu não queria explodir assim.

— Tudo bem — diz ela, se animando. — Sei que você está passando por muito estresse. Por isso não coloquei nenhuma data. É um convite aberto! — diz ela, e faz um gesto inseguro com as mãos como se estivesse descrevendo uma planta florescendo.

— Obrigada. Sim, vou adorar jantar com você. Só me deixa verificar a minha agenda e a gente combina melhor — digo, e ela parece mais que feliz.

— Vou deixar você se vestir — diz Hilly, olhando para o meu roupão e para o meu cabelo encharcado. — Não vejo a hora. — Então ela desaparece no corredor. O meu pulso ainda está acelerado. Me apresso para vestir um jeans e um suéter para poder sair de casa. Ajeito o cabelo e não me dou ao trabalho de secá-lo, embora o nó que fiz no alto da cabeça vá congelar. Não dou muita bola para maquiagem, só coloco um gorro de lã e dirijo com urgência para o apartamento da minha infância, desesperada por respostas.

Quando chego à porta da minha mãe, não bato. Testo a maçaneta antes e, sem me surpreender, percebo que está destrancada. Entro, mas não consigo ver nada por causa dos lençóis sujos e das caixas de cerveja que tapam as janelas, deixando o lugar escuro.

— Mãe! — chamo, mas não obtenho resposta. Tropeço num cinzeiro transbordando de guimbas de cigarro quando me aproximo do interruptor mais próximo, que fica ao lado da mesa de canto. Tapo o nariz quando as cinzas de cigarro invadem o ar. Avisto-a, toda mole, deitada de cara no sofá. Cubro a boca e dou um passo para trás. Pânico começa a se espalhar pelos meus braços e pela minha espinha. Respiro fundo, vou até lá e a sacudo. Ela não está gelada. Recuo com um pulo e com a mão sobre o coração quando ela se ergue, senta e olha para mim.

— Ah. É você. Trouxe o meu dinheiro? — Ela pega o maço de cigarro.

— Meu Deus do céu! — grito na falta de algo melhor para dizer.

— O quê? — Ela franze as sobrancelhas e acende um cigarro.

— Você não tem nada para me dizer? — pergunto, sendo infantil.

— Tenho. Cadê o dinheiro que você prometeu?

— Para início de conversa, você disse um monte de merda para os policiais, então nada de dinheiro. Eu ia te pagar para falar a verdade, que, no caso, é que você não sabe porra nenhuma. Eu não devia ter que te pagar para não deixar a minha vida pior do que já está, mas isso você já fez. Papai mora em Naperville agora. Fala sério — digo, tirando um copo de Big Gulp de uma cadeira para me sentar de frente para ela.

— Quer uma bebida? — oferece ela.

— Ele mora em Naperville? Depois de vinte anos perguntando a você para onde ele foi, ele mora logo ali? — pergunto, exigindo uma resposta.

— Sei lá. Fala baixo, porra. — Ela coloca as mãos na cabeça, tentando amenizar a ressaca, imagino, e pega uma cerveja de ontem à noite que estava em cima da mesa e manda para dentro.

— Você não sabe, mas falou para a polícia mesmo assim?

— Só dei um ponto de partida para eles. Eles queriam que eu falasse alguma coisa, então falei. É um lugar tão bom quanto qualquer outro para procurar. Era lá que ele mantinha a vagabunda dele na época em que estava me traindo, então talvez ainda esteja lá — murmura ela e vai para a cozinha esquentar café.

— Mas e a Flórida? — pergunto.

— Pode estar na Flórida, também. Vai saber. — Percebo na mesma hora que esse é o círculo vicioso do qual nunca vou me livrar e que não faz sentido continuar essa conversa, então mudo de assunto.

— Onde você pegou a carteira de motorista do Liam? — Encaro-a, mas ela não olha para mim.

— Ah, faz favor, Faith. Eu só estava tentando arranjar uns trocados. Não ia fazer mal nenhum para ele. — Ela se senta com o café nas mãos e bate o cigarro onde antes havia um cinzeiro, mas a pilha de cinzas pousa numa revista *People* de uma década atrás.

— Você acha que estou de brincadeira? — digo, me levantando.

— Como assim, porra? — Ela tosse. Tiro o cigarro da sua mão e o jogo no seu café.

— Olha nos meus olhos e diz a verdade. Não vou entrar nessa de novo. Onde você pegou a carteira de motorista? E, antes que responda, só quero que saiba que as suas mentiras idiotas e descuidadas fizeram a polícia querer te investigar para muito além da fraude de cartão de crédito ou de qualquer outra coisa que estejam te investigando agora.

— Eu não fiz nada — diz ela, parecendo genuinamente assustada pela primeira vez.

— A carteira dele nunca foi encontrada e agora você aparece com um dos documentos. É tão difícil assim de entender? — pergunto, agora irritada.

— Ai, porra. Eu não sabia. — Ela solta o café com cigarro dentro e pega o maço para acender outro, mas roubo o pacote das suas mãos e o jogo no sofá.

— Não sabia porque você é egoísta demais para ligar para qualquer coisa que não te afete, mas agora afeta, então quem sabe você começa a ficar mais ligada. Onde você pegou a carteira de motorista? — grito e mal reconheço a voz que escuto sair da minha boca.

— Alguém mandou para mim — diz ela, se encolhendo no sofá e se afastando de mim. Passo o maço e me sento. Já é algum avanço, então suavizo um pouco o tom.

— Como assim? Quem mandou? — pergunto.

— Não sei — choraminga ela.

— Mãe, onde você pegou a carteira de motorista?

— Chegou pelo correio — diz ela, por fim.

— Pelo correio. Porra nenhuma. Com uma ligação para o detetive Sterling, faço a polícia vasculhar esse lugar e te levar para um exame toxicológico. E aí pronto. Então quem sabe você não quer elaborar um pouco mais.

Ela aponta para um envelope junto de um monte de outras correspondências empoeiradas embaixo de uma Pepsi Diet pela metade no chão, perto do sofá. Pego o envelope. Não há remetente nem destinatário, só o nome dela: *Lisa Bennett*.

— Não estou entendendo. O que é isso? — pergunto. Mas então compreendo.

— Veio nisso aí. Alguém mandou. Eu não roubei nada. — Ela não precisa mais explicar. Quando olho dentro do envelope, um pedacinho de papel cai. É um trecho do meu livro: *Deixe uma mala feita a postos.*

A pessoa que está mandando essas coisas sabe onde a minha família mora.

— Você viu isso? — pergunto, fazendo tudo o que posso para evitar ter um ataque de pânico na frente dessa mulher. Tenho que manter o foco.

— Eu não sabia o que significava! — Ela força uma voz de choro que me faz querer socá-la.

— Então você está dizendo que isso aqui veio junto com a carteira de motorista?

— Ã-hã.

— Você tem noção de que se não tem endereço nem selo não foi enviado, né? Alguém colocou isso aqui pessoalmente na sua caixa de correio. Você não achou nem um pouco estranho? — pergunto, furiosa.

— Sei lá. — Ela exala fumaça e tenta desviar o olhar, mas me sento ao seu lado no sofá.

— Em vez de falar com alguém, você foi lá e fez o quê? Tentou roubar a identidade dele para arrumar um cartão. Não sabia que passavam droga no crédito — digo, mas agora ela está fazendo beicinho. Sei que ela já teria desencanado se não entendesse que está extremamente encrencada.

— Eu não ia fazer mal a ninguém. — Ela funga. — Não sei por que mandaram para mim. Pareceu que queriam que eu ficasse com isso, então eu fiquei. — A sua lamúria é insuportável.

— Um documento de um homem morto e um bilhete enigmático depois e você ainda nem se ligou de que está sendo ameaçada? A sua vida está correndo perigo, mas a sua cabeça está fodida demais para você perceber. — Pego o envelope e vou em direção à porta. Já estou saindo com muito mais do que o esperado, e com muito menos ao mesmo tempo. Abro a porta e a luz do dia ilumina o apartamento como uma lanterna na escuridão da noite. Me viro para olhar para ela antes de ir, esperando ver algum sinal de humanidade.

— Cadê o meu dinheiro, afinal de contas? Você prometeu — é tudo o que ela tem a oferecer. Bato a porta, deixando-a na escuridão do apartamento bolorento para o qual planejo nunca mais voltar.

Na delegacia, Annalise, a recepcionista, indica a direção da sala de Sterling, então sigo essa mulher de nome bonito que usa um pin no suéter. O perfume salpicado atrás das orelhas dela deixa um rastro de cheiro de jasmim.

Ela diz que o detetive chegará em um minuto, por isso espero na sala dele. Percebo uma pequena imagem da Virgem Maria numa estante, então imagino que ele seja católico. Nunca havia percebido isso. Há uma dessas na cristaleira da minha mãe. Quando criança, eu vivia obcecada olhando para aquela imagem — a túnica vermelha e as vestes com capuz azul, os olhos melancólicos voltados para Deus. Para mim, o mini-Jesus nos braços de Maria parecia um velho pequeno, e me perguntei se ela guardava mágoas pelo jeito como ele se meteu na sua vida e mudou os seus planos. Chega a ser engraçado o tipo de coisa que uma vida em crise traz à cabeça, pensamentos fugazes que não tinham motivo nenhum para estar dando as caras.

Sterling me cumprimenta quando chega. Há algo diferente no seu olhar. Como se agora me visse mais como uma igual do que como suspeita. Há quase um traço de respeito na sua voz. Será que deixou de suspeitar de mim?

— Não foi a minha mãe — digo, antes que ele possa começar a me atualizar com o que Will já me contou. — Deixaram isso para ela. — Empurro o envelope que contém o trecho rasgado do meu livro para o outro lado da mesa. Sterling o abre e olha para mim.

— E tem algum motivo específico para ela não ter contado isso para a gente? — pergunta ele. Deixo uma risada involuntária escapar e balanço a cabeça.

— Você sabe tanto quanto eu. Acho que ela mente compulsivamente, deve estar tentando tirar o dela da reta do jeito mais complicado possível. Essas páginas do meu livro são as mesmas ameaças que ando recebendo, mas não faço ideia de por que mandariam a carteira de motorista dele — digo. Sterling devolve o papel ao envelope e olha para mim com seriedade.

— Isso é alguém fechando o cerco — diz ele. — Ao redor de você e da sua família. E agora fez questão de mostrar para a gente que tem algo que pertenceu à vítima. Essa pessoa está ficando mais agressiva, provavelmente mais impaciente, esperando uma oportunidade para atacar.

— Então você não acha mais que fui eu? — pergunto, retoricamente. Não espero uma resposta; ele sabe que já estou farta disso e que o tempo gasto investigando a mim e a minha mãe foi um desperdício.

— Vou mandar um policial ficar de olho no seu prédio se você insistir em continuar lá.

— E se essa pessoa me persegue só para se divertir? E se o que aconteceu com o Liam... — paro por um minuto, engolindo as lágrimas antes que a ideia de que alguém possa ter feito mal a Liam para me atingir as faça cair — ... fizer parte do plano de me aterrorizar? Até onde sei, posso estar sendo observada e correndo perigo há anos, mesmo que nunca tenham tentado fazer mal a mim. Que diferença faria eu me mudar? Já ficou claro que essa pessoa sabe como me encontrar — digo.

— Eu entendo, Faith. E você está certa. Sei que é difícil pensar em ir para a casa de algum familiar ou amigo e colocá-los em risco. Vamos fazer tudo o que pudermos para garantir a sua segurança. — Ele sorri para mim calorosamente. — Prometo.

— Tem mais alguma coisa que eu deva saber? — pergunto, ansiosa para ir para casa me enrolar num cobertor e beber.

— Tem. Queria falar pessoalmente com você para dizer que localizamos o seu pai.

— Não foi em Naperville? — pergunto, porque foi onde a minha mãe mandou que procurassem e eu tinha certeza de que não haveria nada lá.

— Não. Foi difícil porque ele passou muito tempo vivendo isolado, mas lamento dizer que ele faleceu. — John Sterling acaricia a minha mão que descansa sobre a mesa. Ele nunca me tocou antes. O gesto é estranho, mas gentil. Olho para a mão dele e de novo para ele.

— Ah. Quando? — pergunto.

— Há quase doze anos. De overdose. O corpo foi encontrado por um amigo em Tallahassee.

— A minha mãe sabe? — pergunto. Não me importo muito que ele tenha morrido. Agora, se a minha mãe tiver mentido por todos esses anos, deixando Ellie e eu no escuro, roubando de nós a chance de encerrar o assunto, aí sim não vou saber lidar com a situação.

— Sabe — responde Sterling, simpático. — Ela foi informada na época da morte. Os dois nunca se divorciaram, então ela recebeu um seguro de vida. Sinto muito, Faith. — E de repente tudo faz sentido. Ela não nos excluiu da sua vida só por causa do vício mas porque não queria que pegássemos o dinheiro do seguro. Sempre me perguntei como ela conseguia manter o apartamento depois de tantos anos sem trabalhar e vivendo com o mísero auxílio do governo. Agora eu sei.

— A minha mãe não é tão inteligente assim — digo. Sterling lança um olhar intrigado. — Ela pode até ter pensado que conseguiria ficar com um pouco das minhas posses se me matasse, e ela tem amigos loucos o suficiente que a ajudariam, mas isso — aponto para o envelope — é sofisticado demais. Essa coisa toda é cheia de detalhes que ela não conseguiria gerenciar, tenho certeza.

Sterling só escuta. Ramirez, sua parceira, entra e lhe entrega uma pilha de pastas. Ela sorri e me cumprimenta com um aceno de cabeça.

— Dra. Finley — diz ela antes de sair. Cumprimento-a também com um aceno de cabeça. É nesse momento que enfim me sinto absolvida. Não oficialmente, mas o rosto dela está diferente quando me olha agora. Recebi o olhar com empatia destinado a vítimas, não a criminosos. Algo mudou, e fico grata. Já é um começo. Sterling se levanta, e eu faço o mesmo, colocando a bolsa no ombro e me dirigindo ao corredor.

— Vou mandar os documentos sobre o seu pai para o seu advogado caso vocês queiram dar uma olhada — diz ele, me dando um aperto de mão.

*Meu advogado.* Dirijo para casa pensando em Will. Ele conheceu o meu pai. Vai ler sobre a morte dele no relatório — mais uma perda. Pelo menos não vai sentir pena de mim por isso, o que é um alívio e vai facilitar a situação. Depois, penso na minha mãe. Será que Lisa Bennett é mais sofisticada do que imagino?

# 28

Recebo uma mensagem de Marty dizendo que reuniu todas as informações que conseguiu sobre o meu pai e pedindo desculpas por ter demorado tanto, mas avisando que pode passar lá em casa para me contar, se eu quiser. Obviamente, já sei o que ele vai dizer, mas seria legal tomar alguma coisa com alguém, e vai saber? Talvez ele tenha mais informações que Sterling.

Quando Marty chega, a lareira está acesa. Eu havia me trocado, agora usava legging e moletom porque estava morrendo de frio. Recebo-o com dois copos de Hot Toddy, e Figgy dispara para a sala de estar assim que abro a porta.

— Desculpa, espero que não tenha problema o Figgy ter vindo comigo. Ele está todo agitado e eu não queria que ficasse sozinho.

— Imagina. — Faço carinho na cabeça de Figgy e o cãozinho vai se deitar perto da lareira. — O que ele tem?

— Ah, ele está bem. Tinha um cara parado lá fora, e o Figgy latiu que nem doido e tentou partir para o ataque. Nunca o vi atacar alguém assim antes — diz ele, e penso na mesma hora que o cachorrinho pode ter farejado perigo.

— Como era esse cara? — pergunto.

— Não sei bem. Ele estava com uma parca enorme e de capuz. Altura mediana. Sei lá. Não sei se era gorducho ou se o casaco que era grande. Mas não era nada de mais, não é, carinha? — Marty se senta ao lado de Figgy, perto da lareira de tijolos. Penso em Len Turlson. Altura mediana, meio gorducho. Não está sendo investigado por ninguém. Será que há algo além de simplesmente ter pego o emprego de Liam? Entrego a bebida para Marty e me sento na poltrona à sua frente.

— Olha, encontrar pessoas não é a minha especialidade, o meu lance é acessar o computador delas depois que são encontradas, por isso demorou um pouco, mas...

— Ele morreu. Eu sei. A polícia acabou de me falar — digo. — Ainda vou te pagar pelo seu tempo, é claro.

— Ah. Sinto muito, de verdade. Eu não esperava trazer notícias tão ruins.

— Tudo bem. Você encontrou mais alguma coisa? — pergunto.

— De novo, não é a minha especialidade. Tudo o que sei é que ele não usava cartão de crédito nem tinha conta em banco. Ele também não tinha passaporte nem nenhuma dessas coisas que poderiam facilitar a busca. Não houve nem um obituário. Agora, se ele tivesse um notebook e eu conseguisse ter acesso, dava para te dizer bem mais — explica ele como se pedisse desculpa.

— Entendi, não tem problema. — Penso em Len e me pergunto se há alguma forma de Marty me ajudar a investigá-lo. — Você só consegue hackear alguém se tiver o computador físico em mãos? Por exemplo, se eu souber onde a pessoa trabalha, nome, data de nascimento, endereço, tudo isso... Sei que parece suspeito, mas daria para ter acesso e dar uma olhada? — pergunto. A essa altura, não tenho muito mais a perder, mas ainda assim espero que ele não pense que sou esquisita.

— Até certo ponto. É sempre mais fácil com o equipamento em mãos, é claro, mas dá para conseguir algumas informações desse jeito, sim, ainda mais se eu souber onde a pessoa trabalha — responde Marty, hesitante.

— Você deve achar que eu sou esquisita. — Solto uma risada, mas ao mesmo tempo tento observar a sua reação.

— Olha — diz ele, fazendo carinho na cabeça de Figgy —, eu não julgo. E, levando em conta tudo pelo que você está passando, tenho certeza de que deve ser para um bem maior. — Ele sopra a bebida para esfriá-la.

— E é — digo. — Não quero deixar nenhum rastro, então posso escrever tudo num papel mesmo em vez de mandar por e-mail?

— Pode. Vou instalar uns computadores de manhã para uns clientes que literalmente não sabem ligar o aparelho na tomada e apertar o botão, mas depois disso posso começar.

— Muito obrigada. Você tem me dado uma ajuda imensa nisso tudo — digo, mas ele dispensa o elogio.

— Hoje cheguei atrasado com a informação, mas vou fazer tudo o que puder — responde.

Levo um susto com o celular vibrando no meu bolso. Vejo que é Ellie. Decido deixar a ligação ir para a caixa postal e retornar quando Marty for embora, mas ela liga de novo na mesma hora, então peço licença e atendo. Ellie está tão histérica que não consigo entender uma palavra. Olho para Marty, pedindo licença mais uma vez, e vou até o outro lado da cozinha.

— Ell. Ell, não estou... não estou entendendo nada. O que houve? — pergunto, mas ela está soluçando de tanto chorar. Ouço uma notificação de mensagem e afasto o telefone do ouvido para vê-la. É a mesma polaroide de uma mulher amarrada e amordaçada. Logo abaixo, há um trecho do meu livro: "Troque as fechaduras."

Depois, escrito à caneta, há um recado que diz: "Mas você não trocou, Faith, e agora eu já entrei."

— Deixaram isso aí na nossa porta! — diz ela, aos prantos. Vejo Marty se levantar. Ele gesticula, muito educado, indicando que vai sair para me dar privacidade.

— Ell. Está tudo bem, calma. Quando você recebeu isso? — pergunto. Antes de fechar a porta, ele articula com os lábios *Está tudo bem?*, e aceno, respondendo *Obrigada* da mesma forma, então ele sai.

— Não sei! Acabei de chegar em casa, tinha levado as crianças para fazer compras, e isso estava ali. Quem faria uma coisa dessas? Ai, meu Deus.

— Tem alguma coisa no verso? — pergunto. Escuto um farfalhar do papel, como se ela estivesse tirando a foto de dentro do envelope outra vez.

— Diz "Você não está sozinha". — Ela começa a chorar e a balbuciar "Ai, meu Deus" de novo. — Isso já aconteceu com você? Tem alguém te perseguindo ou algo do tipo? Você não parece nem um pouco preocupada! — pergunta ela, desesperada.

— Ell, só estou tentando não perder a cabeça e entender o que está acontecendo. Recebi um desses, sim — respondo, percebendo que não há mais motivo para manter em segredo.

— Jesus, Maria e José! — Ela não está sabendo lidar com a situação. Outra mensagem chega. De início, acho que pode ser uma foto do verso da polaroide, mas não foi Ellie quem mandou. A mensagem diz Preciso falar com você.

Não reconheço o número, mas tenho que descobrir quem a enviou.

— Escuta, vou aí de manhã. Vamos ligar para o detetive Sterling e ele vai dar uma olhada na foto. Posso pedir que mandem uma viatura para ficar de olho na sua casa hoje à noite, mas presta atenção: você não corre perigo, tá bom? Você não é o alvo.

— Alvo? — pergunta ela, praticamente gritando. — Faith, o que diabos está acontecendo?

— O Joe está em casa? — pergunto, com urgência.

— Não! — Ela está aos prantos.

— Deixa só eu ligar para o Sterling e já vou aí o mais rápido possível para explicar melhor. Tenho que ir. — Ligo para Sterling na mesma hora e acabo tendo que deixar uma mensagem de voz, mas já aproveito para explicar o bilhete que Ellie recebeu e peço que vá lá ou que mande uma patrulha extra. Me lembro do lábio inchado da minha irmã e de ter visto Joe no restaurante naquela noite. Será que tem alguma coisa bem debaixo do meu nariz sobre Joe que estou deixando passar? Odeio o fato de que todo mundo na minha vida pode ser um vilão em potencial. Fico irritada ao pensar nisso. O pensamento faz o meu estômago se revirar e não faz o menor sentido, então recupero o foco e respondo ao número na tela do meu celular.

Quem é? A resposta chega imediatamente.

É o Carter. Troquei de número. Me encontra na lanchonete? Não consigo acreditar no que estou vendo. O que Carter pode ter para me dizer agora? Como ele pode estar envolvido nessa história? Sinto os meus joelhos fraquejarem. Me sento e respondo: Estou a caminho.

Faço o possível para não avançar os sinais vermelhos enquanto dirijo até a lanchonete. Sinto o sangue no rosto e nas pernas, uma sensação quente que se espalha, um calor como o verão ou um gole de uísque que percorre todo o meu corpo em questão de segundos. Passo correndo por uma placa de pare ao virar a esquina para a rua da lanchonete e vejo a silhueta de Carter em contraste à luz de um poste no beco dos fundos, esperando por mim, exalando fumaça de cigarro no ar gelado da noite.

Estaciono, e estou prestes a sair do carro e correr até Carter quando, para a minha surpresa, ele se aproxima da janela do motorista. Abaixo o vidro.

— Estou no intervalo. A gente pode dar uma volta de carro? Não posso ser visto falando com você — pede.

Destranco a porta do carona e ele entra. Dirijo sem rumo.

— Eu menti — diz ele. Não falo nada. Carter não fala nada por um instante, e eu espero. — Mas sei que você já sabe disso.

— Quando eu vim te ver no trabalho, você me disse que as suas alegações eram verdadeiras. Disse que não conseguia acreditar que eu não me lembrava daquela noite.

— Eu não sabia mais o que dizer. Foi a primeira coisa em que consegui pensar — responde ele, na defensiva, o que me faz lembrar da insegurança que vi nos seus olhos naquela noite. Mesmo assim, as palavras me fizeram questionar tudo.

— Tá bom, fico feliz que você esteja contando a verdade, mas por que agora?

— Porque as coisas estão ficando fora de controle, e eu... sei lá. Estou ficando com medo. — Seguro a vontade de lhe dizer que as coisas já estão fora do controle faz tempo.

— Com medo? Como assim?

— É que tem um cara. Ele começou a me mandar umas coisas, tipo ameaças, porque eu disse que queria contar a verdade — responde ele, tremendo. Estaciono perto de uma galeria de lojas vazia e congelada e desligo o carro.

— Que cara?

— Eu sei que o que eu fiz foi péssimo. Mas esse cara... Não sei como ele me encontrou. Ele sabia que você me atendia no consultório. Ele deve ter vigiado o seu consultório por um tempo porque um dia ele me parou quando eu estava saindo de lá. Me ofereceu um cigarro, o cara parecia, sei lá, normal. Disse que podia conseguir maconha da boa, então dei o meu número... e ele me ligou um dia. Me ofereceu dinheiro, tipo, muito dinheiro, para eu falar o que falei. Me desculpa. — Carter abaixa a cabeça e mexe no maço de cigarros.

— Pode fumar — digo, abrindo uma fresta na janela. — Qual é o nome dele, Carter? Preciso saber quem ele é.

Ele dá um peteleco no fundo do maço, fazendo alguns cigarros ficarem mais altos que os outros, puxa pelo filtro marrom e tira o tubo branco de papel do pacote.

— Ele nunca me contou o nome dele. Mandou metade do dinheiro por correio e a outra metade depois. Não sei quem ou como ele é.

— Quanto ele te pagou? — pergunto.

— Dez mil — responde Carter, e tento imaginar quem teria dinheiro para gastar assim, mas só consigo pensar que eu teria pago três vezes esse valor para que ele tivesse retirado o que disse naquela época. — Contei a verdade para os meus pais ontem à noite. Eles me odeiam.

— Eles não odeiam você — digo, embora eu mesma o esteja odiando nesse momento.

— Eles falaram que tenho que contar a verdade para a imprensa e tudo mais. — Ele tenta manter estável o cigarro entre os dedos, mas está tremendo demais. — Se eu contar, ele vai me matar.

— Por que você acha isso? — Me pergunto se ele mandou aquelas mesmas fotos para Carter.

— Eu sei que vai — responde ele, num tom infantil.

— Mas você não sabe nem o nome dele. Nem quem ele é — argumento.

— Ele quer arruinar você. Ele me disse. Então, mesmo que ele não seja pego, o plano vai por água abaixo e a culpa vai ser minha. — Tento pensar em quem poderia querer me atingir tanto assim que deu início a esse plano meses atrás, antes da festa de lançamento, antes do acidente; tudo isso era parte do plano maior de alguém. Quem foi que irritei desse jeito? Essas são as respostas pelas quais tenho implorado, mas elas só estão trazendo mais perguntas e repercussões ainda piores.

— Tentei voltar atrás logo depois de ter mentido. Fiquei mal de verdade — diz ele, e estou certa de que ficou mesmo. Carter sempre foi um garoto sensível. — Ele me mandou só chamar a atenção da imprensa, mas não prestar queixa na justiça. Sabia que não havia provas, mas que, mesmo assim, dava para causar um belo estrago. Foi então que os meus pais entraram em cena. Eu falei para o sujeito que devolveria o dinheiro e que não queria mais me envolver, mas ele me mandou uma lista com o nome dos meus pais, suas rotinas, umas fotos deles, tipo, atravessando a rua ou estacionando em casa, como fotos de um detetive particular, mas eram polaroides.

— Então não dá para rastrear o remetente — concluo.

— Pois é. Acho que não. Ele não precisou dizer que foi ele que mandou ou que eram ameaças. Quer dizer, era óbvio. Então eu não fiz nada. Parei de dar declarações para a imprensa e esperei a poeira baixar. — Ele bateu as cinzas do cigarro fora da janela, voltou a tragar e soprou o ar quente nas mãos para aquecê-las.

— Então por que agora? — pergunto.

— Porque os meus pais ainda acreditam na justiça, eu acho — diz ele, agitado. Depois acende outro cigarro; o cheiro está me enjoando, e o ar frio está me deixando desconfortável, mas não falo nada.

— O que isso quer dizer? — pergunto.

— Eu estava ficando com medo, então contei para eles. O meu novo terapeuta estava me encorajando a dizer a verdade, então entrei em contato com o cara de novo.

— Como?

— Sei lá, pela internet, do jeito que ele mandou, e eu disse que talvez fosse falar a verdade porque estava me sentindo mal e o meu terapeuta queria que eu fizesse a coisa certa e tal.

— E? — pergunto, impaciente.

— Ele me mandou uma foto de uma mulher amarrada e amordaçada junto com o trecho de um livro. Estava escrito que eu podia ser o próximo. Ele mandou outra coisa também, mas a foto foi o pior.

— Deus do céu — sussurro baixinho.

— Pensei que fosse você na foto... que estivesse morta. Quando descobri que era outra pessoa, contei tudo para os meus pais. Eu estava surtado, sabe. Eles falaram que a justiça está aí para lidar com esse tipo de coisa, que eu tinha que contar a verdade para o cara ser encontrado ou algo assim, então já contei para eles, que devem estar fazendo umas ligações e falando com a polícia e o caralho a quatro agora.

— Ele não vai atrás de você — digo. — Sou eu quem ele quer. Isso não é culpa sua, tá bom?

Estou prestes a colocar a mão na sua perna para consolá-lo, mas então me lembro de que não posso. Mesmo que ele esteja sentado aqui admitindo que era tudo mentira, eu mudei, e agora tenho medo de tocar as pessoas e ser mal interpretada. Alguém estava manipulando e se aproveitando de Carter exatamente como eu havia previsto. Ele não precisa de mais nenhum peso nas costas.

— É sério — continuo —, fico feliz que você vá divulgar a verdade. A polícia vai proteger você. — Mal consigo acreditar que o meu nome vai ser limpo. A verdade parecia tão distante, mas agora ele vai publicamente admitir que mentiu, e a mesma pessoa que o fez mentir fez mal a Liam, e eu não sou nenhuma predadora sexual ou esposa louca. Não consigo nem imaginar como vai ser tirar esse peso das costas, sentir essa liberdade.

— Me desculpa, de verdade — diz ele de novo enquanto o levo de volta para a lanchonete.

— Ele se aproveitou de um momento de fraqueza seu e depois você ficou com medo. Eu entendo — digo.

— O que deixa tudo pior. Você devia me odiar. — Ele olha pela janela e inclina levemente a cabeça, do mesmo jeito que Liam fez na noite do acidente, o que me deixa com vontade de chorar. Não pude proteger nenhum dos dois do monstro que está atrás de mim.

— Não odeio — digo, enquanto estaciono nos fundos da lanchonete.

— Ele quer fazer você sofrer — diz Carter antes de sair do carro.

— Quê? — pergunto, em choque.

— Foi o que ele disse, que não quer te matar como queria no passado porque é mais divertido ver você sofrer. Acho que por isso ele foi atrás de mim e de outras pessoas importantes para você; porque ele prefere ver a sua vida desmoronar a te matar.

— Puta que pariu, meu Deus, Carter. Ele te falou isso?

— Ele usa um daqueles aparelhos que mudam a voz, sabe, para ficar parecendo o Darth Vader ou alguma outra coisa que não dê para reconhecer. Inclusive, pode nem ser um cara. Isso é tudo o que sei. Desculpa. — Ele abre a porta. — Se cuida, Dra. Finley — diz ele antes de fechar a porta do carro. Observo a sua silhueta curvada atravessar o beco e entrar pela porta dos fundos da lanchonete.

Ligo na mesma hora para ver como Ellie está. Ela continua chorando, mas agora há um policial lá tomando o seu depoimento, então lhe digo que vou ligar de novo mais tarde. Ligo para Will. Ele atende quase que imediatamente.

— Preciso falar com você. E não posso ficar em casa agora — digo, em pânico.

— É sobre o Carter? — pergunta ele.

— Como você sabe? — pergunto, confusa.

— Porque preciso falar com você. Você pode vir aqui? — Ele soa um tanto exausto. Como já estou no carro, acelero para o apartamento de Will.

# 29

Will abandona uma pilha de livros e uma papelada do trabalho espalhadas sobre a mesa chique da cozinha e me entrega uma taça de vinho tinto assim que chego. Ele percebe que estou com frio e carinhosamente joga um cobertor sobre os meus ombros. Sinto a sua camisa engomada e o aroma familiar do seu perfume nas mangas.

Sou imediatamente transportada para aquela noite quando tínhamos 16 anos. A minha mãe não saía de casa por nada no mundo, mas naquela noite enfim saiu. Will dirigiu a caminhonete o mais rápido que pôde, mesmo com a chuva torrencial que caía, porque não aguentava mais esperar para ficar sozinho comigo. Ele esperou na escuridão da caminhonete com as gotas de chuva batendo na carroceria de metal, até eu aparecer na janela e sinalizar para que entrasse de fininho. Fizemos amor pela primeira vez. Agora, à luz da lareira, ele parece não ter mudado nada.

— Então você já sabe que o Carter vai admitir ter mentido sobre mim? Que vai dizer que as acusações eram falsas? — pergunto quando nos sentamos nas banquetas da ilha da cozinha.

— Os pais dele ligaram para a polícia. O Sterling me ligou. O Carter está recebendo ameaças parecidas com as suas pelo correio.

— É, foi isso que ele me falou — digo, tomando o vinho como se nunca mais fosse ver álcool na vida. O celular de Will toca, ele faz um sinal de que precisa atender e se afasta. Percebo que é sobre Carter e que deve ser alguém do escritório ou talvez até mesmo Sterling.

Me levanto e olho para uma foto numa prateleira perto de mim. É de Will e sua mãe. Ela sempre foi tão legal comigo, e eu queria que ela fosse a minha mãe. Ela colocava em prática todas as dicas que via nas revistas de moda. Cobria espinhas com pasta de dente para secá-las, guardava sabonetinhos na gaveta de calcinhas para deixá-las com um cheiro melhor, tomava banho de banheira com abacate, pressionava saquinhos molhados de chá na pele vermelha, passava pó na raiz dos cabelos para que não parecessem oleosos. Ela repassava todas as dicas para mim, e eu a amava. Eu tinha me esquecido de como éramos tão chegados antes de a vida dar uma guinada e nos mandar para caminhos distantes como sempre faz. Will volta e pega a sua taça.

— A imprensa está parecendo pinto no lixo. Quero dizer que isso é bom para você, mas estou preocupado com a sua segurança.

— É, eu também — admito, finalmente.

— Você não vai voltar para o apartamento, né? Por favor — diz ele, com um olhar que nem preciso explicar. Will sabe que sou teimosa e quer me ouvir dizendo que vou ficar.

— Não. Eu... nem sei. Nada mudou, para falar a verdade. Eu sempre soube que tinha alguém atrás de mim, mas agora que a Ellie e o Carter receberam ameaças estou preocupada com eles.

— A Ellie recebeu uma ameaça?

— A gente ligou para a polícia. Tenho certeza de que o Sterling sabe. Foi agora à noite. Mandaram alguém para a casa dela.

— Meu Deus, Faith, eu só... não sei mais o que dizer... Tudo isso pelo que você está passando. Meu Deus. Você é forte pra caramba, bem mais do que a maioria das pessoas, pode ter certeza.

— Não sei o que eu fiz — digo, quase em lágrimas. — Quer dizer, o que eu posso ter feito para alguém querer me prejudicar assim?

253

— Tem gente louca e desequilibrada pra caralho por aí. Sei que você sabe que não fez nada para merecer isso. Mas deve ser difícil continuar pensando positivo com tudo o que está acontecendo — diz ele, olhando nos meus olhos. Sinto um desejo profundo de que ele me toque, que me abrace, mesmo que não seja o momento certo para isso.

— Eu sei — digo, baixinho, enquanto aperto o cobertor ao meu redor. Estar aqui, saber que a imprensa está discutindo o assunto e que aparentemente Sterling agora está do meu lado me transmitem uma sensação de segurança. De algum jeito, em meio ao caos, não estou mais sozinha, e quero ficar bem aqui. É então que algo me ocorre.

— E se não acreditarem nele?

— No Carter? — pergunta Will.

— Ele perdeu toda a credibilidade, assim como eu. Não sei. De repente, consigo imaginar as pessoas começando a achar que sou eu quem o está ameaçando e o forçando a mudar a história. A pessoa por trás disso planejou tudo muito bem. Parece que não importa o que aconteça, eu sempre vou sair perdendo, e agora ele está usando a minha família como isca. — Estou começando a ligar os pontos e percebendo como essa coisa toda foi bem planejada para que eu saia mal sob quaisquer circunstâncias. E, se tudo der errado, a imprensa pode jogar toda a culpa no meu hábito de tomar remédios. Há muitas mentiras sobre mim por aí que se sustentam nessa ideia. Será que a confissão de Carter pode realmente mudar alguma coisa?

— Esse é um grande passo para o caminho certo, pelo menos. Vamos ver como a situação vai ficar.

Ele põe uma mecha do meu cabelo atrás da minha orelha e eu fecho os olhos e encaro o chão, sentindo o toque.

— Tenho um vinho tinto ótimo que ganhei de um cliente, se quiser experimentar — diz ele, se levantando, mas o seu telefone toca de novo. Ele pega o aparelho e pede licença mais uma vez. — Está ali na prateleira, se quiser abrir. Já volto. — Ele cobre o microfone do celular e desaparece quarto adentro. Olho para a adega gigante de madeira de cerejeira para a qual ele apontou.

Quando me levanto para pegar o vinho, vejo a porta do escritório de Will aberta. Não vi esse cômodo na última vez em que estive aqui. É moderno, tem personalidade e é aconchegante na medida certa. Noto uma parede de fotos emolduradas, então me aproximo para dar uma olhada. A maioria é da sua família reunida nas festas de fim de ano e nas férias. Mas há uma de nós dois. Foi a mãe dele que tirou; me lembro desse dia. Estávamos deitados no gramado da frente da casa dele, deixando Pop Rocks dissolverem na língua como se fosse champanhe e molhando um ao outro com a mangueira do jardim. Na foto, estamos no deque, e o braço de Will está sobre os meus ombros. Há fatias de tortinha de morango na mesa. Acho que era aniversário dele. Não estamos olhando para a câmera. Queria me lembrar por quê.

Passo os dedos pela sua estante e leio alguns títulos. A maioria é de livros de direito, mas há também alguns clássicos. Então vejo o meu livro, *Você não está sozinha*, sobre a mesa. Mal posso acreditar que ele realmente o leu... Quer dizer, não sei, na verdade. Talvez só tenha folheado por curiosidade. Ainda consigo ouvi-lo falando ao telefone no quarto dos fundos, por isso me sento na sua cadeira de couro por um instante e folheio o meu livro. Alguma coisa cai de dentro dele.

Olho para o chão e vejo que é uma polaroide de uma mulher amarrada e amordaçada e que o meu nome está escrito no alto da imagem. Perco o ar. Quando olho para o livro nas minhas mãos, vejo marcas de tesoura. Passo as páginas; são os mesmos trechos que foram enviados para mim. Não consigo respirar. Não consigo me mexer. O livro escorrega e cai no chão. Tenho que sair daqui.

Como isso pode estar acontecendo? Por que ele faria isso? Por mais que pareça impossível ele ser o culpado, começo a pensar em todas as motivações que ninguém além de Will teria. Amor. Existe motivação maior que amor não correspondido? Começo a ligar os pontos. Quando se referiu ao meu prédio depois de recomendar que eu instalasse um sistema de segurança, ele disse "até a minha avó conseguiria pular aquele portão". Não dei muita bola para esse comentário, mas agora, pensando bem, percebo que ele nunca esteve na minha casa. Como poderia saber como é o portão, se é seguro ou não?

Meu Deus. Ele reapareceu na cidade na noite do acidente, admitiu que nunca superou o término do nosso relacionamento e tem dinheiro para realizar os pagamentos e tomar medidas extremas para acobertá--los. Como não percebi isso antes?

Preciso da minha bolsa. As minhas chaves estão nela. Preciso pegá--la e sair daqui antes que ele volte. O meu coração bate forte, e os meus braços e as minhas pernas parecem instáveis quando me levanto da mesa e vou na ponta dos pés até a porta para ouvi-lo. Ainda dá para escutá-lo falando. Tremendo, vou até a sala principal. Vejo a minha bolsa pendurada no encosto da banqueta na cozinha. Pego a bolsa e tenho a sensação de que ele pode me agarrar pelas costas a qualquer momento, mas consigo disparar pelo corredor e sair do apartamento.

Quando chego ao carro, vasculho a bolsa à procura do meu celular para ligar para Sterling, mas não o encontro. Lágrimas começam a es-correr pelo meu rosto, mas estou assustada demais para ser dominada pelo pânico, então dirijo feito uma louca. Ele falou que a minha casa não era segura só para me convencer a vir até aqui, mas lá é o único lugar seguro que tenho para ir agora. Tenho um celular reserva no meu apartamento. Posso ir para casa e ligar para Ellie e Sterling.

Será que esse foi o primeiro passo da noite? Pegar o meu celular para que eu não conseguisse pedir ajuda? Como ele pensou que conseguiria se safar dessa agora? Qualquer que fosse o plano, não incluía que ele fosse pego. Cada detalhe havia sido pensado. Isso está claro agora. Mal consigo dirigir com a vista embaçada pelas lágrimas. Eu o amei por tantos anos, desde a infância, quando caçávamos os lampejos de luz verde que rodeavam as margaridinhas para então colocarmos os vaga--lumes em potes de conserva, até a época do mestrado e os términos da vida adulta. E, durante todo esse tempo, ele tem sido meu inimigo.

# 30

Quando chego ao prédio, estaciono numa vaga proibida e corro para dentro. O elevador está demorando demais, então subo correndo os cinco andares de escada e entro com pressa no meu apartamento. Corro à procura do celular descartável que guardei numa gaveta da cozinha e quando me viro vejo um pedaço de papel que alguém deslizou por baixo da porta. A porta do apartamento ainda está aberta, e o bilhete está lá, imóvel, no chão. Não dá. Não dá para ficar aqui. Desço correndo os lances de escada até o apartamento de Marty. Will jamais procuraria por mim lá e vou poder fazer as ligações que preciso.

Assim que chego ao quarto andar, procuro pelo apartamento de Marty, o 429. Nunca o visitei, então levo um minuto até localizá-lo. Quando encontro, o vejo fazendo a curva para descer as escadas com Figgy na coleira, provavelmente indo passear. Chamo o seu nome, mas ele não me escuta. Presumo que só esteja levando Figgy para fazer as necessidades porque deixou a porta do apartamento entreaberta. Sei que não deveria, mas abro a porta para esperá-lo do lado de dentro. Estou me sentindo vulnerável e completamente surtada, e sei que não teria problema.

Me pergunto se Will conseguiu me ver sair e me seguiu até aqui. Fecho a porta de Marty e olho para ela por um instante, torcendo para que ele volte logo. Como pude baixar a guarda desse jeito? Depois de quase um ano sem ser tocada, sem parar de chorar e ainda desorientada, Will me fez lembrar como é ter alguém por perto — um amor simples e verdadeiro, ou algo que parecesse isso, que me fez começar a pensar que a nossa relação seria algo constante, como as caixas que contêm lembranças da infância guardadas na garagem que, mesmo que não se pense nelas todos os dias, continuam sendo amadas e essenciais. Sou uma imbecil, penso.

Depois de um tempo, me viro e observo o apartamento limpo e organizado de Marty. Bem vazio e com cara de apartamento de solteiro, o completo oposto do de Will. Há equipamentos de vídeo e informática por todo canto, mas organizados. A única parte desorganizada é a mesa da cozinha. Me aproximo para olhar melhor e não acredito no que vejo.

Um grito silencioso brota na minha garganta. Não entendo o que estou vendo, mas não consigo desviar o olhar. Não faz o menor sentido.

Há dezenas de fotos minhas. Por uma fração de segundo, penso que pode ser por causa da pesquisa que pedi, que ele esteja procurando pessoas ou algo relacionado a isso, mas não é o caso.

Há fotos minhas que não foram pegas do meu site ou das minhas redes sociais, mas tiradas dentro do meu apartamento ou numa cafeteria. Como as fotos que Carter descreveu. Vejo uma pilha de folhas datadas com a minha rotina anotada. A mesa da cozinha está coberta de mim. Imagens do meu rosto estão penduradas na parede ao lado da mesa. Vou até lá, horrorizada, e vejo algo que faz os meus joelhos fraquejarem. É uma folha com a rotina de Liam, com compromissos e detalhes da festa de lançamento do meu livro. E uma polaroide de uma mulher amordaçada e amarrada. Quem é ela?

Acabei de ver o meu livro com as páginas cortadas e essa mesma foto na casa de Will. O que está acontecendo? Não estou entendendo mais nada! Estou tonta. Olho em volta, tentando me acalmar. Sei que tive a impressão de que a foto era real e não tirada de algum site de pornografia, mas, de alguma forma, a minha intuição dizia que devia ser de uma sessão de fotos encenadas, feita cuidadosamente para assustar alguém. Agora sei exatamente do que se trata. Essa mulher deve estar morta. E eu vou ser a próxima.

Estou repassando mentalmente todas as hipóteses possíveis de novo e de novo. Ele não me conhecia até eu me mudar para cá. Não faz sentido. Ele não é nenhum dono de restaurante frustrado com uma crítica negativa feita por Liam como Hilly. Não é um marido com ciúmes como Cal. E definitivamente não é um pai com raiva e sede de vingança. Então o que pode ser? O que ele queria comigo?

E, em meio às voltas dos meus pensamentos confusos, vejo fotos de uma mulher que reconheço. É isso. A peça que faltava. Analiso o rosto dela e me lembro das conversas que tivemos. Marty está na foto. De repente, tudo faz sentido; tudo fica claro. Eu estava completamente errada, e agora preciso me apressar antes que seja tarde demais.

Quando me viro para correr, a porta é trancada e vejo Marty Nash ali, parado, com um sorriso assustador.

— Você parece surpresa — diz ele.

# 31

Com calma, Marty pega uma faca do faqueiro sobre o balcão da cozinha. Ele aponta para uma gaiola de cachorro e Figgy corre para dentro. Ele fecha a porta.

— Isso é inesperado — diz ele, notando a foto para a qual estou olhando e apontando para ela. — Presumo que você se lembra da minha esposa.

— Lettie. — Engasgo e o nome sai como um suspiro cansado.

— Ah, e não é que lembra? Eu não tinha certeza de que lembraria.

Os seus movimentos são meticulosos e lentos. É como se ele tivesse passado a vida inteira pronto para esse momento. A sua esposa era Violet Marie Nash. Eu pesquisei. Olho para a mulher na foto pendurada na parede, a mulher com Marty. Me lembro de tê-la conhecido no hall de entrada; foi quando me contou a sua história. Ela queria abandoná-lo. Eu a ajudei a deixá-lo quando a convidei a ligar para o programa. Ela havia me dito que se chamava Lettie. Ai, meu Deus. É um apelido para Violet. A rádio não permite que saibamos os sobrenomes, então como eu poderia ter conectado os fatos? Eu lhe dei o passo a passo para que deixasse o marido.

— Sente-se — diz ele, apontando a faca para uma cadeira.

Me sento sem tirar os olhos dele.

— Isso vai ser divertido — diz Marty.

— O que aconteceu com ela? — pergunto, tentando respirar normalmente e manter o controle. Agora sei que Violet não se matou, como disse o jornal. Peço a Deus que ela não seja a mulher na polaroide.

— Lettie? Você devia saber, não devia? Foi você que a fez ir embora.

Me lembro das coisas que ela descreveu quando ligou para o programa e depois para os produtores, que eram treinados para ajudá-la a montar um plano seguro e a arranjar abrigo. Ela nos contou inúmeras atrocidades: como ele segurou as mãos dela sobre a boca do fogão acesa, como ele a fez tirar a roupa e ficar parada, de pé, só para poder humilhá-la e falar mal do seu corpo. Esse homem bem aqui na minha frente. Como ele pôde?

— Eu achava que ela havia se suicidado — digo, tentando encontrar uma justificativa que alivie as coisas para o lado dele. Qualquer coisa.

— Foi o que pareceu. A sua morte vai parecer suicídio também. — Ele ainda está sorrindo. Figgy chora e anda em círculos dentro da gaiola. — Você se acha tão esperta — diz ele.

Sei que, quanto mais ele fala, mais tempo consigo ganhar, e preciso do máximo de informação possível se houver alguma esperança de me livrar dessa enrascada na base da conversa. Ele vai falar porque não acha que vou sair desse apartamento com vida. Ele *quer* falar. Quer mostrar a sua genialidade depois de todos esses meses. Disso eu tenho certeza. Até agora, ele era anônimo.

— Na boa, como você se leva a sério? "A lista de conselhos para se livrar de seu agressor, por Faith Finley" — diz ele, recitando parte do meu livro com sarcasmo, se agitando. — Que piada. Sabe o que você conseguiu com esses conselhinhos de merda? Me levar direto para ela. Você literalmente escreveu um manual sobre como encontrar a sua esposa quando ela tenta fugir de você. Era melhor ter desenhado a porra de um mapa na quarta capa. — Engulo em seco. Coloquei todos que amo em perigo e não estou no controle dessa conversa. E se o que ele está falando for verdade?

— Marty — tento de novo —, o que aconteceu com a Lettie?

Mas ele não responde. Em vez disso, pega o meu livro, uma das várias cópias em cima da mesa, e folheia até a lista de dicas no fim.

— Número um: "Mantenha quem você ama informado de seu paradeiro." Essa é boa! — grita ele. — A Lettie contou para a idiota da irmã dela para onde estava indo... e ela ficou com pena de mim quando eu chorei e implorei por alguma informação e não conseguiu ficar de boca fechada. Fácil. Dois: "Registre tudo: armazene todas as mensagens, todos os e-mails, todas as evidências de perseguição e violência. Mantenha um diário escrito ou por vídeo e o esconda!" — continua. — Brigadão, doutora! Ela tinha um diário em vídeo do jeitinho que você mandou. Gravou para onde estava indo caso ninguém conseguisse encontrá-la. Foi fácil hackear o notebook dela e achar tudo. É com isso que eu trabalho!

Me sinto enjoada.

— "Tenha uma mala a postos. Inclua um par extra de chaves, identificação, documento do carro, certidão de nascimento" blá-blá-blá. Você acha que foi difícil encontrar a mala dela nesse apartamento minúsculo? Você me deu todas as dicas, então eu dei um jeito para que ela não conseguisse ir muito longe já que estava sem carteira de identidade e dinheiro. Ela seguiu cada passo que você indicou, doutora.

— Eu não sei como era o seu relacionamento com ela, mas eu... — Ele nem finge prestar atenção. Continua lendo, e cada palavra parece um castigo.

— "Consiga uma medida protetiva." E isso já impediu alguém de fazer alguma coisa? "Proteja suas senhas." Tirando o fato de que todas as malditas senhas dela eram o nome do cachorro, o que ela achava que era seguro, eu conseguiria hackear qualquer coisa que ela mudasse. Ah, pelo amor de Deus. Até você tem que admitir que isso aqui é só um bando de conselho de merda para vender livros ruins. Mas, olha só, me ajudaram a encontrar a Lettie, então não tenho muito do que reclamar, né?

— Marty, por favor. Você tem que entender que eu estava fazendo o meu trabalho. Se ela estava em perigo, eu só queria ajudar. Eu não te conhecia. Não foi nada pessoal — digo, sabendo que alguém tão determinado a me destruir jamais me daria ouvidos.

— Para ela, você era Deus. Dra. Finley isso. Dra. Finley aquilo. Ela ficou surpresa pra caralho quando eu dei as caras no hotelzinho de beira de estrada em que ela teve a overdose. Poucas horas antes de ir para um abrigo em que eu nunca conseguiria entrar. Tudo graças a você. Acho que a maioria das pessoas vai pensar que você teve uma overdose também. Quer dizer, você tem andado sob tanta pressão, isso sem falar no seu problema com remédios — diz Marty. Ele se aproxima de mim com a faca.

— Por favor, Marty. Vai ter gente me procurando — imploro.

— Não aqui. Ninguém vai me relacionar com você.

Ele encosta a faca no meu pescoço até que a ponta abre um pequeno corte que o permite controlar os meus movimentos.

— Levanta — diz ele, e obedeço, então sou empurrada apenas o suficiente para as minhas costas encostarem na parede, perto de um armário. Ele faz um gesto com a mão, indicando que devo entrar ali. Choramingo, mas sou empurrada com mais violência e acabo sendo forçada a entrar no armário do hall. Ele fecha a porta com tudo e a tranca.

— Eu ainda não estava pronto para você. Preciso de alguns minutos para me preparar — diz ele, rindo.

Esse é um exemplo perfeito de como o mundo dá voltas. Uma vida inteira dedicada a ajudar pessoas resultou num psicopata matando uma das pessoas a quem aconselhei, e agora estou aqui, sentada no chão de um armário, aos prantos, como quando era criança. *Um, dois, três, quatro.* Tenho que manter o controle. Não posso me dar ao luxo de me desesperar, embora não tenha existido, até agora, outra situação que merecesse tanto um ataque de pânico quanto essa. A mente governa o corpo. Não posso me descontrolar.

Visualizo o meu pai me arrastando pelos pulsos enquanto grito e tento escapar das suas mãos. Passei dois dias sentada na minha própria urina, com fome e com sede na escuridão, até que a minha mãe lembrou que eu estava lá e levou o meu corpo quase sem vida para o hospital. Estou de volta àquele armário. É como se Marty conhecesse o meu maior medo. Choro copiosamente, mas em silêncio, e escondo os soluços cobrindo a boca com a mão. Começo a hiperventilar, mas me forço a tentar controlar a respiração.

É quando me lembro do celular descartável no meu bolso. Não sei o que Marty está fazendo ou quanto tempo tenho, mas preciso ligar para alguém. Posso telefonar para a polícia, mas não posso falar alto. A minha única esperança é conseguir ficar na linha por tempo suficiente para a ligação ser rastreada. Talvez alguém me reconheça se eu puder falar uma ou duas palavras.

Mas quem? Quem é que sabe algum número de cor hoje em dia? Quando penso em Will, percebo que não sei como ele pode ter alguma conexão com Marty e que não tenho certeza do que vi no seu escritório, e estou tão confusa, mas o único número de que me lembro no momento é o dele e só porque, em alguma conversa cheia de flertes que tivemos no bar noite passada, ele disse que o seu número era fácil de memorizar porque terminava em 1517, o ano da Reforma Protestante na Europa. Eu o chamei de nerd várias vezes, e ele ficou argumentando sobre a importância desse evento histórico. Lembro que os nossos primeiros três números são iguais além de, é claro, o código de área, que é o mesmo. Então sim, posso ligar para ele. Mas hesito. O que foi que vi no seu escritório? E será que ele está envolvido? Preciso tentar.

Disco o número e ele atende.

— Will — chamo, choramingando no telefone o mais baixo que consigo.

— Faith? — pergunta ele. — O que diabos aconteceu com você?

Não posso responder. Escuto os passos de Marty se aproximando, indo para lá e para cá. Seja lá o que ele estiver fazendo, é perto.

— Faith, você deixou o celular na bancada da cozinha. De onde você está ligando? Alô?

Mas escuto os passos de Marty pararem, então cubro o telefone para que ele não escute a voz de Will. Não dá para responder.

— Me escuta. Espero que você não tenha entendido errado. Fui no escritório e vi o livro na mesa. Se você se assustou por causa disso, eu posso explicar. Sei que você se irritou por eu não ter te contado, mas é que eu recebi tudo hoje mesmo. Alguém deixou anonimamente na minha caixa de correio. Foi por isso que chamei você para vir aqui em casa. Eu estava literalmente prestes a te mostrar, mas queria que antes você se acalmasse um pouco. Você não pode ficar brava por causa disso, por favor. — Ele para de falar por um segundo. — Faith, por favor. Eu disse que não ia esconder nenhuma evidência, e não escondi mesmo. Foi por isso que convidei você para... Você está aí? — pergunta ele, e é quando percebo: ele sabe onde fica o meu prédio porque quando nos encontramos no Grady's eu lhe mostrei. Não porque estava me perseguindo. Carter chegou a falar que havia outras coisas, outros tipos de ameaça, mas que a foto era a pior. Fiquei fixada demais nisso e nem perguntei que outras coisas eram essas. Ele provavelmente nem sabia o significado dos trechos cortados para achar que fosse algo importante. Não acredito que duvidei tanto de Will. — Tinha uma foto perturbadora pra caralho dentro do livro, e eu estou preocupado com você. Dá para falar comigo, por favor?

— Socorro — digo num suspiro alto. Ele não escuta.

— Beleza, não sei de onde você está ligando, mas estou indo para o seu apartamento para ver se está tudo bem. Não estou nem aí se você está brava comigo — diz ele e desliga. Ponho o telefone dentro da bota para que Marty não o perceba. Com sorte, ele vai pensar que está na minha bolsa que ficou na mesa.

Queria ficar aliviada por Will saber onde estou, mas ele nunca vai me encontrar aqui.

# 32

Marty abre a porta do armário abruptamente e fica ali, de pé acima de mim, mas tudo o que vejo é o rosto do meu pai. Me levanto com dificuldade e ele se delicia com o meu medo. Faz menos de meia hora que estou trancada aqui, mas, mesmo assim, a minha visão demora um minuto para se acostumar com a luz depois da escuridão.

Ainda está com a faca, e isso me faz me perguntar se também teria um revólver em casa. Deve ter, mas ele não estava esperando por mim. Não estava preparado para que tudo isso acontecesse agora. Então me lembro da arma que deixei escondida na escada de incêndio. É mais provável que eu consiga escapar pela saída de incêndio de Marty para subir até a minha e pegar a arma do que uma fuga pela porta do apartamento. Mas esse cara parece conhecer cada movimento meu; talvez já tenha até encontrado o meu revólver.

No momento, não importa que Marty só tenha uma faca e não uma arma de fogo porque ele continua tendo o dobro do meu tamanho. Estou nas suas mãos. Ele aponta a faca e me dá instruções.

— Posso servir uma bebida? — pergunta, sorrindo. Uma bebida? O que ele está querendo fazer? Não respondo. Me limito a tentar esconder o terror no meu rosto. — Deixa eu explicar como vai ser. — Ele me empurra para trás com a lâmina, depois a afasta por um momento e puxa uma cadeira da cozinha. — Senta — ordena, mas eu congelo, então fico de pé por um minuto.

A minha cabeça não consegue raciocinar como foi que cheguei aqui, como pude não ter percebido antes. Ele encosta a ponta da lâmina embaixo do meu queixo.

— Eu mandei. Sentar. — E obedeço. — Não quero ter que usar uma arma e fazer uma bagunça que nem da última vez, mas você deu uma tumultuada nos meus planos quando apareceu de repente. Só fica sabendo que, se eu tiver que usar a arma, tenho todos os recursos para garantir que ninguém nunca encontre o seu corpo. Estou preparado para qualquer cenário. Além disso, ninguém faz a menor ideia de que o seu querido e viúvo vizinho te conhece, muito menos que tem alguma razão para querer fazer mal a você.

— O grupo de apoio sabe — digo.

— É, mas só porque eu quis. Chamei uma conhecida deprimida para a reunião porque estava tentando ajudar. — Ele pega uma garrafa de vinho e serve duas taças. — Agora há testemunhas que podem dizer como você é perturbada e retraída. Tudo o que isso prova é que tentei ajudar. — Ele dá um sorriso assustador. — Além de todas aquelas anotações num diário no seu computador falando sobre como você é infeliz, que vão ser a cereja do bolo. — Ele pega uma caixa de ansiolítico e a esvazia na mesa.

— Não escrevi em diário nenhum — digo, inocente.

— Ah, escreveu, sim. O primeiro registro é do dia que você se mudou para o apartamento. Quando foi mesmo que tive acesso total ao seu computador? Foi mais ou menos por aí que você escreveu com muitos detalhes sobre como as coisas seriam melhores se acabasse com tudo. Além de falar do seu problema com remédios e álcool. Inclusive, acho até que você disse como seria muito mais fácil e traria muito mais paz tomar o pote de remédio inteiro — diz ele, e joga os comprimidos, um por um, na taça de vinho mais perto de mim.

Ele acessou todos os meus documentos pessoais. Eu jamais saberia como encontrar esse diário que ele criou e escondeu em algum lugar do meu disco rígido. Marty foi ao extremo, e sei que estou certa: ele planejou tudo até os mínimos detalhes, e não há escapatória. Ninguém sabe que estou aqui. Merda.

Vejo um rolo de *silver tape* na bancada, e tenho medo de que ele me amarre como fez com a mulher na foto. Lettie.

Ele vê que estou olhando para a fita e sorri.

— Não se preocupa. A gente vai chegar lá. Toma um gole — diz ele, mexendo os comprimidos dentro da taça e a estendendo para mim. — Sei bem como você gosta de uma bebidinha.

— Está maluco? — respondo, irritada. — Não vou beber isso aí.

Ele põe a faca no meu queixo de novo e pressiona apenas o necessário para abrir um corte superficial. Vejo uma gota de sangue pingar no meu casaco branco.

— Toma um gole — diz ele outra vez, com calma.

Não tenho escolha. Tomo o melhor gole que consigo.

— Boa menina. Viu, só? Agora você pode partir em paz do jeitinho que escreveu no diário ou pode optar pela forma mais dolorosa e fazer a sua família passar o resto da vida se perguntando o que aconteceu com você. Como foi com o Liam. — Quando Marty diz isso, sei que está certo. Ninguém suspeita, nem mesmo os melhores detetives, de que ele é o culpado pelo que aconteceu com Liam. Preciso aguentar firme e botar a cabeça para funcionar.

Ele pega o rolo de *silver tape* e se aproxima para prender os meus tornozelos. Estou tentando não hiperventilar. E se Marty encontrar o celular na minha bota? Por que não escondi o aparelho na blusa? Ele está puxando e apertando tanto as minhas pernas enquanto passa a fita que só tenho a confirmação de que o telefone foi encontrado quando Marty o joga na mesa.

— Mais alguma coisa? — pergunta, puxando o meu casaco, verificando os bolsos e depois me revistando. Não tenho mais nada. — Bom, porque você vai precisar usar as mãos agora. — Ele empurra o vinho para mais perto de mim.

— O que aconteceu com o Liam? — pergunto, na esperança de que Sterling esteja certo sobre o culpado estar morrendo de vontade de se gabar dos seus feitos. Talvez eu consiga ganhar algum tempo. Se ele vai acabar me matando de qualquer jeito, não faz diferença me contar ou não. Ele é doente. Vai querer falar.

— Você é tão inteligente e ainda não faz a mínima ideia. Parece tão óbvio para mim. Segui vocês no caminho para casa depois da festa de lançamento. Você dirigiu devagar pela estrada cheia de gelo. Não se lembra de uma caminhonete quatro por quatro te ultrapassando? Deve lembrar, sim.

E lembro. Não pensei que fosse importante. Uma caminhonete grande *de fato* me ultrapassou vinte minutos antes do acidente. Não havia nenhum motivo que conectasse esse fato ao que aconteceu.

— A estrada ruim foi moleza, e, depois de mais ou menos uns dois quilômetros, dei meia-volta para vir da outra direção e poder atravessar para a sua pista. A melhor parte e o mais inesperado foi que você desviou tão rápido que nem precisei entrar na sua pista. O asfalto só ficou com marcas do seu carro. A única colisão foi quando você bateu na árvore. A polícia nunca procurou por outro carro porque nunca houve evidência de um.

— E se eu tivesse visto você tarde demais e não tivesse desviado? — pergunto, desesperada por respostas. Talvez agora já não importasse mais, mas, ainda assim, preciso saber.

— Bom, se você batesse em mim, morreria. Era o que eu esperava que acontecesse. Uma Dodge Ram de duas toneladas colidindo com o seu Fiatzinho. *Pou*. E com todo aquele ansiolítico nas suas veias e eu, sóbrio, a polícia certamente ia julgar como um caso de direção sob influência de psicoativos.

— Foi você que comprou aquela bebida para mim na festa — digo, sem conseguir acreditar.

— Você não devia aceitar bebidas de estranhos. Nunca se sabe o que pode ter no copo.

Nesse momento, jogo a taça no chão à minha frente e a vejo se espatifar ao atingir o concreto polido. O vinho espirra e o cobre de vermelho, deixando manchas que parecem rastros de sangue. Ele agarra a parte de trás da minha cabeça e bate com força na mesa. Vejo flashes e rajadas de luz e sinto sangue quente escorrer para o meu ombro. Tento recuperar a respiração e não chorar de dor. Preciso manter o controle.

— Então tá. Você quer do jeito difícil; por mim, tudo bem — diz ele, rosnando.

— Tudo isso por causa de um conselho que eu dei para a sua esposa pelo rádio? Ela era uma mulher adulta e fez o que precisava ser feito — grito, mas ele me interrompe.

— Ela era a porra de uma maria vai com as outras. Fez o que você mandou. Não foi só a ligação para a rádio para falar sobre como eu sou um monstro. Eram os seus livros, as aparições na TV. Ela estava obcecada e teria feito qualquer coisa que você mandasse. Ela era o amor da minha vida, e a culpa é sua de ela estar morta. — Ele cospe enquanto sibila essas palavras para mim.

Não pergunto por que alguém bateria no amor da sua vida. Não digo que só estava fazendo o meu trabalho. Nada disso importa agora. Preciso ganhar tempo. Se eu enrolar mais um pouco, talvez — e só talvez — Will consiga me encontrar aqui.

— Mas eu não morri, então o seu plano foi por água abaixo — digo.

— Pensei que você estivesse morta. O seu marido acordou, chegou a se levantar, inclusive. Agora você entende que, como ele me viu, eu tive que dar um jeito. Fez uma zona na minha caminhonete. — Ele fala isso com orgulho. Depois, bebe o vinho e se recosta na cadeira. Liam levou um tiro na cabeça, o que me leva a concluir que Marty deve ter um revólver em algum lugar. Talvez até aqui no apartamento. Não consigo conter as lágrimas ao pensar no meu querido Liam assustado e sozinho.

— Vai. Se. Foder.

— Não é muito profissional da sua parte falar uma coisa dessas, mas adivinha só? Se é assim que você quer, por mim tudo bem.

Ele chega bem perto de mim, o seu bafo a centímetros do meu rosto. Agarra as minhas bochechas, e eu luto para me desvencilhar, mas ele me força a sentar. O seu aperto é tão forte que não consigo escapar. Marty começa a rir.

— Acabou sendo o melhor desfecho possível, para falar a verdade. Quer dizer, você não ter morrido. Não é divertido? Com o seu marido não foi divertido assim. Tive que descobrir um jeito de limpar a minha caminhonete e desovar o corpo dele num lago. Foi uma merda, sendo bem sincero. Fiquei puto quando vi você bem e viva no jornal. Mas acabei me divertindo muito mais com você, então posso dizer que tudo correu do melhor jeito possível. Nem me lembro da última vez que me diverti tanto. Isso sem falar de como vai ser fácil enfiar você na cama quando a gente acabar aqui, né? Que delícia.

Ele sente prazer com cada momento. Carter, os bilhetes na minha porta, Ellie, a história que criou no meu computador, tudo parte da sua maior fantasia se tornando realidade.

— Os Post-its na sua parede. Que coisa patética. Eu nem estava lá como suspeito, mesmo depois de ter pesquisado "quantos ansiolíticos preciso tomar para morrer" bem do seu computador, a poucos metros de você. — Ele ri. Percebo que os rastros deixados no meu computador provavelmente são muito mais complexos do que eu jamais conseguiria imaginar e que ninguém vai duvidar de que a minha morte tenha sido suicídio, mesmo que ele precise me matar com um revólver ou uma faca e forjar o meu desaparecimento.

— Você pegou o celular dele e sacou dinheiro para fingir que ele tinha partido. Aquela carta dizendo que ele queria um tempo, no computador do trabalho, que o Len levou para mim, foi coisa sua também? — pergunto.

— Fazer a polícia pensar que ele fugiu por vontade própria foi uma boa, né? — Marty sorri e bebe.

— Mas o corpo foi encontrado. Por essa você não esperava — digo, achando que talvez ele não tenha pensado em tudo. Talvez haja furos nesse plano que eu ainda consiga encontrar.

— Pode-se dizer que sim. Mas já havia passado tempo suficiente. Àquela altura já não fazia diferença. — Ele chuta alguns cacos de vidro e pega outra taça da bancada, que enche com mais vinho. — Não precisa ser exatamente o mesmo remédio do seu histórico de pesquisa, se você quer do jeito difícil. Qualquer overdose serve. — Ele pega um frasco laranja com tampa branca de remédio controlado, despeja o conteúdo no vinho e passa a taça pela mesa de novo. Não consegui ver que remédio era. Seja lá o que for, vai me matar.

A sua taça já está quase no fim, e ele olha para a minha. Se o meu conselho foi o que o levou a Lettie, preciso usar o mesmo artifício para me salvar. Lettie não era forte; ela me contou isso na rádio. Ela levou surras demais por muito tempo, e tenho certeza de que era fácil, porque ela não revidava, o que parte o meu coração. Mas Marty não me conhece tão bem quanto acha que conhece.

— Bebe — diz ele.

— Não — respondo, mas ainda não tenho nenhum plano.

— Você tem ideia de como foi fácil forçar alguém do tamanho dela a colocar o dedo no gatilho e garantir que houvesse pólvora perto o suficiente da cabeça? — Marty aproxima o seu rosto ao falar. — A gente pode fazer isso também, se você quiser. Mas assim, com os remédios, parece mais... a sua cara. Não acha?

Tenho que me apegar à ideia de que ele foi tão longe com o plano de armar o meu suicídio por ansiolítico que a última coisa que vai querer é se desviar. Ele não quer me esfaquear ou me dar um tiro. Me ver sofrer o deixaria em êxtase, mas todo o trabalho para esconder as provas depois não se encaixa no seu grande plano. Tenho que continuar recusando a bebida o máximo possível. Olho pela janela que dá para a saída de incêndio. Deve estar a, no máximo, uns dois metros.

— Chega dessa conversinha — diz ele enquanto se aproxima de mim, mas estou disposta a lutar.

Pego a garrafa de vinho sobre a mesa e a quebro. Marty não devia ter deixado as minhas mãos livres.

— Ah, que divertido! Cortar os pulsos é um clássico. A gente pode fazer assim.

Quando ele se aproxima, tento me levantar para correr, mas caio no chão porque os meus pés estão presos. Me arrasto para trás até sentir uma parede às minhas costas. Ele ri e só observa, mas não esperava que eu usasse a parede para me levantar tão rápido. Quando se aproxima lentamente, cheio de arrogância, achando que me tem nas mãos, enfio a garrafa quebrada no seu pescoço. Marty grita de dor e cambaleia, com a mão no lugar onde os cacos estão. Uso os segundos que tenho para me sentar e tentar libertar os tornozelos com o pequeno pedaço de vidro que tenho em mãos. Tento cortar a fita antes que ele se recupere. Dilacero as mãos ao serrar a fita. Consigo me soltar e, na mesma hora, ele avança sobre mim. Me levanto e corro.

Não há nenhum lugar nesse apartamento pequeno em que eu não fique encurralada. Me sinto como um animal enjaulado, andando em círculos, tentando me manter longe dele. Vejo a faca sobre a mesa. As minhas mãos estão escorregadias com o meu próprio sangue, mas preciso tentar correr e pegá-la. Quando Marty se levanta, o rosto dele está vermelho de raiva enquanto me observa andar pelo cômodo. As minhas mãos tateiam o que há atrás de mim, assim não tiro os olhos dele. Acabo encurralada na ilha da cozinha. Olho para a saída de incêndio, mas o seu corpo bloqueia a minha visão.

Assim que fico encurralada na pequena cozinha, ele avança sobre a faca em cima da mesa. O seu pescoço está sangrando muito. Estou sem saída, então tudo o que consigo fazer é pegar outra faca do faqueiro. As minhas mãos já estão estraçalhadas, e a única faca que consigo pegar é uma menor que a dele. Não tem mais jeito. Ele é maior que eu e está fechando o cerco comigo no canto da cozinha. Não tenho escapatória, então brando a lâmina, mas estou tremendo tanto que dá para perceber que ele não me acha capaz de manuseá-la, até que enfio a faca logo abaixo das costelas dele. Marty parece em choque quando a lâmina se afunda na lateral do seu corpo, então se encolhe de dor.

Saio correndo, mas ele me agarra quando passo e caio com tudo, batendo a cabeça na bancada antes de atingir o chão. Sangue escorre pela lateral do meu rosto, e ele segura a minha perna, mas empurro o corpo e me contorço até me desvencilhar, do mesmo jeito que tentei fazer com o meu pai anos atrás. Dessa vez, porém, escapo. Ouço o magnífico som das sirenes chegando à rua, mas a polícia vai para o quinto andar. Não há motivo para procurarem aqui embaixo. Preciso sair desse apartamento. Nos levantamos, um encarando o outro, os dois sangrando, cada um tentando recobrar o fôlego num lado da mesa da cozinha.

— Você não sabe a hora de parar, né? — diz ele. — Foi fácil demais. Só precisei colocar uns folhetos oferecendo serviços que sabia que você precisaria, e você caiu feito um patinho, sempre voltava para mim. Eu tinha um monte de planos que nem precisei pôr em prática porque a doutora aí não conseguia se conter. Quanto mais um cara é difícil de conhecer, mais ouriçadas ficam as piranhas. Agora você está dificultando um pouco as coisas, mas até que eu gosto. — Ele lambe o sangue que pinga na sua boca. Preciso que ele me ataque primeiro para que eu possa fugir pela direita e chegar até a saída de incêndio.

— A Lettie te deixou porque você é um covarde e ela sabia disso... Ela sabia que só homens fracos de pau pequeno batem na mulher. Foi por isso que ela foi embora — digo, olhando nos olhos dele.

— Você a matou. Eu não queria. Você me obrigou. Nada disso teria acontecido se não fosse você. Ela ainda estaria aqui. — Sua expressão mudou, e há um tom defensivo ou de insegurança na sua voz.

— Ela odiava você — digo, mas Marty não me ataca; não precisa fazer isso, porque agora só ele tem uma arma. Vejo-o vir até mim lentamente. Ele espeta a faca no tampo da mesa e pega a taça de vinho cheio de remédios. Com a mão livre, Marty agarra o meu pescoço e me empurra até a parede, me prendendo. Ele não aperta. Não quer deixar marcas se pode fazer isso do jeito fácil.

Ele põe a taça na minha boca e me manda beber, então bebo. Não tenho escolha. Fui pega. Penso em Will no andar de cima, batendo à minha porta, penso em Ellie e no fato de não ter ido direto para a casa dela, e me pergunto se está em segurança. Será que Marty a deixará em paz depois disso? Não dá para ter certeza. Faço a última coisa que me resta. Ponho na boca um gole enorme do vinho batizado e, com toda a força que consigo reunir, cuspo tudo no seu rosto. Ele me solta instintivamente e limpa o rosto. Num piscar de olhos, corro rumo à saída de incêndio e a abro.

Estou do lado de fora. O ar fustiga e deixa as minhas mãos ensanguentadas dormentes. Ele está logo atrás de mim, mas subo os degraus, os mesmos que desci com uma garrafa de uísque naquela primeira noite, quando pensei que estava indo falar com um novo amigo — um parceiro viúvo e companheiro de luto.

Subo, mas ele agarra a minha perna e começa a me puxar com força. Não consigo continuar segurando o corrimão gelado. Um movimento em falso e nós dois poderíamos cair para a morte. Chuto e consigo me desvencilhar e colocar a perna no último lance de escada. Chego à minha saída de incêndio. A arma está aqui? Será que Marty já não a pegou?

Assim que Marty me alcança, pego o revólver do cachepô e miro nele com as mãos tremendo. Ele parece assustado por um segundo, mas depois, para a minha surpresa, ri. Esse cara pensa que não sei usar a arma. Ou talvez pense que, como Lettie, simplesmente não vou fazer nada porque estou com medo demais. Ele percebe que mal consigo segurá-la porque estou tremendo violentamente por causa do frio e do medo. As minhas costas estão pressionadas contra a minha própria janela, tão perto da segurança do meu lar, mas sem poder entrar. Marty dá mais um passo na minha direção. Eu atiro.

Não sei dizer onde a bala o atingiu, mas o impacto é tão forte que ele tomba sobre a escada de incêndio e, quase graciosamente, paira pelos cinco andares até que ouço a pancada da sua aterrissagem.

Consigo ouvir as batidas à porta do meu apartamento, e, depois do barulho do tiro, a polícia a arromba. Caio de joelhos na saída de incêndio e deixo a arma cair das minhas mãos. Me deito no chão e choro enquanto a polícia abre a janela para me encontrar.

Will é o primeiro a me alcançar. Ele me levanta e me carrega para dentro. Tudo o que posso fazer é pedir desculpa repetidamente. Ele diz que estou em choque, e, quando Sterling chega, Will ainda me abraça, sem soltar de jeito nenhum. Imploro para que não me deixe sozinha, e, entre médicos, delegacia, depoimentos e lágrimas, ele não me deixa nem por um segundo.

# 33

Foi Hilly Lancaster quem ligou para a polícia naquele dia. Ela ouviu a movimentação no apartamento de Marty. Quando os policiais chegaram, Will ainda estava do lado de fora, ligando para o meu celular descartável para descobrir onde eu estava, e juntos, sem um saber que o outro estava procurando por mim, eles me encontraram. Digo para Hilly que ela é minha heroína e ela só ri e pede que eu repita.

Quando volto do hospital alguns dias depois de tudo o que aconteceu, há uma infinidade de mensagens na caixa postal e mais e-mails do que eu jamais conseguiria contar. A maioria de jornalistas querendo a notícia em primeira mão, mas existiam vários de emissoras me convidando para aparecer na TV ou no rádio. Havia ofertas de salários estupendos e para um programa próprio, mas as coisas estão diferentes agora. Talvez a terapia a distância parecesse ideal para mim porque nunca consegui lidar com o passado do jeito que disse para todo mundo que havia conseguido. Eu tinha me convencido de que não estava negligenciando os meus pacientes presenciais e que dava para equilibrar o atendimento no consultório com os holofotes, mas não era verdade.

Marty pode até ter falado que o meu conselho o levou diretamente para Lettie. Mas, com o meu telefone descartável e com a arma que escondi, consegui me salvar seguindo os meus próprios conselhos. E tenho que acreditar que sou capaz e que não preciso me esconder por trás de terapias de trinta segundos no rádio e de fama para sentir que valho a pena. Não preciso provar nada a ninguém. Depois de uma vida inteira achando que eu tinha que fazer exatamente isso com a minha mãe, finalmente percebi que não é preciso, e quem sabe agora eu consiga superar esse complexo pela primeira vez. É isso que me faz recusar as ofertas.

Levo Figgy comigo quando vou jantar na casa de Hilly. Sei que faria bem a ela receber uma amiga. Os seus olhos brilham ao me ver. Ela fica preocupada com o gato, mas logo percebe que o Sr. Picles domina Figgy e que os dois vão se dar bem agora que a hierarquia foi estabelecida.

— Vou passar a noite de Natal na casa da minha irmã — digo. Sei que Hilly ficará sozinha, mas ela sorri mesmo assim.

— Ah, que coisa boa. Ela tem criancinhas, né? O Natal nunca é o mesmo sem pequeninos abrindo presentes — diz ela.

— Nenhuma de nós sabe fazer cookies muito bem — falo. Aposto que as crianças iriam gostar. — Você gostaria de jantar com a gente? Levar uns cookies? — pergunto, e acho que ela está à beira das lágrimas. Sou abraçada e, embora me sinta incrivelmente desconfortável, não me oponho.

Ainda não estou pronta para Will. Sei que ele quer que eu esteja, mas ainda não vivi direito o luto por perder Liam. Descobri a verdade há pouco, e ainda preciso dizer adeus.

Estou indo me encontrar com um corretor da Realtor para me ajudar a colocar o apartamento à venda antes de partir para o aeroporto quando vejo o nome de Will aparecer no meu celular. Atendo.

— Oi — cumprimenta ele com um sorriso na voz. — Você está indo se encontrar com o corretor?

— Ã-hã — digo. — Só para deixar uma papelada.

— Deixa que eu te levo no aeroporto. Não tem por que ir de trem. Leva uma vida — diz ele.

— Hum, tá bom. Se não for muito fora de mão para você — respondo.

Ele me encontra no escritório da Realtor e seguimos para o Aeroporto O'Hare. Estou com a minha passagem para Santiago. Essa viagem era o sonho de Liam, então preciso ir até lá e levá-lo comigo.

— Está com o passaporte? — pergunta ele ao nos aproximarmos do aeroporto.

— Estou.

— Venho te buscar quando você voltar. — Ele sorri enquanto para na área de embarque.

— Fico muito agradecida. — Olho para ele e sorrio, envergonhada.

— Te entendo completamente — diz ele, antes que eu saia do carro.

— Mas quem sabe eu não faço um jantar quando você voltar? Só como amigos, por enquanto — complementa.

— Você cozinha? — pergunto, surpresa.

— Não, mas tenho muita fé em vídeos do YouTube. — Will sorri e não consigo deixar de sorrir.

— Seria uma honra. Combinado — digo, antes de sair do carro. Vou deixar que ele interprete a minha resposta como preferir. Preciso de tempo, é verdade, mas podemos dar um passo de cada vez. Ele pega a minha mala e me dá um beijo na bochecha antes que eu vá. Prometi a Ellie que estaria de volta para o Natal, o que me dá apenas alguns dias, mas preciso honrar o desejo de Liam.

Ele queria ter as cinzas espalhadas no mar, e não há lugar melhor que o Chile. Ele vai poder fazer a viagem que nunca conseguiu fazer.

Um dia, ele estava na cozinha com um livro aberto e me disse que tínhamos que visitar primeiro o Barrio Lastarria, então é para lá que estou indo. *Vamos tomar um café da manhã no Colmado e pedir um* cappuccino *e um* pincho de tortilla *para comer no pátio.* Ele estava tão animado.

Agora, estou sentada no pátio com um cappuccino. Peço um segundo café para Liam. Estou dando um tempo na bebida. Já chorei tudo o que tinha para chorar e pedi incontáveis desculpas a ele, e agora é hora de deixá-lo partir. Contrato um motorista para me levar até Las Salinas. Não quero ninguém comigo, por isso não alugo um barco nem nada do tipo.

Espero até o pôr do sol, quando as praias estão praticamente vazias, vou até as rochas e me sento, olhando para a água.

Abro a bolsa e pego a urna de latão ornamentado. Digo para mim mesma que não vou chorar; essa é uma celebração da vida de Liam. O amor da minha vida. Sussurro as nossas piadas internas e a nossa história de amor aos quatro ventos; então, com um único gesto, as suas cinzas caem e eu o devolvo ao mar.

# AGRADECIMENTOS

Quero agradecer às seguintes pessoas, do fundo do meu coração, por tornarem este livro possível:

Ao meu marido paciente e que sempre me apoiou, Mark Glass. Às minhas mães, Dianna Nova e Julie Loehrer; à minha irmã, Tamarind Knutson (que me ajudou com as pesquisas relacionadas à psicologia), e ao seu marido, Mark Knutson. Ao meu mentor de longa data, Kim LaFontaine, e aos meus queridos amigos, Shelly Domke e Justin Kirkeber, por sempre acreditarem em mim. À minha tenaz e exigente agente literária, Sharon Bowers, e à minha talentosa editora, Brittany Lavery, assim como a todo o time da Graydon House Books. E a todos da minha cidade natal, aos amigos de Minneapolis e à família da qual sinto tanta saudade, mas que ainda me transmite apoio, mesmo que a distância nos separe.

Este livro foi composto na tipografia Palatino LT Std,
em corpo 11/16, e impresso em
papel off-white no Sistema Cameron da
Divisão Gráfica da Distribuidora Record.